U0899214

东柯三录

马拉——著

南方出版传媒
花城出版社
中国·广州

图书在版编目（CIP）数据

东柯三录 / 马拉著. -- 广州 : 花城出版社,
2015.11
（广东原创文学精品书系）
ISBN 978-7-5360-7697-6

Ⅰ. ①东… Ⅱ. ①马… Ⅲ. ①长篇小说－中国－当代
Ⅳ. ①I247.5

中国版本图书馆CIP数据核字(2015)第273382号

出 版 人：詹秀敏
责任编辑：李 谓
技术编辑：薛伟民 陈诗泳
封面设计：刘绮琪

书　　名　东柯三录
　　　　　DONG KE SAN LU
出版发行　花城出版社
　　　　　（广州市环市东路水荫路11号）
经　　销　全国新华书店
印　　刷　佛山市浩文彩色印刷有限公司
　　　　　（广东省佛山市南海区狮山科技工业园A区）
开　　本　880毫米×1230毫米　32开
印　　张　6.5　1插页
字　　数　153,000字
版　　次　2015年11月第1版　2015年11月第1次印刷
定　　价　26.00元

如发现印装质量问题，请直接与印刷厂联系调换。
购书热线：020-37604658　37602954
花城出版社网站：http://www.fcph.com.cn

目录

幽梦影：　唤醒

鹿辰光把一百多年的事情都想起来了，有些是和他有关的，更多的和他无关。比如他的高祖父，一个死了快一百年的老头。算起来，他的骨头也该烂光了，坟头上的草黄绿了不知道多少个来回。他死的时候，恐怕做梦也想不到，会有一个叫鹿辰光的子孙在那么多年后想起他来。如果他知道的话，在死之前，一定会把他的墓碑修得更高些，上面的字也刻得更深一些。鹿辰光见过高祖父的坟墓，墓碑上的字迹有些模糊了，爬满了黄绿的青苔，暗而黑，像一个深不可测的黑洞。除开高祖父，还有曾祖父，祖父等等。

这让他非常恐惧，他看见很多人，面色枯槁地站起来，从一个个深藏的墓穴出来，和他说话，有的在河边，穿着传统的马褂；有的在阁楼里，穿着细腰的旗袍。穿马褂的是男人，穿旗袍的是女人。他们有的朝他笑，更多的板着脸，一句话都没有说。鹿家的男人都像打了标签一样，瘦而且高，长脸，手长，脚长，腰身却很细。那么多人站在一起，显得严肃。鹿辰光觉得自己像一个偷窥者，他打开了一扇门，这扇门一直向前，不知通往何处。对鹿辰光来说，不管他们说，还是不说，这些都没有用，鹿辰光把所有的事情都想起来了。

鹿辰光发现自己想起所有的事情是在晚上。电光一闪，无数个人从他的脑子里像快进的录像带一样闪过去，有的人是他认识的，更多的不认识。更离奇的是很多他从来都没有想过的事情，在他脑子里也闪了出来。他感觉这些人都和他有关系。

一个晚上没有睡好，早上起床，鹿辰光脸色有些白，寡淡的那种白。夜里下过雨，空气清新。广州一年中只有难得的几天天空是碧蓝的，其余的时间，空气中总是弥漫着汽油和发馊的味道。他给自己倒了杯水，搬了张椅子到阳台上。鹿辰光住的是五楼，没有电梯。通风，向阳，这样的条件应该说是不错的。他坐在阳台上发呆，脑袋像要裂开一样，隐隐作痛。他吃了止痛片，没用。这痛像是和鹿辰光一出生就连在一起一样，抽不出去。

这么奇怪的事情，应该跟家里说一声。他拿起电话，拨家里的号码，已经很久没有给家里打电话了。电话号码一时想不起来。房间里乱，东西扔得到处都是。找了半天，鹿辰光才在一个废旧的电话本里找到了电话。

是他妈接的电话，鹿辰光在电话里说得模糊，让他妈把他们家所有能找到的照片都给他寄过来，尤其是祖上的。他妈说，照片老化得厉害，发黄，有的地方还脱落了。鹿辰光不耐烦地说，没关系，你给我寄过来。他妈没问什么理由，他也没说。

打完电话，鹿辰光觉得轻松了一些，他希望他的感觉是错的，他脑子里出现的所有的画面都是幻觉，是不存在的。是的，不存在。他不相信，他能想起一百多年前的事情，这些事情他从来没有想过，也从来没有听人说起过。

鹿辰光看着自己的房间，算不上干净。摆着几棵长绿的阔叶植物，有一个鱼缸，养着两条斑斓的热带鱼。从客厅里，可以看见他的卧室，他能想象出卧室的样子。被子是卷着的，放过的DVD散乱地丢在地上。不脏，但是很乱。未婚青年的房间都是这样的，鹿辰光觉得他的样子算不得奇怪。

从阳台往下看，能看见马路，车子如流。由于俯视，鹿辰光经常无端地觉得人才是这个星球上真正的害虫。他们疯狂地咀嚼植物，猎杀大量的动物，他们的嘴巴从天空中，吃到地下，水中。除开这些，他们还把这个星球弄得乌烟瘴气，臭氧空洞，酸雨，水土流失，剧烈的台风和海啸。这些和他们都有关系。作为一只害虫，鹿辰光觉得自己算做得比较好的，他不开车，也就无从排放大量的二氧化碳。他只吃猪肉，不穿皮草。当他从阳台上往下看，他心里有种剧烈的同情。

他同情这些人，比如说张晓梅，她每天都需要挤公交去上班。上班之前，张晓梅是干净的，没有汗味。等挤到单位，张晓梅轻微的狐臭顽强地穿透香水味渗了出来，让她尴尬。如果仅仅如此还算好，张晓梅还不得不忍受一只只伸过来的，有意无意从她屁股上捏过去的手。她的两只手，通常吊在栏杆上，整个身子伴随着公交车的节奏而晃动，这让她看起来像一只漂亮的树獭。她根本无力防卫，只能扭动屁股，以逃避黑色的，白色的，斯文的，野蛮的手。张晓梅的腰细，胸却很大，扭动起来，像在跳钢管舞。鹿辰光咬着耳朵跟张晓梅说起这些时，张晓梅的脸“刷”的一下就红了，她指着鹿辰光说：“鹿辰光，你怎么这么下流呢？你是不是也经常在公交上干那种事情？”鹿辰光当然不是，他很少坐公交车的，也不大敢坐。

东柯一录：从鹿维延开始

1

吃过晚饭，鹿维延没有急着去六姨太苏碧婉的房间，他先是在椅子上坐了一会儿，剔了剔牙。天快黑了，鹿维延点上了灯，舒适地躺在自己做的躺椅上，牙签在鹿维延的嘴巴里灵活地跳动，到了这个年纪，他觉得只有他的手还是灵活的，身体已经不行了，懒洋洋的，里面像是住着一条虫子。

牙缝空洞，鹿维延挑出一块块琐碎的肉屑。他一只手把肉屑揉了揉，接着，轻松地弹了出去，肉屑像一枚子弹。剔完牙，鹿维延把揉过肉屑的手送到鼻子边上闻了闻，有一股恶劣的腥臭。鹿维延不明白，明明是刚吃的饭，这么一会儿，就腐烂了。这个味道，让他想起自己身上的味道，隐隐约约地，渗透出来。鹿维延想，他的身体可能已经开始腐败了。还在做孩子那会儿，鹿维延经常在爷爷房间闻到这个味道。想到这儿，鹿维延没有恐惧，只是笑了笑，他爷爷和父亲打了一辈子的长工，没有为他留下半两银子，他却有良田百顷，攒下的银子，子孙几辈子都花不完，更让他自豪的是他还娶了六房姨太太。

前五房姨太太的来历平淡无奇。唯一让他不明白的是第六房，也就是苏碧婉。苏碧婉像一个走错路的人，出现在鹿家大院，就再也没有离开。

两年前，走马镇发了大水。河水低吼着，像一头发怒的狮子，撕咬着河堤，一天天地上涨，鹿维延每天早上都到河边，看着从上游冲下来的死猪死狗，还有死人。走马镇的地势相对较高，即使如此，鹿维延仍然感到非常不安，如果大水真的冲下来，把走马镇给淹了。第一个倒霉的肯定是他，除开房子不说，大水过后，农民没吃的，他仓里的粮食就危险了。

走马镇靠近河边，一般的年景也不见得有多少水。两年前的那场水，异常的大，眼看就要漫过河堤了。鹿维延忧心忡忡，镇上已经有消息散布开了，说上游被淹了，不要说猪狗，人都不知道死了多少，一个个在水面上仰起大屁股，像一条条死鱼。镇上传来的消息，鹿维延是信的。他亲眼看见河面上有死人漂过来，由于腐烂，他们的肚子胀得鼓鼓的，衣服早已被洪水冲刷得不知去向，只剩下光溜溜带着尸斑的腐肉。冲到岸上的尸体，鹿维延得找人给埋了，不埋不行，尸臭味能飘出几里远，让人吃不下饭，睡不着觉。整个走马镇，弥漫着死亡的气息，鹿维延也像是飘在空气里。埋一个死人，鹿维延要出一斗谷子。漂在河面上的尸体，鹿维延就管不了那么多了，被鱼吃了也好，冲到下游也好，反正跟他没关系了。让鹿维延觉得恶心的是，动不动有鳝鱼从死人腐烂的肚子里钻出来，可能是因为吃了人肉的原因，那些鳝鱼无一例外的肥硕，眼神生机勃勃，充满欣喜的气味。

水吸满了人肉的腥味，鱼多得让人恐惧。走马镇的人一群一群地站在河边上捕鱼，也有人忙着捞从上游漂下来的家具，比如柜子，凳子，箱子什么的。河堤上站满了人，热闹非凡，赶集一样。一群群的人，像是从土里冒出来的。年轻人和孩子脸上闪闪发光，他们无知的兴奋让老人脸上堆满了阴云。他们晓得，大水怕是真的要淹过来了。

鹿维延清楚地记得是一个下午，他看见远处漂来一个硕大的箱子。箱子上面有一块红布激烈地摇动。他心里一惊，那箱子里有人！鹿维延赶紧对本贵说："本贵，把箱子捞起来，里面有人。"

这个女人就是鹿维延的六姨太苏碧婉。鹿维延救起苏碧婉后，洪水奇迹般地退了。

鹿维延把苏碧婉安顿在空房里。鹿维延有一个大院子，房子间隔成独立的六套，中间有一个长方形的天井。他的五房姨太太一人住着一套，似乎是天意，还剩下一套正好给苏碧婉。刚住进去时，苏碧婉话不多，吃完饭就发呆。鹿维延想，一个姑娘受了这么大的惊吓，是要养一段时间的。一个月后，苏碧婉还是很少说话，眼睛痴痴地望着墙上的斗笠发呆。

鹿维延有些不放心，他对大太太说："你去看看，问问她叫什么名字，从哪个地方来的。如果家人还在，找个人把她送回去，家人不在，就留下来当个丫头。"鹿维延的大太太胖乎乎的，胸大，屁股也大，一副好生养的样子。大太太是唯一给鹿维延生了孩子的，三儿一女。其他的几房，都没生。

过了些时日，鹿维延问大太太有什么结果。大太太有些不放心地说："这个女人似乎有点傻，问她什么都说不知道。"顿了一下，大太太说："这个女人来得不明不白，我看还是送官吧！"鹿维延想了想，摇了摇头说：“送官？不行，那不是我鹿维延做的事。她愿意就留下来，也不是养不起她一个。”鹿维延看到大太太的眉头皱了一下。

2

鹿维延去看苏碧婉是在三个月后。那天，鹿维延在镇上喝完酒，头晕得厉害，他推开苏碧婉的房门，走到苏碧婉的房间。找了张椅子坐下来，看着苏碧婉。鹿维延第一次这么认真地看苏碧婉，他发现苏碧婉其实很漂亮，牙齿白，头发又黑又长，露出来的胳膊，像一节节的莲藕。鹿维延摇了摇头，按了按发涨的太阳穴对苏碧婉说：“你去给我倒杯醒酒茶来！”

喝了口茶，鹿维延清了清嗓子，正色说：“不管是什么人，都有个父母，都有个出处，你说你是从哪里来的？”苏碧婉看了看鹿维延，冷淡地说：“上游！”苏碧婉的回答让鹿维延愣了一下，他说：“我知道是上游，你从水里漂过来的，肯定是上游，我是问你在哪个地方？”苏碧婉说：“我不知道是什么地方，你这里是哪里？”鹿维延笑了笑，敲了敲桌子说：“这里是走马镇！”苏碧婉又问：“你是这里的地主？你叫什么名字？”鹿维延仔细地看了看苏碧婉，又笑了，点了点头说：“是的，我是这里最大的地主，这个镇上有一半的人在为我干活。我的名字不是你能问的。”苏碧婉用眼角瞟了鹿维延一眼说：“前些日子来问我的是你老婆？”鹿维延说：“是的，你以后要叫她大太太！”

在苏碧婉的房间待了大半个时辰，鹿维延和大太太一样，几乎一无所获，他唯一知道的是这个女人叫苏碧婉，刚过十七岁。让鹿维延意外的是他出门时，苏碧婉一下子跪到地上，哭着说："老爷，你是不是要赶我走了？"鹿维延摇了摇头说："谁说的，谁说我要赶你走了？只要你喜欢，你可以一直住在这里，等你大了，像嫁女儿一样把你嫁了！"接着，他听见苏碧婉说："老爷，你要是真想救我，你就娶了我吧！"鹿维延想他是听错了，他看了看苏碧婉的脸，那张脸没有一点玩笑的成分。苏碧婉看着鹿维延，清晰地说："老爷，你娶了我吧！"鹿维延这次是真的听清楚了。

过完第二年春天，鹿维延娶了苏碧婉。鹿维延没有想得太多，他还不到五十，娶一个小老婆并不算过分。大太太对鹿维延娶苏碧婉没有感到太多的意外，她脸上的表情和平时几乎没什么区别，似乎这一切是她早就料到的。二姨太和三姨太更是一点反应都没有，这两个女人长期吃斋念佛，鹿家发生什么事情她们早就不关心了。苏碧婉在她们的眼里并不比一串佛珠值钱。四姨太大方地拉着苏碧婉的手说："这下好了，以后打麻将不愁找不到人了。"五姨太就算想发表意见也没有机会，她死了。

嫁给鹿维延后，苏碧婉比以前活泼了些，偶尔也出来转转，和大太太她们打个招呼。大太太的表情总是冰冷冷的，看苏碧婉的眼神也怪怪的。苏碧婉想，这大概是因为鹿维延娶了她的缘故。鹿维延是有钱的，再有钱的男人也无法填平女人心里的嫉妒，嫉妒不像饥饿，嫉妒是一个黑洞，具有吞噬一切的能力。

走马镇一年中，多半时候是湿润的。镇上的青石板街道上似乎总是湿的，沾着水气，显得深而幽怨。街道并不宽，两旁有一些当铺和肉铺，还有几间布店。大部分的店子都是鹿维延开的。苏碧婉走在街道上，像一棵垂柳飘过去。她喜欢这个镇子，包括这里的巷子，长长的，有点暗，镇上的房子很多是青石地基的，上面有翘起的飞檐。风吹过来，挂在檐上的铃铛“丁当”作响。苏碧婉觉得她是真的想不起来她到底是从哪里来的了。每次穿过镇上，她总感觉有人在背后跟着她，回头一看，却连个人影也没有，这也许是幻觉，她想。

晚上睡觉，苏碧婉经常感到身上一阵阵的潮湿，一股热热的气流从两腿之间传上来，让她的腹部微微地起伏，屁股也变得不安分，她想她的体内大概潜伏着什么，那种让人羞涩而凶猛的渴望。刚结婚那会儿，鹿维延是到她房间睡的。她还记得当天的情景，鹿维延喝了很多酒，进房间时，身体有些趔趄，苏碧婉给鹿维延泡了一碗浓茶，喝完茶。鹿维延说：“睡吧！”说完，开始脱衣服。

那是苏碧婉第一次见到男人的裸体。她没有害羞，相反，她很好奇，很陌生。她睁着眼睛，看着鹿维延慢慢地脱下衣服。鹿维延的头发有些白了，脸上也有了淡淡的皱纹，身上的肌肉却不见得松弛，健康的白，似乎很结实。接着，鹿维延开始脱裤子。苏碧婉迅速地朝鹿维延的裆部瞟了一眼，她看见一团黑糊糊的东西，中间垂着鹿维延的阴茎。鹿维延的阴茎是疲软的，像一根猪大肠有气无力地垂在那里。鹿维延的腿明显地显出了老态，肌肉下坠，汗毛很黑。苏碧婉的脸热了一下，这个男人很快就是自己的男人了。鹿维延躺下后，苏碧婉收拾好鹿维延喝过的茶，吹灭了灯。

苏碧婉摸黑脱了外褂，穿着肚兜，钻进了被子。她僵直地躺在床上，她想鹿维延会靠过来的。果然，一只手向她伸了过来，扯下了她的肚兜。接着，捏住了她的两只乳房。鹿维延是那么的用力，苏碧婉感觉疼，但没有叫。她想，今晚是他的女人了，他想怎么样就怎么样吧。鹿维延在苏碧婉的乳房上捏了两把，又把苏碧婉翻转过来，摸了摸她的背，摸了一会儿，捏了捏她的屁股。苏碧婉把头埋在枕头里。紧接着，她听到“啪啪”响亮的两声，屁股火辣辣的疼。然后，她听到鹿维延疲软的声音说：“不早了，睡吧！”鹿维延睡下后，苏碧婉却睡不着。她爬起身，闻了闻鹿维延身上的味道，有点老人的腥味。她又撩起被子，看了看鹿维延的下体，疲软，无力。苏碧婉想，他有那么多老婆，也正常。

一连好几个月，鹿维延几乎每天都睡在苏碧婉那里。偶尔在苏碧婉的屁股上抽两巴掌。更多的时候，他安静地睡在苏碧婉的旁边，像苏碧婉不存在一样。苏碧婉不可能什么都不想了，她必须想点什么，或者干点什么。鹿维延不可能对她完全没有兴趣。她那么年轻，腰上的肌肉紧张而有韧性，光滑得像一面缎子。对老男人来说，少女的身体是多么美好，简直就是一副返老还童的良药。他们已经老了，只能通过获得更年轻的身体来感受青春。鹿维延也老了，他应该逃不过这个规律。

偶尔在院子里碰到大太太，苏碧婉很少说话，大太太也很少和她说话。大太太是鹿维延这么多老婆中唯一给鹿维延生了孩子的，她看着苏碧婉，似乎有什么话要说，但终究没说出口。

有一天，苏碧婉和大太太一起去烧香。烧完香回来，大太太约苏碧婉到她的房里坐了一会儿。

大太太问苏碧婉：“老爷这些日子一直在你房里休息？”

苏碧婉的脸红了一下，低着头说：“是的。”

大太太看了苏碧婉一眼说：“老爷有没有动过你？”

苏碧婉本来以为大太太会问她一些其他的问题，或者让她不要老把鹿维延留在房间里。毕竟鹿维延不是她一个女人的男人，没想到大太太这么直接地问到这个事上。苏碧婉耳朵根有点热。

“没有，老爷还没有破我的身。”她的声音低得只有自己才听得见。

苏碧婉听到大太太叹了一口气，接着，拉起苏碧婉的手，摸了摸说："作孽啊，真是作孽，当初我要是狠一下心报官把你送走倒好了，省得你吃这种苦。"

大太太的话让苏碧婉有些糊涂。她刚想问，又听见大太太说："那他有没有打你?"苏碧婉想了想，鹿维延是经常打她屁股的，嘴里却说："没有。"大太太看了她一眼说："没有就好，算了，你回去吧。"

所有的房间里似乎都荡漾着阴暗的气息，苏碧婉觉得她走到哪里都逃不开别人眼光的监视。她想起走在街上，那些背后看她的、议论纷纷的眼睛，她想，这个大宅子肯定有什么秘密瞒着她，而这个秘密只有她一个人不知道。

3

在宅子里待了几个月，四姨太来找苏碧婉了。四姨太走进苏碧婉的房间时，苏碧婉正在绣一朵梅花。和鹿维延结婚后，苏碧婉没什么好干的。她像一个外人，哪里都站不住。四姨太看了看苏碧婉绣的梅花，拿起来摸了摸说："没想到六妹的手艺这么好的，什么时候有空也教教我，你看我笨手笨脚的，什么事情都干不好。"苏碧婉笑了笑说："看四姐说的什么话，我这点手艺只怕是让你笑话了。"两个人在房间里闲扯了一会儿。苏碧婉仔细地看了看四姨太，四姨太的颧骨很高，鼻子高挺高挺的，脖子长，溜肩，手手脚脚都细细的，总是喜欢穿着一身大红的旗袍，一看就像是从富贵家里出来的。在苏碧婉的房间里待了一会儿，四姨太拉着苏碧婉说："别绣了，又不是大姑娘了，老绣花干吗？我带你去逛逛，老在这个宅子里待着人都要霉掉了，以后的日子还长着呢，你绣花能绣上一辈子？”四姨太的话提醒了苏碧婉，她朝宅子里看了看，这么大的宅子，她一个人住着，不找点事情做，日子还真难打发。苏碧婉放下手里的活计，跟四姨太说：“我去换身衣服，你等我一下。”

换好衣服，苏碧婉又梳了一下头，洗了手，跟着四姨太下楼。

苏碧婉住的是靠东边的宅子，从院子经过，苏碧婉朝南边那套房子里看了眼，那房子似乎总是空的。在这院子里住了几个月，除开偶尔看见佣人进去收拾一下，那门总是锁着的。苏碧婉装作漫不经心地拉了拉四姨太的袖子问：“四姐，南边那房子没人住？”四姨太瞟了一眼说：“你别管那房子的事，也别问，跟谁都别问，就装作不知道。”苏碧婉点了点头，又朝那房子看了几眼。

跟四姨太走到镇上，苏碧婉轻松了些。四姨太显然是经常出来的，跟镇上的人都熟。四姨太一边跟人打招呼，一边对苏碧婉说：“你呀，也要多到镇上走走，一个人老闷在家里，时间难得打发。”买了点胭脂后，四姨太带着苏碧婉走进了一家米店。

进了门，四姨太跟伙计打了个招呼，说了两句，两人跟着伙计进了后面的厢房。一进去，就看见两个男人坐在麻将桌边上。旁边的桌子上还摆了些水果、茶水。看到四姨太到了，两个男人连忙站起来，给四姨太让座，眼睛却瞟着苏碧婉。四姨太跟他们打过招呼，把苏碧婉拉到跟前说：“这是我家老爷新讨的，叫苏碧婉。”接着，指着其中一个较胖的中年男人说：“这位是米店的钱老板，也是我们老爷的朋友。”然后，又指着其中一个年轻的小伙子说：“这是我表弟，周悲弼，在上海读书，念的是新式学堂。放假了，正好回来玩一下。算起来，你们差不多大呢！悲弼过了十九，二十还没满。”

苏碧婉向他们两个点了一下头，算是打了招呼。介绍完了，四个人坐下来，要打麻将。苏碧婉这才想起来，她是不会打麻将的，她红了一下脸不好意思地跟四姨太说：“四姐，我不会打麻将。”听苏碧婉说完，四姨太笑了笑说：“我刚来的时候也不会的，慢慢就会了，很简单的。”周悲弼也笑了笑说：“是的，学学就会了，打着好玩。放心打，赢了算你，输了算我。”苏碧婉看了周悲弼一眼说：“那怎么好意思呢!”四姨太瞅了她一眼，笑着说：“有什么不好意思的，转个弯算算还是一家人。再说了，你让他输点钱，也省得他拿着钱到上海去追那些洋气小姐!”周悲弼也跟着笑了说：“姐姐哪里的话，上海那里的小姐我是不喜欢的，我觉得还是苏小姐这样的好，端庄贤淑。”周悲弼刚说完，四姨太就笑了，指着周悲弼说：“你看你，去上海一年，嘴巴都变得油滑了。”钱老板乘机把麻将摆在了桌上，说：“好了，好了，你们两个就不要斗嘴了，打麻将。打完就在这儿吃个便饭，我让伙计送你们回去。”

麻将打了一个下午，吃过晚饭，接着打了一会儿。眼看时间也不早了，苏碧婉在桌子底下轻轻踢了四姨太一脚。四姨太摸了张牌，顿了顿说：“钱老板，再打一圈，我们回去了。时候也不早了，免得他们闲话。”

打完牌，苏碧婉居然还赢了一点。她把赢的推到四姨太面前，四姨太拍了拍她的手说：“你赢了，你就拿着，没什么不好意思的。”回去，是周悲弼送的。四姨太一边走，一边问周悲弼在上海的情况。听周悲弼说完，四姨太感慨地说：“我要是年轻点，也跑到上海去算了，省得整天窝在这个小镇上。”周悲弼笑了笑说：“你还窝，我看你的心野得很。”四姨太在周悲弼背上捶了一下，笑骂道：“你这个浑蛋，越来越放肆了。”

回到院子，推门进房间，苏碧婉发现鹿维延已经在房间里了。见苏碧婉回来，鹿维延问了句：“不见你吃晚饭，你跑哪里去了?”苏碧婉给鹿维延倒了杯茶说：“下午四姐来我房里，坐了一会儿，一起去了镇上。”鹿维延点了点头说：“她带你去米店打麻将了吧?”苏碧婉手里的茶壶晃了一下，说：“是的。”苏碧婉本来以为鹿维延会骂她的，没想到鹿维延说：“也好，你有空跟她一起去打打麻将，也省得整天闷在房里无聊。”说完，鹿维延就睡了。

苏碧婉本来是有话想对鹿维延说的，打麻将的时候，她看见钱老板的手有意无意地在四姨太手上摸了几下。四姨太看钱老板的眼神也不对劲，既媚又渴的样子。

和四姨太熟了之后，苏碧婉又跟四姨太一起去打过几次麻将，都是去米店钱老板那里。四姨太一去，钱老板总是很热情。每次打麻将，周悲弼都在。苏碧婉也看出来了，钱老板和四姨太是有些关系的，具体是怎么个关系，她说不准，也不想问。倒是周悲弼让她觉得有趣，他经常讲些在上海的见闻。苏碧婉没去过上海，周悲弼说的有些话，她也不懂得，她只模糊地听出来，外面的世界变样子了，跟以前不一样了。到底怎么不一样，她不知道。她想不管外面是个什么样子，只要走马镇不变，跟她就没有关系。她这么说的时候，周悲弼握着麻将肯定地说：“外面的世界变了，走马镇肯定也得跟着变，这是历史的潮流。”周悲弼的话，让苏碧婉觉得很玄，又很想听。末了，周悲弼说：“像你这么年轻，这么漂亮的小姐，应该出去见识一下的，一辈子待在走马镇上，太亏了。”周悲弼说话的时候，苏碧婉经常出错牌，惹得钱老板摇头叹气。

苏碧婉问过鹿维延上海到底是个什么样子，鹿维延做生意，经常出去。他听到苏碧婉问起来，眉头皱了皱说：“你怎么想到问上海的事情呢？”苏碧婉笑说：“随便问问。”鹿维延叹了口气说：“上海不是女人待的，女人在上海都会变坏。”

4

转过眼，一年就过去了。苏碧婉对走马镇熟悉了，鹿家的宅子对她也没有秘密可言。靠南的房子以前是五姨太住的，五姨太吊死在房里之后，这个房子就空了起来。有几次，苏碧婉看见鹿维延像幽灵一样溜进五姨太的房子，也不点灯，一个人坐在里面，黑乎乎的一团，谁也不知道他在里面干什么。苏碧婉想鹿维延还是有良心的，对这个已经死了的女人，还念念不忘。想到五姨太，苏碧婉就想起了自己，鹿维延至今还没有跟她做过，嫁过来一年多了，苏碧婉还是处女之身。她发现鹿维延对她屁股的兴趣，远比对她其他部位更感兴趣。刚开始，苏碧婉还以为鹿维延是不行了。时间一长，苏碧婉发现事情不是她想的那么简单。一个老男人，就算再不行，对着一个皮肤细嫩的年轻女人，也应该会有冲动的，就算他不能完成整个过程，起码他也会尝试着进入。可鹿维延连尝试都没有，他顶多在苏碧婉的屁股上抽上两巴掌。好几次，苏碧婉差点想跟鹿维延说：“老爷，你就要了我吧！”话到嘴边，却怎么也开不了口。这些话，她一个大姑娘还是说不出来。

走马镇上有些萧条的感觉了。米店、肉铺和丝绸店还在开着，生意却没有当铺的好。傍晚，阳光从西边洒下来，走马镇的青石板上透着明润的光，像一块玉。屋檐上的草越长越高了，却没有人管。就算是鹿家大院里，墙头上的青苔也生得格外茂盛，一大块一大块的。下了雨之后，墙根上总是爬满了蜗牛和蚯蚓。院子里的美人蕉长得异常的高大，像高粱秆一样，火红火红的，黄色的就像涂满了金粉。从这些迹象来看，并不是衰败的样子，这些苏碧婉都不管。

她已经不绣梅花了，有空就写写字，读点书。从她住的房子向外望去，整个鹿家都在她的视野之内。二姨太和三姨太常年吃斋，念佛。鹿维延基本不到她们房间里去，就算去也是白天，匆忙说上几句，就出来。至于四姨太那里，鹿维延偶尔会去过一下夜。大多时候，鹿维延睡在大太太和苏碧婉那里。大太太虽然给鹿维延生了三个儿子，一个女儿，但她毕竟老了。要比，她是比不过苏碧婉的。苏碧婉写字读书，鹿维延并不反对，他说："写写字，读点书，总比整天去打麻将好一些。"

由于和四姨太的关系好起来了，苏碧婉从她嘴里知道了很多事情。比如说鹿维延也没有动过她，至于二姨太和三姨太，据她估计也是没有动过的。

在苏碧婉房间里喝茶时，四姨太说："老爷也不知道是怎么了，他又不是不行。这么一来，可苦了我们这些女人了。"四姨太拿手拍在脸上扇风，一副哀怨的样子。苏碧婉笑着说："四姐，我想可苦不着你，你看你脸上，红润润的，精气神都顺着呢。"苏碧婉说完，四姨太紧张地朝四周看了看，压低声音说："六妹，这事可不能乱说。"两个人聊了会儿闲天，四姨太对苏碧婉说："老爷还没动你吧?"苏碧婉没点头，也没摇头。看着苏碧婉的神态，四姨太感慨地说："哎呀，可惜了你那白白嫩嫩的身子，你说你六妹走到街上，哪个男人不像狗一样垂涎着你。要说老爷也真是奇怪了，我和二姐三姐，他不稀罕也就罢了，我们老皮老肉的，他动不了念头。放着你这么一个美人，也不动手，真不晓得他是个什么意思。"苏碧婉身上有点热，脸上也红了起来。四姨太把嘴凑到苏碧婉耳朵边上说："要说，做女人啊，一辈子没尝过男人的滋味，也真亏。六妹你是不晓得，这男人也跟鸦片一样，你尝过一次那滋味，一辈子都念着，一辈子都放不下。"苏碧婉心里像一把火一样烧起来，她看了四姨太一眼，说："钱老板那么胖，我怕只有你稀罕。"四姨太把身子往椅子上一靠说："是个女人，都有两百斤的力气，没个男人压着，那就是缺了。"四姨太越说越裸露。苏碧婉有点听不下去，又任由四姨太说着。四姨太说时，苏碧婉裤子有些潮湿。她转过脸说："四姐，你不要说了，羞死个人了。"四姨太笑了笑说："有什么好羞的，他们男人能娶七八个姨太太，我们女人连个相好都不能找了？"说完，四姨太把苏碧婉拉过来，小声说："你还记得周悲弼吧？他暑假还回来，他跟我说他念着你呢！"苏碧婉的脑子里一下子闪出了周悲弼那张干净的脸。她还没来得及说什么，四姨太又说："等他回来，我给你牵牵线，让你也尝尝男人的味道，别枉做了一回女人。"四姨太还没说完，苏碧婉站起来说："四姐，那可不行，老爷知道了会杀了我，我这条命还是老爷捡回来的呢。"四姨太喝了口茶，笑了笑说："我也就这么说说，你也别当真了。"

四姨太走后，苏碧婉望着南边的房子发呆。五姨太的事情，苏碧婉前前后后听四姨太说了。五姨太原本是镇上铁匠的女儿，铁匠的老婆病了，跟鹿维延借了不少钱。据说得的是肺痨，一盆一盆地吐血。钱花了不少，女人最终还是死了。铁匠没钱还债，就把女儿卖给鹿维延做小老婆。嫁给鹿维延之前，五姨太有个相好的。嫁过来后，五姨太还和相好的私通。本来没什么大不了的。鹿维延不计较。可那相好的心死，一心想把五姨太带走。这样一来，五姨太就很为难，跑了吧，说不过去，走马镇上，谁都知道她是鹿维延的女人。不走吧，又舍不得相好的。前思后想，还是想不开，一根绳子在梁上吊死了。那相好的听到消息，也走了，再也没在走马镇上出现过。

听镇上的人说，五姨太那个相好的后来发了财，娶了两个老婆，儿女生了一大堆。据见过的人说，那两个女人跟五姨太长得一点也不像，跟狐狸似的，一身的骚气。说到这里，四姨太就很感慨，她说你看这男人，没了女人大不了再找一个，就做女人的心死，一门心思在男人身上，苦着的还是自己。末了，四姨太有些黯然地说，我做姑娘的时候，也指望着找个好男人，好好过日子。嫁给鹿维延，本以为能享一生的福，却不晓得原来做鹿维延的女人这么苦。早知道这样，不如找个打铁的嫁了算了，好歹有个人疼。

四姨太说这番话时，眼泪汪汪的，苏碧婉也跟着心酸。她给四姨太递了个手绢说："其实老爷除开那个不行，别的都还好。"四姨太擦了把眼泪说："女人不能生，男人说娶了只不下蛋的鸡；男人不行，女人只能打落牙齿和着血水吞。你说，女人的命怎么就这么苦呢？"苏碧婉也跟着擦了把眼泪说："女人的命本来就苦。"四姨太摸了摸苏碧婉的脸："我算是没有廉耻了，你这辈子可就苦了。"

望着五姨太的房子，苏碧婉经常想起四姨太的话来。按照四姨太的说法，五姨太刚嫁过来那会儿，鲜嫩水灵得跟一只葡萄一样。很快，就像一只核桃了，又硬又没有水分，到处是褶皱。她想二姨太和三姨太估计也是忍受不了鹿维延的冷落才念佛吃斋的。鹿维延看起来身体还很好，他娶了那么多姨太太却动都不动一下，让苏碧婉想不开。

5

把时间倒上三十多年，鹿维延还是走马镇上著名的无赖。三十多年，是个什么概念？命短的，死都死过一回了。鹿维延的爹就是三十多岁死的。他的死相很难看，佝偻着，背驼得厉害，像一只虾米。鹿维延他爹老实，三棒子打不出个闷屁，树叶掉下来都怕砸破脑袋的种。生了鹿维延，没承想鹿维延天性顽劣，六七岁开始就跟着镇上的流氓偷鸡摸狗。他爹打、骂都没用。

鹿维延长到十五岁那年，走马镇上来了一个道士。

走马镇上有个小庙，和尚经常看到，道士却不多见。要说走马镇上的和尚，也不见得都是真和尚。走马镇那庙，连个名字都没有，里面供着如来佛，观音菩萨，还有降龙伏虎几个罗汉。庙在走马镇边上，面积不大，只有一个大殿，几间厢房。走马镇上也没人关心庙里到底供的是哪个菩萨，反正要求子的就拜观音，其他的一律拜如来佛，拜罗汉的人就少了，多半上一炷香了事。

从走马镇上走开去，多半是平原，山少。由于山少，庙也少。这个庙就值钱了起来。初一、十五香火都很盛，经常有老头老太太动不动跑到庙里吃几天斋。在外面打了架，惹了祸的愣头青不敢回家，也往庙里跑，说是要出家当和尚。出家不是好玩的事情，庙里的和尚做不了主，只得好言相劝。末了，给他们吃顿斋饭，住上一个晚上。第二天一早，主事的老和尚赶紧叫个小和尚跑到镇上，谁家的孩子，让谁家来领回去。镇上的商贩，无事喜欢往庙里跑，跟老和尚讲古谈天。老和尚健谈，一肚子故事。在庙里谈天，老和尚还供应茶水。这庙占着旁边的一大片地，靠几个和尚根本忙不过来，就租给镇上没地的。庙里和镇上的关系好。这些因素加在一起，让这庙没一点想象的庄严，相反更像个集市。鹿维延跟庙里的老和尚关系就很好，鹿维延调皮归调皮，可聪明。老和尚教小和尚念经，小和尚还没明白，鹿维延已经能背下来了。鹿维延惹了事之后，也喜欢往庙里跑。

这老和尚也是有老婆的，还颇有几分姿色。平时，庙里没事，老和尚回家种他的地，有事回去主一下事。镇上要是死了人，老和尚就带着几个小和尚，穿上黄色的僧衣，去给死人念经。几个小和尚，都是镇上的孤儿，没人养，就送到庙里，吃住都在那儿。成年了，想娶老婆娶老婆，不想娶老婆，真心想学佛的，就去了大的寺庙。说白了，留在镇上的都是假和尚。平时，该吃肉吃肉，该喝酒喝酒。鹿维延经常见到老和尚喝醉了，躺在镇上的馆子里。大着舌头，口水不断地从嘴里流出来，像一串串佛珠。老和尚在镇上是名人，哪家都保不了要死人，死了人，都得请老和尚。所以，就算老和尚喝醉了，也总是有人把老和尚给送回庙里去。

对这些和尚的行径，走马镇上的人都知道，也不为意。和尚也是人，凭什么不能娶老婆生孩子？何况，多数和尚还是好人，谦恭懂理。老和尚的老婆大家都认识，老和尚的女儿长得也标致，两个脸蛋红扑扑的。可能是因为和尚家里条件好，老和尚那女儿身上该长肉的，一两不少，不该长肉的半两不多。由于这些关系，走马镇上，想跟老和尚结亲家的不在少数。这其中少不了有人是看上了老和尚的庙，那可也是一笔大钱。老和尚的女儿叫梦蝶，名字空灵得很，不像佛家的，倒像一个道家的名字。

老和尚和鹿维延说起醉酒吃肉的事，脸上总是有点郝然。他说，按道理说，既然当了和尚，就应该守得清规戒律，不该吃肉喝酒娶老婆。可心里，老和尚也不想当和尚。他说，鹿维延，这镇上总得有和尚吧，不然死了人都不知道怎么办，哪个去念经呢？鹿维延连忙点头称“是”。老和尚摸摸胡子说，不过不管怎么说，我们平时还是应该多吃点斋的。鹿维延笑，一边帮老和尚捶背，一边说：“我佛说了，佛要在心里，所谓‘酒肉穿肠过，佛祖心头坐’就是这个道理。”鹿维延的话讨巧，老和尚喜欢。他对鹿维延说，你干脆来当和尚好了，你来了，我死后，这个庙就是你的。你要是喜欢，我把我女儿也嫁给你。老和尚的女儿鹿维延是喜欢，可当和尚，他不喜欢。当和尚再不正经，也还是要念经，该吃的斋也要吃。他说：“师傅，我当不了和尚，我爹我娘还没死。”老和尚摇头说，我看整个镇上就你有慧根，可你又做不了和尚，可惜了，可惜了。

道士到镇上来时，鹿维延正好在庙里，他不知道镇上发生了什么事情。等一大群人跟着道士跑到庙里，鹿维延才看见了道士。他一下子被道士奇怪的装束吸引住了，他觉得道士的道袍可比和尚穿的灰不啦唧的僧衣好看多了。他正准备站起来，挤到道士身边，道士说话了，指着鹿维延说：“你，就是你，你过来！”鹿维延走到道士身边。道士把他从头到脚摸了一遍，又问了鹿维延的生辰八字，掐着指头算了一下。过了一会儿，他对鹿维延说：“我没算错，我没算错，整个走马镇上，数你最有福缘。过上十几年，大半个走马镇都是你的，你还要娶六个姨太太。”

道士还没说完，鹿维延就笑了，围在道士身边的人也笑了。鹿维延笑完了，指着自己的鼻子对道士说：“你说我？大半个走马镇是我的？我还要娶六个姨太太？”道士认真地点了点头。鹿维延朝地上吐了口痰说：“就算整个走马镇的人有这个命，我鹿维延也没这个命。”说完，转身准备走。道士却一把拉过他说：“我还有一句话要交代，你要多生子孙。否则，子孙有劫。”鹿维延把道士的手甩开，走了。

现在回头一看，道士说的话，都对。如今的走马镇有大半个是他鹿维延的了，他也娶了六个姨太太。

回到家里，鹿维延把道士说的话跟他爹说了。他爹“呵呵”笑，他不信鹿维延有那样的命。他一边“呼哧呼哧”地喝粥，一边说：“镇上最有钱的王老爷，也就娶了三房姨太太，你怎么可能娶六房呢？我说天下的有钱人，都比不过王老爷，他们家吃油跟吃水一样，每个月吃肉。”鹿维延他爹的话，让鹿维延皱了皱眉头。他甩下碗说：“不吃了，天天喝粥，喝得也不烦。”他爹拿筷子敲了敲碗说：“你个小狗日的，有粥给你吃，还挑三拣四，老子当年连粥都吃不上。”鹿维延他爹跟别人说话，胆子小，在家里，却横得很。鹿维延站了起来，准备去睡觉。他爹却叫住他说：“王老爷说了，让你明天到他们家豆腐房磨豆子。”

第二天一早，天还没亮，鸡都没叫，鹿维延他爹把他拉起来了。鹿维延和他爹走在镇子上，月亮还挂在半空中。月亮很圆，发白，像女人的大屁股。月光下的镇子很安静，青石板的路面沾满了露水，有点滑。青草的味道顺着空气，从镇子外面飘过来，鹿维延觉得自己像一头牛一样，满肚子都是草的气味。整个镇子像是死了一样，一个人都没有。只有鹿维延和他爹的脚步声渐渐地消失在巷子里，剩下的就是偶尔从墙头上闪过去的野猫或者老鼠。

赶到豆腐房，鹿维延意外地看到了王老爷。王老爷穿着一身青布长衫，很瘦，留着一撮可笑的山羊胡子。由于穿的是长衫，王老爷显得清瘦，整个人像一根麻秆一样撑在长衫里面。鹿维延他爹把鹿维延带到王老爷面前，毕恭毕敬鞠了个躬，小心翼翼地说：“老爷，这是我儿子，鹿维延。”说罢，扯了一下鹿维延的袖了，低声而严肃地说：“还不给老爷跪下！”王老爷看了鹿维延他爹一眼，“哼”了一声说：“算了，小孩子，不用讲那么多礼节。”接着，他盯着鹿维延看了一眼，问道：“你就是鹿维延？”鹿维延点了点头。王老爷又看了鹿维延一眼说：“我晓得你的，你经常在镇上和人打架。”鹿维延他爹有些紧张地说：“老爷，那都是过去的事情了，我也没少打他。你看现在，我把他给您送过来，有您管着他点，也好学点东西。”王老爷点了点头，摸了一下半尺长的山羊胡子，转了个身说：“我听说，昨天镇上来了个道士，说将来半个走马镇都是你的，你还要娶六房姨太太？”听王老爷说完，鹿维延笑了笑说：“老爷，那道士是个疯子。依我看，这走马镇，不管什么时候，都是王老爷你的。”王老爷眉头皱了一下，冷淡地说：“从今天起，你到我的豆腐房干活，别的不用你管。这么大的人了，也该收点心性了。”说完，叫了一个伙计，指着鹿维延交代了几句。

这是鹿维延第一次见到走马镇最富有最有权势的王老爷。平时，王老爷很少在镇子上露面，镇上的人都说王老爷在外面做着大生意，赚的银子要用斗来量。据说，王老爷年轻时考过科举，中了个秀才。再考，考了几次都中不了举，干脆抛下诗书，用祖上留下的产业做起了生意。王老爷考科举不行，做生意却是一把好手，不到十年，硬是把祖上留下的产业翻了几番，成了走马镇上最富有的人。

豆腐房很大。磨豆子是在豆腐房旁边的一个偏房，又小又窄，黑乎乎的，点着两根蜡烛。鹿维延跟着豆腐房的伙计走进去，一股酸臭的味道一下子扑进他的鼻子。伙计指着装在大木桶里的豆子说：“你把这些豆子都磨了。”鹿维延把手伸进桶里摸了一把，豆子已经泡了很久了，圆鼓鼓的，有点软。除开豆子，还有一个巨大的磨和一头驴子。伙计帮鹿维延把驴子套上驾，戴上眼罩，一边干，一边咕噜着说："以后这些事情你都得自己干，没人帮你了。"说完，在驴子屁股上拍了一把。驴子围着磨转了起来，鹿维延拿着勺子把泡好的豆子一勺一勺地灌进磨眼了。磨"咯吱咯吱"地响了一会儿，接着，黄白色的豆浆从磨中间流了出来，"滴答滴答"地流进放在磨下面的一个硕大的木桶里。

鹿维延坐在两个木桶中间，间或把一勺豆子喂进磨眼。装豆子的桶那么大，勺子又那么小。鹿维延感觉这一桶豆子怎么磨都磨不完。豆腐房外面还是黑的，其实外面应该有很好的月光。鹿维延觉得困，特别的困。磨了半桶豆子之后，鹿维延的眼睛几乎睁不开了，驴子似乎也累了，有一搭没一搭地转。

把整桶豆子磨完，天已经大亮。鹿维延卸下驴眼罩和磨架，走到豆腐房说磨完了。豆腐房的伙计进来看了看木桶。对鹿维延说，出去喝碗豆腐脑吧，喝完了你就可以回去睡觉了。我们还得接着干呢！豆腐房里面热气腾腾，有些豆腐已经压出来了，伙计把压好的豆腐一格一格地放在架子上。旁边的一个大锅里，正煮着豆浆。等点过卤水，就成了豆腐脑。把豆腐脑往纱布里一裹，再放上几块石头一压，沥了水，一块新鲜的豆腐就做好了。

喝完豆腐脑，走出豆腐房。太阳已经出来了，镇上也有了人，卖菜的，赶车的，什么样的都有。太阳明晃晃的，鹿维延眼皮却很沉。他只想回家好好地再睡上一觉。

还没走到家门口，鹿维延远远地看见他爹坐在门前的青石板上等他。等他走近，他爹说："回来啦?"鹿维延懒得理他爹。他爹却拉住他说："还好吧?"鹿维延不耐烦地说："有什么好不好的?"他爹这才放开他，喜滋滋地说："王老爷说了，按天给你记工，一天给你一升米的工钱。”鹿维延厌恶地看了他爹一眼说：“一升米就把你高兴成这样了？”他爹没计较鹿维延说的话，笑了笑说：“你还看不起，多少人求着王老爷给他一升米，王老爷也不给。还是王老爷托人带信给我，让你去他的豆腐房干活。”鹿维延冲他爹吼了声，你说完没？你说完了我要去睡觉了。他爹这才从喜悦中回过神来，问：“你吃了没？”鹿维延说：“喝了碗豆腐脑，我要睡了。”鹿维延他爹“啧啧”叹了两声说：“个狗日的，还有豆腐脑喝，老子一年也喝不了几碗豆腐脑。”

6

鹿维延在王老爷的豆腐房里一共干了三年。这三年，鹿维延从一个愣头青长成了一个精壮的小伙子。可能是由于每天早上喝一碗豆腐脑的原因，鹿维延的皮肤变得很白，又细腻，像一个书生。头发油亮，个子长得又高又大，身上全是硬邦邦的肌肉，像一匹壮年的马。要是依着鹿维延的脾气，在豆腐房里干上三个月就不错了，可他愣是干了三年。

这三年，正是鹿维延长身体、发育的时候。他的嘴唇上已经长出了软软的胡子，喉结突出出来，嗓子开始变哑，响亮而清脆的童音变得深沉而低缓。这些都不是最主要的，最主要的是鹿维延发现他的下面开始长毛了。长毛之前，鹿维延很少看他的下面，这个物件有什么作用，也不太明白，更不要说什么其他的。也不晓得哪一天，鹿维延突然发现他的下面长出了几根黑乎乎的毛。刚开始，毛还很稀疏，只有了了几根，紧跟着软软的一大片，再后来就是卷曲的一大片。发现自己的下面长毛之后，鹿维延能感觉到他的身体也起了变化，首先是乳头周围有硬硬的一块，然后喉咙也起了变化，以前能发出的尖叫也发不出来了。鹿维延并没有感到恐慌，他看过他爹的下面也是黑乎乎的一大片，做男人最后都得这样，真正让鹿维延觉得紧张的是他裤裆里经常莫名其妙地就湿了。

第一次发现这个是在中午，天气很热，他躺在席子上睡觉。睡得迷迷糊糊的，感觉下身抖了几下，大腿根上黏湿黏湿的，却又说不出的舒服。等他坐起来，他看见他爹正坐在旁边，一边吸着烟叶，一边望着他。鹿维延赶紧用双手捂住裆部，想往里面屋里跑。他爹却拉住他说："你给我站住，站住!"他爹的力气很大，鹿维延穿着一条湿了的短裤站在他爹面前。他爹伸手把他的短裤拉开看了一眼，表情复杂地说："你大了，晓得想女人了!"

跑进里屋，鹿维延的心跳得厉害。他爹像是看透了他一样，说他晓得想女人了。他想起来，睡得迷迷糊糊的时候，好像是梦见了一个女人，光着身子，屁股大大的。鹿维延爬到她身上，拿下面戳她，还没进去，下面就有股湿热的东西射出来了。他脱下短裤，看到一团白色的黏糊糊的东西粘在裤子上，鹿维延用手摸了一下，滑滑的，像鸡蛋清。他把短裤送到鼻子底下闻了闻，有点腥。

换好裤子，鹿维延心神安定了一些，他想起他趴在女人身上的感觉，还有那东西射出来的时候，很舒服。他努力想记起女人是谁，可他没有看清楚，有些像梦蝶，又不太像。他想应该是梦蝶的，他认识的女人并不多。一想到梦蝶，鹿维延的脸红了。

梦蝶是老和尚的女儿，鹿维延去老和尚那里，经常可以看见梦蝶。以前，鹿维延没往那里想。有了这一出后，再看到梦蝶，鹿维延有些紧张，好像梦蝶随时可以看透他的心思一样。鹿维延多心了，他去老和尚家里，梦蝶还给他倒茶。鹿维延想，梦蝶肯定不晓得他在梦里对她做了点什么，不然，梦蝶是不会理睬他了。

要说女人，鹿维延最熟的除开他妈，就是梦蝶，还有就是王老爷的三姨太了。王老爷的三姨太姓胡，长得很瘦，胸前两团却是很大。按豆腐房伙计的说法，他妈的，就跟两个大白葫芦一样。豆腐房的伙计都叫三姨太狐狸精，说这个女人全身上下都透着一股骚劲。更要命的是，这个女人骚归骚，长得却丑，眼睛和鼻子都往一个地方挤，额头处显得特别宽阔，光秃秃的一大片。两片嘴唇也薄，像是谁不小心在那里画了两条红线。用豆腐房的伙计的话说，从后面看三姨太，一把想日了她；从前面看，却害怕被她给日了。听完这话，其他的伙计就笑，说就算你想日，你还没那命，那是王老爷日的。鹿维延对他们说的话，还没有直接的感受，他还没有女人呢，不要说日，连女人手都没碰过。他只觉得，这个女人和别的女人不一样，和他妈，和梦蝶都不一样。

豆腐房的活多。鹿维延除开磨豆子，还要提前把豆子给泡上，泡上几个时辰，豆子就可以磨了。鹿维延现在是一个熟练工。偏房里除开鹿维延和一头驴子，没什么活物。外面做豆腐的伙计要料，就冲鹿维延喊上一声。鹿维延立马放下手里的勺子，给外面送过去。这么一来，鹿维延大部分的时间是和一头驴子在一起。

豆腐房是个苦差事，折腾人。有句话说，“人生三大苦，撑船，打铁，磨豆腐”。另外两个行当鹿维延没做过，搞不清楚。磨豆腐苦，他是晓得的。间歇的当儿，鹿维延和另外几个伙计坐在一起，也没别的话说，就说女人。豆腐房里有五个伙计，除开鹿维延，另外几个都有老婆。鹿维延刚去那会儿，他们还忌讳着点，要说也不当着鹿维延的面说。过了没几天，没这个禁忌了。管他娘的，怎么高兴怎么来。说到兴起，还要脱鹿维延的裤子，说是看鹿维延硬了没有。

伙计中有个已经五十多了，大家都叫他老焉。老焉看上去软不啦唧的，一听到说女人，眼睛就闪闪发光了。老焉关于女人的故事也特别多。据他自己说，他年轻时也算个风流人物，搞了三个姑娘，还有十几个小媳妇。老焉年轻时是个货郎，敲着一个拨浪鼓到处跑。他的那些风流事，也是那个时候干下的。等老了，他的货郎担给了他儿子，他则到王老爷这里找了个做豆腐的差事。老焉讲起来，其他的伙计都不相信，老焉也不辩解，只往后一靠，眯上眼睛，像是回味一样。老焉说，这个人啦，阴阳要协调，不协调，人就不行了。这个阴离不开阳，阳也离不开阴。说起做那事，老焉瞟鹿维延一眼说，我跟你这么大的时候，都快当爹了，你他妈还是个童男子。其他的伙计就笑，指着老焉说，你个鸡巴老焉吹牛，你跟鹿维延这么大的时候，下面毛还不晓得长齐没，硬都不晓得硬不硬得起来，还当爹呢？碰到三姨太过来，老焉他们会规矩些。当着面什么都不说，三姨太一走，什么话都出来了。老焉说，你说三姨太老到我们这里来，她来干吗呀？其他伙计就逗笑着说，来找野男人呢，来找你呢！老焉就笑，笑得满脸的褶子，好像三姨太真是来找他一样。三姨太身上有股鹿维延从来没闻过的味道，幽幽地飘过来，让鹿维延心里一跳一跳的。每次三姨太还没走到偏房，鹿维延就闻到味道了。偶尔三姨太会看鹿维延一眼，跟他说几句话。

发育中的鹿维延除开磨豆子，还有一个事情是想女人，瞎天瞎地地想。他想去找梦蝶，他想梦蝶应该愿意跟他一起的。再说了，老和尚也说了，只要他愿意，让梦蝶给他做老婆。老和尚越是这么说，鹿维延见到梦蝶越不好意思，好像跟梦蝶真的有了点什么一样。在镇上碰到，也只匆匆点个头就跑了。梦蝶到豆腐房找过鹿维延几次，没什么事，闲扯几句。

7

鹿维延没想到三姨太会到豆腐房找他。三姨太来的时候笑吟吟的，走到鹿维延边上，三姨太还在鹿维延的肩膀上拍了一下。天还没亮，鹿维延刚刚到豆腐房，豆子还没有开始磨，外面的伙计还没有来。三姨太是一个人来的，穿得很少，胳膊都露在外面。

三姨太什么时候进来的，鹿维延没发现，只闻到一股香味从背后传过来。正要转身，三姨太把手放在鹿维延的肩膀上。等鹿维延转过身，看见三姨太的嘴，三姨太的两个乳房示威一样挺着。鹿维延一动不敢动，大口大口地喘气，下身不争气地硬了起来。他抖抖索索地说："太太有什么事情吗？"三姨太把手从鹿维延肩膀上放下来，撇了撇嘴说："没什么事情，我就不能来了吗？"鹿维延连忙说："不是，不是，当然不是。"鹿维延的两只手不知道往哪里放好。看到鹿维延紧张的样子，三姨太又说："我就过来看看。"鹿维延向四周看了看说："老爷没有来吗？"三姨太皱了一下眉头说："老爷还不知道在哪个狐狸精那里呢！"三姨太说到"狐狸精"时，鹿维延差点笑了出来。他想起豆腐房的伙计都说三姨太是狐狸精的。鹿维延又看了三姨太一眼，不安地说："我要磨豆子了！"

三姨太搬了张凳子坐在鹿维延边上，看他磨豆子。偏房里只有磨转动的声音和驴子的踢踏声。鹿维延感觉有点什么事情要发生。坐了一会儿，三姨太对鹿维延说："别磨了，你听我说会儿话。"三姨太把嘴凑到鹿维延耳朵边上，像吹气一样小声说："鹿维延，我都看见啦！"鹿维延浑身一颤，连忙问："你看见什么了？"三姨太的表情有些得意，她说："我什么都看见了。"鹿维延镇定了一下，笑着说："我这里能看见什么？"三姨太靠到鹿维延身上，伸出一只手在鹿维延胸口上摸了摸。鹿维延全身颤了一下，三姨太的手指像一只虫子一样在鹿维延乳头四周爬来爬去，痒痒的。过了一会儿，三姨太指着驴子坏笑着说："我看见驴子了！"说完，伸出舌头，在鹿维延脖子上舔了一下，说："我还看见你了！"接着，三姨太的手顺着鹿维延的胸脯滑到肚子上，一个字一个字很慢但很清晰地说："我还看见你和驴子干了！"三姨太说得很轻，却像一连串的炸雷把鹿维延给炸晕了，他觉得他整个人都快顶不住了。

空气沉闷，外面的月光看起来跟没有一样，鹿维延脑子里空荡荡的，他感觉到三姨太的手握住了他下面那根东西。他刚想说点什么，三姨太却用手指压住他的嘴说："你只要听我的，我跟谁都不会说。"三姨太说完，把鹿维延的裤子扯了下来，将头埋了下去。鹿维延下面直挺挺的，进入了一个潮湿而有弹性的地方。过了一会儿，鹿维延感觉他下面像是要爆了一样。他一把推开三姨太说："太太，太太，不要！不要！"三姨太站了起来，舔了舔嘴唇，像一只发情的猫。她把鹿维延的手拉到她胸前，从衣服里伸了进去，凑到鹿维延耳朵边上说："鹿维延，你他妈的真是头驴！"

事情完了之后，三姨太心满意足地走了。鹿维延开始紧张，如果王老爷知道了，非杀了他不可。除开这个，鹿维延觉得恶心，他原以为女人那里和驴子一样的，没想到他把手伸到三姨太裤裆里，却摸到毛茸茸的一大团。他的手吓得缩了回来，三姨太"咯咯"地笑了，像一只母鸡。鹿维延蹲下去，凑近看了看，三姨太那里像一只张牙舞爪的螃蟹。这跟他想象的太不一样了。进入三姨太时，鹿维延叫了一声，接着就泻了。

整天，鹿维延老是走神，又是怕，又是觉得恶心。鹿维延对老焉说：“老焉，你说女人那里真像驴吗?”老焉点了点头说，那当然，不像驴子像什么？鹿维延想了一会儿，还是硬着头皮问老焉：“那女人那里长毛吗？像男人一样?”老焉“哈哈”大笑起来，他望着周围的伙计，扬高了声音说：“我操，鹿维延问我女人那里长不长毛!”笑完了，老焉说：“女人也要长毛，不长毛的是‘白虎’，男人是碰不得的；除非男人本身是条‘青龙’，能把‘白虎’给镇住。”老焉说完，鹿维延咕嘟了一句，你以前说像驴子的，驴子的没毛。

8

日子一天天地过，跟拉磨一样。鹿维延越来越像个大人了，他一顿能吃下六个大白馒头，只要有。他爹也不大管他了，除开整天说要给他说个媳妇。父子两个还一起喝酒，鹿维延他爹的酒量不好，喝了三两，鼻子就红了，跟一只胡萝卜一样。鹿维延能喝，八两下去，走路晃都不带晃一下。喝了点酒，他爹话多，指着鹿维延的鼻子唠叨。说半天，鹿维延也不知道他到底想说点什么，干脆就不听了，只管喝他的酒。

在豆腐房干了那么长时间，鹿维延觉得他除开会磨豆子，长了几十斤肉，别的，一点长进也没有，要说有，那就是学会了搞女人。鹿维延和三姨太的事情做得机密，没有人发现。三姨太来找他，都是凌晨，那会儿，走马镇上的狗都睡着呢。对磨豆子，鹿维延一点兴趣也没有。他不想磨一辈子的豆子。可除开磨豆子，鹿维延不晓得他还能干点什么。想起道士说过的话，鹿维延觉得好笑，什么狗屁道士，看起来道骨仙风的，一张嘴就是一派胡言。要是真的能跟他说的一样，将来半个走马镇都是他鹿维延的，他怎么着也应该看出点迹象啊。可他实在是看不出来。

和三姨太的事情，鹿维延紧张过好长一段时间，心里像放了一只老鼠，时不时抓得他难受。王老爷偶尔也来一下豆腐房，看见鹿维延，点个头，算打过了招呼，没什么特别的神态。他似乎什么都不知道，整个被蒙在鼓里。看到这个，鹿维延窃喜，你王老爷有钱又如何？你有势又如何？你老啦，你的姨太太也被我搞啦。鹿维延和三姨太搞，尽量不去想三姨太那张脸，昂着头，望着屋顶，或者干脆就把脸埋在三姨太两只硕大的乳房里。三姨太“咿咿呀呀”乱叫，抓得鹿维延身上一条条的血痕。鹿维延冷冷地看着，不动声色，肚子里却一阵阵地冷笑，心里想：“傻逼，你这个傻逼丑女人，你以为你逼我，你就能占到便宜啦？可没那么容易，我告诉你吧，每次和你搞之前，我都先和驴子搞过一把，你他妈连驴子都不如！”

碰上家里没事，吃过午饭，鹿维延会到庙里去，跟老和尚聊天。老和尚是越来越老了，光头上连头发根都少见了。老和尚是看着鹿维延长起来的，看到鹿维延来庙里，总是很高兴，给他倒茶，上点心。两个人动不动一坐就一个时辰，也不说什么话。就是说也说一些无关紧要的，比如昨天晚上刘家的狗被人杀了吃啦，李家的男人又打老婆啦。老和尚不经常出门，来庙里的人不少，老和尚的信息因此灵通。镇上的事情，老和尚比谁都清楚。他装憨，人家问起来，他就笑，摊开手说“我怎么知道呢？我一个和尚，哪里管你们尘世中的事”。鹿维延跟老和尚问起过王老爷三姨太的事情，想探探老和尚的口风，老和尚的眉头皱了一下，认真地说：“鹿维延，这个女人你要小心点。据我看，这个女人是狐狸精转世的，骚，最终不得好死，跟她有关系的男人，也是麻烦得很。”鹿维延笑了笑说：“跟我能有什么关系，我一个磨豆子的，跟她一个姨太太能有什么关系。”

话是这么说，鹿维延心里也在打鼓。他发现自己有些不正常了，手经常莫名其妙地发抖，跟筛豆子一样，非得握住点什么心里才觉得踏实。他家里有一把斧头，他一看见那把斧头，手抖得更加厉害。他拿着那把斧头想干点什么，比如砍树、削木头等等。要是碰上镇上有人打家具，隔着几条巷子，他都能闻到锯木头的香味。那味道太奇特了，这是鹿维延以前没注意到的。就算在家里喝酒，他也能闻到这个味道。一闻到这个味道，他就坐不住了，像一只蜜蜂闻到一大片油菜花的香味一样，迫不及待地想扑上去，吸上几口。他顺着锯木的味道，一直走到人家家里。果然，人家正在打家具呢。对鹿维延的反常行为，他爹有些怕，他说，鹿维延这个狗日的什么时候变成一只蛀虫了？

现在，鹿维延家已经有两把斧头和三把锯子了。斧头是鹿维延悄悄请镇上的铁匠打的，鹿维延把斧头磨得闪闪发光，在夜里看起来，是蓝色的。去豆腐房的路上，鹿维延把斧头别在裤带上，见到木头就上去砍两下。镇上的树被鹿维延砍了好几棵了。他砍树的动作非常利索，“刷刷刷”三四斧头，一棵碗口粗的树就倒下来了。镇上悄无人声，树倒下来的样子让鹿维延兴奋，他像看着一只巨大的黑鸟扑到了地上。接下来，他飞快地去枝，扛起树往豆腐房跑。

鹿维延的手越来越灵巧了，他无师自通地学会了木匠的手艺。他做的都是一些小物件，门巴掌那么大，椅子只有桃子那么大。他把做出来的东西摆在磨盘上，眼睛像猫头鹰一样闪闪发光。再去看人家做家具，鹿维延觉得可笑，那些木匠的手艺实在太差了。不要说刻花，打一张桌子，都要拿墨斗、角尺量上几回。鹿维延想如果换成是他，一把斧头就搞定了。他敢保证他用斧头砍出来的桌面比刨子刨出来的还光滑，边角比角尺量出来的还要直。

和三姨太最后一次是在豆腐房干的。那次，鹿维延有些兴奋，干完这一回，他就可以走啦，不用以后再对着那张丑脸了。临到完事，鹿维延正想跟往常一样拔出来，射在外面，不料三姨太紧紧按住鹿维延的屁股，尖叫着说："不要出来!"鹿维延还没愣过来，就泻了。

从豆腐房出来，天已大亮。镇上热热闹闹，这些热闹以前是和他无关的。磨完豆子，他只想回家好好睡上一觉。今天不一样，明天他不用再去磨豆子啦，想干什么就可以干什么啦。其实，到底要去干点什么，鹿维延心里一点底都没有。他也懒得去想，天下没有难死的人。他爹那么老实，不也安稳过了一辈子。吃是吃不饱，可也没饿死；穿是穿不暖，可也没冻死。他鹿维延不会比他爹差的。

在镇上转了一圈，吃了两个包子，鹿维延想去庙里坐一会儿，找老和尚聊几句。有了这个念头，他去卤肉店里买了两斤猪头肉，用油纸包好。庙门是开的，鹿维延走进去，穿过正殿，到了后门，一眼看见老和尚在那里浇菜。鹿维延朝老和尚摇了摇手里的油纸包。老和尚远远地拿指头点了鹿维延两下，脸上却笑嘻嘻的。两个人坐在后门，鹿维延把油纸打开，老和尚嗅了嗅。然后，起身，把后门给带上，再坐下来，用手指拈起一块猪头肉说："可不敢让佛祖看见。"鹿维延对老和尚说，他从明天起就不磨豆子了。老和尚一边嚼着嘴里的肉，一边点头。

两人聊了一会儿，鹿维延起身说要回去了。老和尚把油纸重新包起来，跟着鹿维延站了起来。鹿维延走出庙门后，老和尚在后面说了一声："其实，你应该是个天才的木匠。"鹿维延震了一下，接着笑了，他妈的，这个镇上什么事情都瞒不过老和尚的眼睛。

再回到镇上，鹿维延没急着回家。他进了家馆子，又要了半斤卤猪耳朵，六两酒。等他喝完，逛完回家，天已经快黑了。

一回到家，鹿维延看见他爹满脸喜色，桌子上意外地还有一条鱼。他爹拿出两个酒杯，喜滋滋地说："来，来，来，喝一点。"他爹的样子，让鹿维延觉得奇怪。吃了两口，鹿维延放下筷子说："是不是有什么事?"他爹盯着他看了几眼，满意地说："好事，好事啊。"说罢，抿了一小口酒，抹了一下嘴唇说："下午老和尚到我们家来啦!"鹿维延有些意外问："老和尚来干吗？我们家又没死人。"他爹敲了一下桌子，生气地说："你怎么说话的你？你咒谁死呢?"缓了口气，他爹说："老和尚说了，要把梦蝶许给你呢!"鹿维延说："你说什么?"他爹又说了一遍，扳着指头念叨："跟和尚结亲家，那可好，和尚都有钱呢，庙里有一大片地。"鹿维延把筷子重重地放在桌子上，冲他爹吼道："不行!"他爹愣了一下说："你说什么不行?"鹿维延没吭声，他爹猛地拍了一下桌子说："你说什么不行？啊？多少人抢着争着要跟和尚结亲家，和尚都不肯。人家看上你了，你还摆起架子了。再说，梦蝶哪点配不上你，要模样有模样，要身材有身材，又贤惠，哪点对不住你了?"鹿维延和他爹对视了一眼，说："梦蝶好，和尚也好，是我配不上。"听完鹿维延的话，他爹又笑了，说："儿女婚姻，都是父母之命，和尚同意，我同意，就可以了。再说，梦蝶对你不也挺好的？我听镇上的人说梦蝶到豆腐房看过你好几回呢。"鹿维延没笑，他一字一顿地说："我不同意。"说完，站起来离开了桌子。他爹在后面指着鹿维延骂："你个狗日的，你怎么这么不成器呢？你干脆死了算了，省得要老子操心。”

要说梦蝶，鹿维延是喜欢的，他是真的觉得自己脏。

9

不到二十岁，鹿维延成了走马镇上最有名的木匠。最有名是什么意思？那就是说人家宁愿出双倍的价钱，好酒好肉地伺候着，等上十天半个月，也要等着。鹿维延的手艺确实值得人家等。别的木匠花二十天的工夫，鹿维延顶多十天就够了。做出来的柜子，柜门打开，一点声音也没有，关上，密合不透风。柜门上刻的喜鹊梅花，涂上油彩跟活的一样，喜鹊像是张嘴能叫，梅花呢，半夜里还有香味飘出来呢。走马镇本来也有几个木匠的，鹿维延出现后，其中两个木匠远走了他乡，另外几个干脆当起了鹿维延的徒弟，给他打打下手。反正活是少干了，钱却挣得比以前多了。

成了著名的木匠，关心鹿维延婚姻生活的人多了起来。鹿维延心里是喜欢梦蝶的，这话他不能说，他爹为了梦蝶的事差点一斧头砍了他。再说，鹿维延拒绝了老和尚的提议之后，梦蝶很快找了个人嫁了。梦蝶嫁的是河对面杀猪的屠夫，这屠夫长相奇特，眉眼大，鼻子是鹰钩状的，光着膀子看起来像一头硕大的熊。梦蝶嫁给屠夫的那个晚上，鹿维延站在河水边上，听着河对岸的锣鼓声，一阵阵地疼。他看见梦蝶坐着一顶雕龙刻凤的轿子，一队人马吹吹打打地热闹到了河对面。迎亲的队伍过了河，就不是走马镇的了，梦蝶也不是走马镇的姑娘了，成了河对面的女人。

从河边回来，鹿维延用木头做了一只鸟。做完已是深夜。鹿维延给鸟点上了眼睛，吹了口气。走到镇上，月光依旧很好，走马镇上的烟火气已经散去。鹿维延似乎还能闻到梦蝶的味道，在一棵树上，一朵花上，一条巷子里。走完整个走马镇，天已经快亮了，月亮也沉了下去，一轮昏黄的闲月。鹿维延将木鸟高高地抛向天空，他听见天空中传来“嘎嘎”两声鸟叫，木鸟拍了拍翅膀，盘旋而去。

按照走马镇的规矩，嫁出去的姑娘，三天是要回门的，回来看爹娘。梦蝶回到走马镇的那天，河面上的雾气还没有散去。从走马镇这边望过去，河对面隐藏在雾气中，仿佛仙境。梦蝶踏上岸，回头看了一眼。刚放开脚步走了两步，便听到了“嘎嘎”两声鸟叫。她抬起头，往天上望了望，她看见一只鸟，像一块石头一样从空中掉了下来。鸟下落的速度很快，带着“忽忽”的风声。然后，“啪”的一声，摔在了梦蝶面前。梦蝶蹲下身去，她看清楚了这是一只木鸟，两眼流血，整个身子都散了架。梦蝶看着这只鸟，叹了口气，拿出随身的手帕把木鸟包了起来。走到镇上，梦蝶把手帕交给屠夫说：“你把这个还给鹿维延，我在这里等你。”

屠夫找到鹿维延，鹿维延正在自家院子里喝茶。见屠夫进来，鹿维延像上辈子就认识一样，站了起来，然后回头对身边的徒弟说：“倒茶，再去镇上买些酒菜回来。”屠夫咧开嘴笑了笑。那天，屠夫穿着灰色的长衫，如同一个书生。他从怀里掏出手帕，递给鹿维延说：“梦蝶让我带给你的。”鹿维延看都没看一眼，将手帕递给徒弟说：“拿出去埋了！”

鹿维延和屠夫喝完酒已是下午，屠夫走后，鹿维延彻底地醉了。

现在，在走马镇上，鹿维延是个名人了。走马镇上的姑娘，只要鹿维延喜欢的，他说个话，托个媒人，没有不成的。王老爷死了，死之前，王老爷说了一句大家都听不懂的话，他说：“我不应该把鹿维延放在豆腐房里。如果放在账房里，他的心就不会野了。”王老爷死的时候，王家已经衰败了。

就在鹿维延离开豆腐房不久，镇上有人看见王老爷带着两个贴身的伙计，半夜里偷偷回了走马镇。王老爷这一回来，就再也没有出去过，王家的大门也不再热闹了。镇上的当铺老板说，经常见王家的下人，那着些金器、玉器来换钱，想来王家是出事了，要败了。当铺老板的预测是对的，很快，王家解雇了一些下人，豆腐房也关了。王老爷的几个儿子，在镇上酒馆里出现的次数也少了。

就在镇上的人揣测王老爷家里是不是败了时，王家又出了件大事，三姨太跳河了。清早的河面是安静的，平静得如同一面镜子。水草生长得旺盛，像是把整条河的精气神都吸进来了。王老爷家里的人亲自划了两条船，还有走马镇上的船都出动了。那么多船拥挤在河面上，热热闹闹的，和端午节赛龙舟一样。不同的是，赛龙舟气氛是热烈的，欢喜的，河面也跟着欢腾起来。这次，每一条船似乎都很紧张，除开偶尔桨划破水面的声音。走马镇的人脸上一派肃穆，安静的河水像一个杀了人，却装作与自己无关的闲汉。

王家派人顺着河道找了三十几里，连件衣服都没找到。他们回来时，天黑得像团墨水。走马镇上的渔民提着渔网，见面有气无力地摇摇头，连话都懒得说了。王老爷家的灯一直亮着，时不时有几个人走进去，又出来，沮丧的样子。

镇子上热闹了，三姨太的死，或者说消失让镇子激动了起来。镇上有谣传说，三姨太是大着肚子跳河的，这个狐狸精背着王老爷偷汉子。肚子大了，藏不住了，嘴巴却异常的硬。王老爷派人守着她，拿大棍子打。奇怪的是这个平时妖里妖气，娇贵得很的女人，却什么都不肯说。王老爷气得肚子都快炸了，他的山羊胡子撅得老高。弄到后来，王老爷没办法了，他说："你要是不说，就死在这间屋里吧！"王老爷把三姨太关在一个小房子里，每天除开送点吃的，一点水，连话都没有人跟三姨太说。三姨太的肚子一天天大起来，行动越来越不方便。她终于还是找个机会跑了，是不是看守三姨太的人故意放的，没人搞得清楚。反正，三姨太是跑了。

说三姨太跳了河，是镇上一个哑巴比划出来的。大清早的，天还没亮。哑巴跑到王老爷家门口"咚咚咚"地捶王老爷家的门。等王老爷家的下人把门打开条缝，哑巴一下子蹿进来，拉住来人"咿咿呀呀"比划着，鬼才知道他在说些什么呢。哑巴比划着说要找王老爷，这次，下人看懂了，却懒得理他。天还这么早，王老爷还没起床呢。这个时候去吵醒王老爷，他们才不干呢，闹不好，被王老爷骂几句，踢上两脚就不划算了。哑巴却不管这么多，号叫着往里面冲。正闹得不可开交的当儿，王老爷出来了。他披着件马褂，问下人："怎么啦，这是怎么啦，天还没亮吵什么呀？"哑巴一把扑过去，拉着王老爷指天画地。闹了好一会儿，王老爷明白了，哑巴是说三姨太跳河啦！王老爷盯着哑巴，哑巴的脸都涨红了。算了，宁信其有，不信其无。王老爷对下人挥了挥手说，去看看，省得哑巴在这里吵。伙计跑去关着三姨太的房子一看，房子果然空了。王老爷这才紧张起来，赶紧让伙计划了两条船，又让人去请镇上的渔民帮忙，多划几条船去。就算见不到活人，把尸体捞起来也好。捞了一整天，上游下游都找了几十里，鬼影子都没看到，鱼倒是捞起来不少。

三姨太失踪后不久，王老爷死了。按照镇上的说法，王老爷一半是给三姨太气死的，另一半是因为家道衰落了，给急死的。这两种说法，在鹿维延看来，有些可笑。至于，王老爷到底是怎么死的，他说不明白。他更关心的是，三姨太的肚子是不是真的大了。

王老爷的死，对鹿维延来说是一件好事。他现在是走马镇上最有名的人，虽然他不是最有钱的人。有名了，钱慢慢会有的。二十岁的鹿维延是该讨个老婆了。

鹿维延在走马镇上公布他要娶老婆的消息，像地震一样把走马镇晃了一下。当时，鹿维延有些喝多了，他和几个徒弟在镇上的馆子里吃牛肉，喝白酒。季节已是初冬，空气里隐约地透着寒气。鹿维延和几个徒弟坐在二楼边上，眼睛往外一扫，可以看见满大街的人。鹿维延穿得有些臃肿，刚穿上的棉袄让手脚都不太习惯，紧巴巴的。喝了两杯酒，鹿维延身上暖和了许多。镇上有细碎的阳光，阳光薄薄地在青石板上洒了浅浅一层。屋檐上的草和青苔早就枯了，因此显得干净。这样的日子本适合远游，或者晒晒衣服。鹿维延却和几个徒弟在喝酒，他高兴。今天，他在镇上买了第一间店子，是一间米店。鹿维延的想法是，人不管到什么时候，吃饭总是第一的，那些胭脂水粉、陶瓷衣装都是吃饱了之后的事情。店子的面积不大，摆得下几张桌子，后面还有一个小小的库房。和店子的前老板谈好后，鹿维延带着几个徒弟上了酒楼。

鹿维延应该是高兴的，几个徒弟一杯杯地给他敬酒。他拿着杯子的手，有些抖。两年前，鹿维延还是王老爷豆腐房里最没用的伙计，整天只会磨豆子。现在，他有了自己的店子了。跟他一起喝酒的几个徒弟，在他没做木匠之前，也是镇子上的红人。他一出现，就把他们整垮了。现在，他们得跟着他，看他的眼色混饭吃。喝到后来，鹿维延都不知道自己究竟说了些什么，他知道徒弟们并不是真的服他，他们只是想知道他的手艺是怎么学来的。他们始终不相信，鹿维延的手艺是天生的。鹿维延喝醉了，摇摇晃晃地坐在酒馆二楼的栏杆上，随时可能掉下去，他的几个徒弟坐在桌子边上，嘻嘻哈哈地看着他，没一个来扶他的。冲着街上看了几分钟，鹿维延突然回过头，大声对几个徒弟说："我要娶个老婆!"话音还没落，鹿维延整个人就从栏杆上掉了下去。

鹿维延一条腿摔断了。在床上躺了大半个月，鹿维延能下地走动一下了，腿还是不能受力。他让徒弟给他找了一个媒婆，他说："我要找最好的姑娘，你去帮我看看，有什么好姑娘可以物色的，不一定要走马镇的，哪里的都行。"鹿维延的话，飞快地传遍了镇上。走马镇上有姑娘的人家都蠢蠢欲动，想把自家的姑娘嫁给鹿维延。至于那些姑娘，也动不动穿红戴绿地从鹿维延家门口走过来又走过去。

鹿维延要娶老婆的消息闹得最凶的时候，老和尚到鹿维延家里来了。老和尚说的话却很少，他问鹿维延："人可不可和天斗?"鹿维延想了一会儿，笑着说："人为何要和天斗?"老和尚双手合十，笑了笑。

梦蝶出嫁后一年，鹿维延娶了他的第一个老婆，也就是大太太。那年，鹿维延刚二十出头，他在走马镇已经有了一间自己的店子，他的名声也越传越远，像风一样，吹过河面，吹到了更远的地方。在走马镇方圆百里，鹿维延有一个绰号叫"赛鲁班"。民间传说，鹿维延家里不用佣人，天兵天将撒豆成兵，他鹿维延刻木成人。这些传说传到鹿维延耳朵里，他只是淡淡一笑。既不承认，也不否认。

鹿维延娶亲的那天天降大雨，时间正是春天，那雨涨足了力气，大颗大颗的，砸在身上，刺骨的冷。给鹿维延抬嫁妆的人，一路上吃尽了苦头。大太太一只脚刚跨过门槛，那年走马镇的第一声春雷在鹿维延家的屋顶上炸开了。

闹完洞房，送走宾客，已经是下半夜了。大太太坐在床沿上顶着个红红的大盖头等着鹿维延。鹿维延喝的酒并不多，他先在桌子边上喝了杯茶醒了一下酒。走到大太太旁边时，鹿维延的样子甚至有些漫不经心，他用两个指头夹着大太太的盖头，一下子掀开了，一点羞涩和难为情都没有。盖头揭开后，两个人坐着半天没说话。鹿维延看了看大太太，有点胖，文静的样子。过了一会儿，大太太低着声音说："我刚进门，就一声炸雷，这是不是什么兆头?"听完大太太的话，鹿维延笑了起来，他说："就算有兆头，也是好兆头。这是春雷呢，春雷一过，这天啊，地啊，就都醒了。土里就要往外长东西了。"鹿维延的话，让大太太安心了许多，她抬头说："那就好，那我就放心了。"两人接着说了一会儿闲话，鹿维延没一点睡意。见鹿维延没有睡的意思，大太太也不好说什么，只好陪着鹿维延坐着。

剪了两次烛芯，鹿维延对大太太说："你先睡吧，我弄点东西。"说完，鹿维延走出洞房，拿了几块木头、一把斧头和两把小锯子进来。鹿维延进来后，大太太看着他，想问点什么，却又不好开口，就说了句："哪有我先睡的道理，你做你的，我看着。都传说你是'赛鲁班'，我还没见过你的手艺呢。"鹿维延想了想说，那也好，反正也是为你做的。新婚洞房，鹿维延一夜没睡，他又刻了一只鸟。等他做完，鸡叫过了三遍，镇子上有了暗淡的亮光。鹿维延放下斧头，满意地摸了摸他做出来的鸟，拉了一下大太太的手说："我们到外面去吧。"

雨早就停了，空气中有泥土亲切的腥味，鹿维延昏沉的脑子清醒了许多。他看了大太太一眼说："你嫁到我家来了，以后就是鹿家的人了!"大太太羞涩地点了点头。鹿维延用双手把木鸟举起来，往天上一抛。只看见木鸟拍了拍翅膀，飞走了。很快，没了踪影。鹿维延轻松地拍了拍手，转过身对看得目瞪口呆的大太太说：“好了，进屋去吧！”还没来得及进屋，他爹过来了，他说，刚才和尚过来，他过河去。河对面带信来，说梦蝶生了一个儿子，八斤九两。鹿维延看了大太太一眼，高兴地说：“那好啊！”

鹿维延的第一个老婆不是走马镇人，她的腔调里带着浓重的北方口音。嫁给鹿维延之前，大太太以她的美貌和淑德闻名，和鹿维延一样，她的名字也在几个镇子里向更远的地方传播。媒婆提到大太太之前，鹿维延是没有想过和大太太有什么联系的。他想，以他的条件，还不足以娶到大太太那么好的老婆。在鹿维延一次次摇头后，媒婆终于从嘴里说出了大太太的名字，说出这个名字时，媒婆一脸的苦相。鹿维延心动了一下，他给了媒婆二两银子说：“那就再辛苦你一趟了！”

没想到，媒婆过去一说，大太太的父亲却一口同意，还特意问了句：“是不是走马镇的那个鹿维延？”媒婆连忙点了点头说：“就是，就是，不是他，我怎么敢登你家的门？”大太太嫁过来后，贤能淑德如传言并无二致。鹿维延慢慢从大太太口中了解到，她家原来居住在京城。后来不晓得发生了什么事情，父亲带着她和几个兄弟到了这里。由于到这里的年龄还小，很多事情都不记得了。他们的一口北方口音却是父亲的要求，他说，只要你还记得你说的话，那么，你就还记得你的祖宗。大太太的父亲看起来是个书生，谈吐间却有淡然之气。像一个谜，鹿维延和大太太都解不开。

娶了大太太之后，鹿维延的家业发展得越来越好。还不到三十岁，鹿维延几乎把王老爷以前有的地都买过来了。走马镇上，属于鹿家的店子也越来越多。在四十岁之前，鹿维延娶了五个老婆，大半个走马镇归到了他的名字之下。五个太太中，只有大太太给他生了三儿一女，其余几个，肚子都没有大过。鹿维延想起他十五岁那年，道士说过的话，恍若一梦。那时候，苏碧婉的出现尚还遥远。鹿维延觉得，他只娶了五个姨太太，这是道士唯一没有算到的地方。

10

周悲弼回到走马镇大半个月了。刚回来，过了个夜，一大早，周悲弼去鹿维延家里。周悲弼拿着一些从上海带回来的物件，来看四姨太。照例先见过了鹿维延，坐在客厅里，上了茶，两人聊了几句，鹿维延问了一下外面的形势，这年月世道乱得很，走马镇上有点蠢蠢欲动的意思。这让鹿维延有些担心，外面的事情，鹿维延是晓得一些的，大清朝完蛋了，民国成立了。这朝代说换就换了，就跟天凉了，换了件衣服似的，鹿维延感叹道。周悲弼却谈笑风生，他说现在的上海，是洋鬼子说了算，按照这个形势，民国怕也是搞不长的。周悲弼的话让鹿维延忧心忡忡，他望着周悲弼说："天下这么乱，你还是回来算了，走马镇上还太平些。"听完鹿维延的话，周悲弼却笑了，他反问道："倾巢之下，安有完卵？大中国要是乱了，走马镇哪里保得了一方平安！"鹿维延想了想，也是。"难道就没有办法了？"鹿维延问。周悲弼想了想说："现在只能走一步看一步，将来的形势谁晓得？再说了，在外面，形势也变通些，有些什么事情，也好早做打算。"聊了一会儿，周悲弼对鹿维延说："我劝你也早做打算，要真出了什么事，你这么大的摊子恐怕更难收拾。"周悲弼这话说到鹿维延心里去了，他最担心的也是这个问题。闲扯了一会儿，周悲弼起身，跟鹿维延道了个别，说去看看四姨太，四姨太是周悲弼表姐，鹿维延是知道的。他点了点头说，你去吧。

走到四姨太房门口，周悲弼敲了敲四姨太的门。四姨太在里面应了声，谁呀？周悲弼说了声：“姐，是我，周悲弼。”等了一会儿，四姨太打开门，看见周悲弼。她笑了笑不无讽刺地说：“你可真赶早啊？”周悲弼跟在四姨太后面走进房里，说：“可不，一回来，睡了个觉，就来看你来了！”说罢，从口袋里拿出一支香水，递给四姨太说：“哪，你可别说我这个做弟的没心，给你带了支香水，法兰西的。”四姨太接过香水，拆了盒子，看了几眼，不屑地说：“你看，还说惦记着我，拿这么小一支香水来打发我。”周悲弼看了四姨太一眼，正色说：“姐，我可跟你说，这香水可跟你平时用的不一样，是法兰西的，洋货。我敢说整个走马镇上还没哪个女人用过法兰西的香水。就别说走马镇，方圆几百里，也不晓得有人用过没。”周悲弼的样子不像在开玩笑。四姨太拿起香水看了几眼，娇笑着说：“这么说，你还真对得起我这个姐姐了？你可别是吹牛的！”说罢，拿起香水瓶看了看，扫兴地说：“都是些扭扭曲曲的洋文，看不明白。”周悲弼指了指香水说：“这个香水，在上海，都是富家小姐用的。一瓶香水，顶得上上海寻常老百姓一家老小一个月的生活。”周悲弼一脸正经的样子让四姨太笑了起来，她拧开香水盖子，送到鼻子下闻了闻，那味道果然和一般的香水不一样，香气均匀，细腻而绵长，淡淡的像沾了一层花粉，仔细一闻，这香水的香味远近还有些变化。她相信周悲弼说的是真的了。四姨太小心翼翼地往袖子上喷了一点，一股带着花粉味的香味在房子里飘荡开来。

四姨太坐在镜子面前梳头发，对着镜子，四姨太对坐在旁边的周悲弼说：“你来找我可不是为了看我，给我送香水这么简单吧？”周悲弼有些不好意思地挠了挠脑袋说：“看姐姐说的，可不就是这么简单！”四姨太鼻子里“嗤”了一声，说：“我看你可是冲着别人来的。”四姨太说完，周悲弼笑了起来，说：“什么都瞒不过姐姐你，那我也不多说了。”四姨太得意地转过身看了周悲弼几眼说：“你那点花花肠子，我还不清楚？”顿了一下，四姨太说：“不过，我可把丑话说在前头，你们怎么着，能不能成，都别太张扬。还有，如果不成，也别死缠乱打，丢了读书人的本分！”周悲弼连忙点了点头说：“那是，那是，姐姐教训得是。”

两人聊了一会儿天，四姨太取笑了一下周悲弼的衣服，说他打着个领结，穿着身衬衣长裤，正经像个假洋鬼子。接着，又打听了一下上海的事情。等周悲弼说完了，四姨太感慨道：“这人和人还真不一样，你说，我们这一辈子就耗在这走马镇上，有个什么意思？”感慨归感慨，四姨太也没往心里去。等梳妆打扮好，四姨太对坐在一边的周悲弼说：“走吧，你回来了，我们去打一下麻将！”

临出门，周悲弼回头望了一下，像是在找什么，看了看四姨太说：“我们就这么去了？”四姨太笑了笑说：“心急吃不了热豆腐，你安心去吧。后面的事情，我来安排，能不能成，那就要看你的命了。”

周悲弼回来的消息，苏碧婉是知道的。四姨太也到她的房间来过几次，说是约她一起去打麻将。周悲弼不在走马镇时，苏碧婉是常常和四姨太一起出去打麻将的。四姨太和米店钱老板的那点事情，走马镇上知道的人比不知道的人多。要是往常，苏碧婉和他们一起打麻将，无非凑个热闹，打发一下时间。可周悲弼一回来，这情况变得不一样了。四姨太也对苏碧婉提到过周悲弼，还说让她尝尝男人的滋味。这样一来，再去和他们打麻将，就有点醉翁之意不在酒的味道了。如果去了，是什么意思，苏碧婉也明白。

那半个月，四姨太来找过苏碧婉好几回。苏碧婉总是找各种借口推脱，一会儿说头疼，没精神；一会儿说好事来了，身上发软。头几次，四姨太没说什么，笑笑就走了。临走了还不忘意味深长地调笑一句说："要是身上不舒服，那可真得注意点。不过啊，这个人要是心里病，那可就麻烦了。"四姨太的话，说得苏碧婉脸上一阵阵地热，好像心思被看破了一样。叫了苏碧婉几回，苏碧婉都推脱了。

后来有天，四姨太又来叫苏碧婉。苏碧婉正想着怎么找借口拒绝，四姨太说话了，让苏碧婉没想到的是，她打破天窗说："六妹，我晓得你的意思，你是不想见到周悲弼。这要怪怪我，我不该瞎说。可人家大老远从上海回来了，说是想见个面，打个麻将，从情理上都说得过去。按照我的意思，你去一次，见个面，说几句话，也算是个了断。我这个做姐姐的，也算有个交代。"四姨太说完，苏碧婉想了想，四姨太说得也有道理。考虑了一下，苏碧婉对四姨太说："那好吧，可早点回来!"四姨太连忙点了点头说："那是，就见过面，打个麻将，快得很。"

打麻将的地方还是钱老板的米店。苏碧婉和四姨太到了后才发现，周悲弼和钱老板已经等在那里了，旁边还摆了几个时令的生果。见四姨太到了，钱老板喊了伙计一声。伙计赶过来问钱老板有何吩咐，钱老板指了指桌子上的西瓜和葡萄说："把这些东西拿到后院的井里冰一下。"接了钱老板的吩咐，伙计找了只篮子，装了西瓜和葡萄出去了。

四个人重新把麻将桌摆了一下，开了"东南西北"，坐定了位子。也巧，周悲弼正好坐在苏碧婉对面，钱老板则对着四姨太。摆开了麻将，钱老板对苏碧婉说："最近少见六太太来了，想来是忙了。”苏碧婉笑了笑说：“哪里，再忙哪里有钱老板忙。只是身体有点不舒服，懒得动了些。”听苏碧婉说完，钱老板连忙说：“身体那可要注意，麻将可以不打，身体却不能坏了。”四姨太在桌子底下踢了钱老板一脚。钱老板连忙收了口，甩出一张牌说：“八万！”

牌桌上，苏碧婉偷偷看了周悲弼几眼。周悲弼长得更高大了，也壮实了。两只眼睛忽闪忽闪的，充满年轻的气息，她甚至能闻到从周悲弼身上发出来的、雄性的、年轻的味道。这个味道，苏碧婉有些陌生，她的心“怦怦”跳得厉害，这个味道和鹿维延身上的味道是完全不一样的。周悲弼穿的是白色的衬衣，跟走马镇上的年轻人不一样。夏天，走马镇上的小伙子，要不光着膀子，露出身上精瘦的肌肉，要不披着件开襟的短打，看起来像个罗汉。周悲弼的样子完全是一副新青年的派头，不管怎么说，这个样子，苏碧婉看着是喜欢的。这么想着，苏碧婉手里的牌出得有点乱了，接连放了钱老板两个杠头。

四个人打了几圈，伙计拿着冰好的西瓜上来了。钱老板清了清面前的钱，说：“要不先歇会儿，吃点西瓜。”趁着吃西瓜的工夫，周悲弼凑到苏碧婉边上说：“一年没见，苏小姐还是那么年轻。”苏碧婉的脸上红了一下，她听到周悲弼叫的是“苏小姐”，而不是和别人一样叫“六姨太”。她还没来得及回答，四姨太接上话头说：“你这张嘴，就会哄人开心。碧婉怎么说也大你一点，也不晓得叫声‘姐姐’。”周悲弼笑了笑说：“在上海，像苏小姐这样的女子，都管叫小姐。要是出去吃饭，男的还得给她先让个座。”四姨太笑吟吟地说：“你说的那是上海，这里可是走马镇。在这个镇子上，就得按这里的规矩叫。”周悲弼拍了拍脑袋，说：“可不是，我这是习惯了。一看到苏小姐，我就想到上海的叫法。不过，上海的那些女子，可比不上苏小姐的气质。”四姨太打了一下周悲弼的胳膊说：“你看你还越说越玄乎了。”周悲弼把双手摊开，说：“我可是实话实说，一点也没夸张。”四姨太还准备说点什么，苏碧婉拉了拉四姨太的衣角，低声说：“你们不要再拿我开心了。”四姨太“咯咯”地笑了笑说：“好了，好了，不说不说。”吃完了西瓜，接着打麻将。苏碧婉脑子里老装着周悲弼说的上海，还有他叫的“苏小姐”。

打完麻将，在钱老板那里吃过饭，苏碧婉拉着四姨太要回去。钱老板问四姨太：“要不要找个伙计送你回去？”四姨太说：“算了，不用了，悲弼不是在这里吗？有他送就行了。”

回鹿家大院的路上，周悲弼和苏碧婉走得很近。夏天，天气热。镇子上的人不多，大半大概是到河边乘凉去了。河边风大，浅水的地方还种着莲藕。风一吹过来，荷叶的香气也顺着送过来了，让人脾胃都舒服起来。从钱老板家的米店到鹿家大院，换了平时，大概也就半个小时的事情，他们却走了快一个小时。四姨太走在中间，苏碧婉在右边，周悲弼在左边。周悲弼动不动把脑袋探过来和苏碧婉说话。

快到鹿家大院时，周悲弼礼貌地跟她们打了个招呼就走了。苏碧婉松了口气。

洗完澡，正准备睡。苏碧婉听见门又响了起来。打开门一看，是四姨太。四姨太洗过澡了，换了身干净的衣服，手里拿着把扇子。进到苏碧婉房间坐下来，四姨太从背后拿出个盒子递给苏碧婉说：“悲弼从上海给你带的礼物。”苏碧婉的身子颤了一下，问：“送给我的？”四姨太笑了笑，点了点头。苏碧婉看着那个盒子，像被蜜蜂蜇了一下，连连摆手说：“别，别，别，我可不能要他的礼物。”四姨太一把把盒子塞到苏碧婉手里说：“这有什么不可以的，悲弼怎么说也是我表弟，他从上海回来，带点礼物给你，于情于理都是说得过去的。”苏碧婉像推一个烫手山芋一样把盒子推回去，边推边说：“那你拿着好了！”四姨太没再和苏碧婉推托，她把盒子放在苏碧婉的桌子上说：“我的我已经收了，这个是他送给你的，我怎么好意思收呢？”说罢，她把手送到苏碧婉面前，说：“你闻闻。”苏碧婉闻了闻，闻到了一股好闻的香味，这个味道，苏碧婉似乎从来没闻到过。四姨太收回双手，摇了摇扇子说：“悲弼送我的香水，说是从法兰西来的，值上海一家老小一个月的生活呢。”苏碧婉笑了笑说：“你这个表弟，可还真晓得疼你。”四姨太也笑了笑，说：“也不枉我疼他一场。”苏碧婉见四姨太这么说，本想问问怎么回事，想了想又没问，她怕四姨太又想到别的地方去了。

在苏碧婉的房间里坐了一会儿，四姨太说：“也不早了，我回房去睡了。”四姨太走后，苏碧婉拿起放在桌子上的盒子。打开一看，是一块怀表。苏碧婉的心又“怦怦”地跳了起来。怀表她是认识的。鹿维延有一块，整天带在身上，睡觉都不舍得取下来。苏碧婉要看的话，鹿维延就小心翼翼地取下来递给苏碧婉，口里不断叮嘱她小心一些，说这表可值钱了，就算在上海，也只有大人物才戴得起。鹿维延的说法苏碧婉是相信的，在此之前，她这一辈子只见过一块怀表，那就是鹿维延的。现在，周悲弼居然送了她一块怀表。这块表和鹿维延的那块不一样，更小巧精致些。苏碧婉把表放到耳朵边上，她听到秒针“嘀嗒嘀嗒”的走动声。拿出表，苏碧婉又拿起盒子往里看，她想里面应该还有点什么，不出所料，里面还有一封信。苏碧婉的心跳得更厉害了，虽然她还不知道信里究竟写了点什么，她想她应该猜得到。

11

一连几天，苏碧婉都觉得不踏实。一想到周悲弼给她写的信，她脸上一阵阵地热。走马镇的夏天也是炎热的，鹿家大院里的知了叫得比整个走马镇的都凶。走马镇上种了很多槐树，夏天到了，槐树上开了一串串白色的花，槐花的香味是淡雅的，不仔细闻，就从鼻子边上溜走了。一到晚上，要是风吹过来，槐花的香味像蜂蜜一样一层层渗过来，有股清凉的意思。

一个人在房间里，苏碧婉常常走神，写字也漫不经心。鹿维延晚上还经常过来睡，来得早的话，一天黑就来了。要是碰上来得晚，苏碧婉都睡了，鹿维延才慢慢地摸上床来。跟前段日子相比，鹿维延来的次数显得多了些。苏碧婉心里有些怕，想鹿维延是不是知道什么了。问起来，鹿维延却说没什么，只说累。鹿维延的脸色确实越来越不好了，说话也说得少。睡在床上，连摸都很少摸苏碧婉了。

周悲弼的信像一颗炸弹，把苏碧婉整个心都给搞乱了。看完周悲弼的信，苏碧婉本来想烧掉的。信都凑到灯芯边上了，看了看，又有些舍不得。信里的话并不见得多么火热，苏碧婉却是第一次听到。周悲弼在信里说，像苏碧婉这样的女子，应该走出走马镇，去上海，见识一下外面的世界。他说，要是苏碧婉一辈子都待在走马镇就太亏了。在信的末尾，周悲弼还说，现在在外面，都提倡男女平等，一夫一妻了。上海女校里的女学生，都和苏碧婉差不多年纪，剪着学生头，学外语，也就是洋文。可就是那些女学生，跟苏碧婉一比，不知差到哪里去了。信里的意思，周悲弼说得不是特别明白，但苏碧婉想她是懂的。周悲弼是说，她不应该给鹿维延当小老婆，应该到外面去，见识一下外面的世界。周悲弼还说，如果苏碧婉愿意，他可以帮助苏碧婉逃出封建家庭的阻挠。信的末尾，周悲弼还附了一首诗。诗里说“你就是我期待已久的玫瑰/我的整个灵魂，心啊/都在为你热烈地燃烧”。玫瑰是个什么东西，苏碧婉不知道，她是第一次听说，想来应该是一种好东西，不然，周悲弼的心怎么会燃烧呢。

这样的话，从来没有人对苏碧婉说过。她嫁给鹿维延是她自愿的，鹿维延也从来没有对她说过燃烧啊、灵魂之类的东西。鹿维延想摸她，打她的屁股，一上来就摸，就打，没问过她的意思。苏碧婉每读周悲弼的信一次，心里就热一次，也紧张一次。她不知道把周悲弼的信藏在哪里好，藏在哪儿似乎都不安全，她觉得她周围全都是眼睛。

这么躲闪了一个礼拜，苏碧婉有点承不住了。

又一个晚上，吃过晚饭。苏碧婉去找四姨太。她把周悲弼的信藏在贴身的衣袋里，神色紧张，跟做贼似的。刚出门，就碰到二姨太和三姨太。苏碧婉吓了一大跳，像是碰到两个鬼一样。苏碧婉低头给她们打了声招呼，二姨太和三姨太的脸上一点表情也没有，清淡，寡冷，跟活死人没什么区别，勉强点了个头，算是打过招呼了。按照四姨太的说法，二姨太和三姨太活着跟死了是一码事，反正也就是吃个饭，念个佛，鬼才知道佛祖保不保佑她们呢！四姨太说的时候，一脸的瞧不起。

一进到四姨太的房间，苏碧婉就闻到了一股熟悉的香味，四姨太上次洒的香水的味道。见苏碧婉过来，四姨太连忙拉了一张椅子让苏碧婉坐下。见到四姨太，苏碧婉本来想好的许多话，却一下子说不出来了。两人喝了杯茶，还是四姨太先看破。她对苏碧婉说：

“你是不是有什么话想跟我说？”苏碧婉点了点头。四姨太坐到苏碧婉身边，摸了摸她的肩膀说：“傻，有什么话跟我不能说的，你说这个大院子，除开你，我还能和谁说得上话？”见四姨太这么说，苏碧婉心里也安定了些。她从怀里掏出周悲弼写给她的信，还有怀表，递给四姨太说：“我想你还是还给他好了！”四姨太见了苏碧婉的神情，笑了笑说：“有什么礼物不能收的？还退回去，那多不好。”苏碧婉的脸一下红了。她用低得只有自己听得到的声音说：“他还写了信，羞死人了。”苏碧婉一说完，就知道自己说错了。她这么一说，四姨太肯定要看看的。果然，四姨太一把抢过信说：“是吗？我看看，看他写了点什么。”苏碧婉连忙抢过来，说：“不能看，你还给他就行了。”四姨太往椅子后面一靠，事不关己的口气说：“你不要我帮忙就算了。”苏碧婉求了四姨太半天，四姨太却一点也不肯让步。末了，苏碧婉只好说：“只准你一个人看，不准跟别人说。”四姨太笑呵呵地点了点头。

读完周悲弼的信，四姨太脸上严肃起来。她把信收起来，盯着苏碧婉的脸看，好像苏碧婉脸上长了一朵花一样。四姨太严肃的样子让苏碧婉紧张起来，她暗暗后悔，不该把信给四姨太看。现在，如果她翻脸了，跑到外面一说，特别是跟鹿维延一说，那就麻烦了。就算不说，传到了鹿维延的耳朵里，也不是什么好玩的事。苏碧婉被四姨太看得浑身发麻，没想到四姨太最后长叹了一口气，哀怨地说：“我怎么一辈子都碰不到这样的男人呢？”听完四姨太的话，苏碧婉松了口气。她朝房间外面看了一眼，一个人也没有。她压低声音说：“你不是有个钱老板吗？”四姨太撇了撇嘴说：“钱老板？他怎么能跟悲弼比，从上到下都是一个俗物。”苏碧婉疑惑地说：“那你还——”苏碧婉还没有说完，四姨太感叹道：“这个走马镇上，还能有什么样的人物？那个钱老板，我只图他还是个大方的男人罢了。”四姨太的话让苏碧婉脸上又热了起来，男女之间的那些事，苏碧婉还不懂。老听四姨太这么说，苏碧婉想应该也是很揪人的。

末了，四姨太把信还给苏碧婉，说：“你还是留着吧，一辈子想着有个男人对自己说过这些话，也不枉做了一次女人了。”苏碧婉连忙把信推回去，急得快要哭了，她说：“那怎么成，要是老爷发现了，那还得了！”四姨太却说：“老爷，他管得了你这些事情？他自己的事还忙不过来呢。”苏碧婉想了想，还是怕，求着四姨太说：“四姐，你还是帮我把信给还了吧！”四姨太却怎么也不愿意。后来，实在缠不过了。四姨太说，这样吧，我挑个日子把他找出来，你自己还给他吧。

又过了一个礼拜，四姨太来找苏碧婉，说是出去走走，到麻羊垴看看。四姨太说，苏碧婉嫁过来快两年了，除开走马镇，还没有出过门，是应该出去逛逛的。两个人商量好了，四姨太去跟鹿维延说。鹿维延想了想，点了点头说，也好，你们去吧。鹿维延又看了四姨太和苏碧婉几眼说：“麻羊垴有点远，少不了要在山上过两夜的，要不让本贵陪着你们一起去？也好帮你们拿点东西。”四姨太笑了笑说：“好啊，到了庙里有个男人也方便打发一些。”

出了走马镇，坐着马车走了四个时辰，到了麻羊垴脚下。麻羊垴脚下也是一个镇子，却比不上走马镇繁荣，只有几间铺子，酒馆却不少，想来是上山的人要在山脚歇歇脚，吃点东西的。三个人找了间干净的店子，点了些食物。吃完喝足，四姨太从行李里掏出两个银圆丢给本贵说：“一会儿你把我们送上了山，自己下来找个地方喝喝酒，喝完随便找个地方睡了。后天一大早上山来接。”本贵笑嘻嘻地从桌子上捡起两个银圆，喜滋滋地说：“好的，四姨太放心好了。”四姨太用眼角看了本贵一眼说：“想来你也是个识相的，这钱也够你喝上几天的了。”本贵连连点头说：“那是，那是，四姨太太说得是。”把两个银圆放进兜里后，本贵又垂涎着脸问道：“四姨太这次上山是找谁来着?”四姨太瞪了本贵一眼，带着怒气说：“本贵，你是不是问得太多了?”本贵连忙闭上了嘴。

上了山，天已微微有些黑了，远处松树林显得有些黏稠，透不过气来。麻羊垴上有一座寺庙，也有名字，叫“云盖寺”，大概是说一遇到山上起雾气，那寺就像被云盖住了一样。云盖寺比起走马镇上的庙大多了，香火也旺多了。只是远，走马镇上的人，是很少到云盖寺的。云盖寺被青翠的竹子包围着，那意境一下子出来了。

走进庙里，四姨太和主事的和尚打了声招呼，和尚连连点头。不一会儿，一个小和尚走过来，说斋饭已经准备好了，开了间干净的厢房给两位女施主休息。四姨太和主事的老和尚显然已经很熟悉了。

两人吃过斋饭，坐在厢房里聊天。才聊了一会儿，听见有人敲门。四姨太连忙起身，打开门，苏碧婉看见周悲弼笑吟吟地站在门口。周悲弼走进厢房，问苏碧婉：“苏小姐是不是觉得有些意外?”苏碧婉点了点头。其实，苏碧婉心底一点也不觉得意外。她从一出门就知道，周悲弼会出现在她面前，只是，没想到会那么快。周悲弼自己找了个地方坐下了说：“等你们两天了，还以为你们不来呢!”四姨太点了一下周悲弼的太阳穴说：“我说过要来的，姐姐什么时候骗过你?”看着四姨太和周悲弼的神情，苏碧婉觉得自己是中了圈套了。四姨太不肯帮她还东西，说让她自己来还，其实是为这次见面找个借口。

在房间里坐了一会儿，周悲弼说：“麻羊垴的月色不错的，我们出去看看吧？青山佳人，不看看月色，那就太浪费了。我在这里过了两个晚上，这里的月色真可谓应了王维‘月出惊山鸟，时鸣春涧中’的意境。”周悲弼说完，四姨太笑了起来说：“没想到悲弼还是个诗人呢，还酸上了。”说罢，拉着苏碧婉出了厢房。

三个人在山上走了一会儿，刚开始，四姨太还走在苏碧婉边上，走着走着，四姨太走到周悲弼边上了。走到一个竹林子里，周悲弼说，坐一会儿吧，听听鸟叫，这鸟一叫，什么人世间的烦恼，一下子就都忘了。竹林有些黑，时不时有一只鸟“呼啦啦”地拍着翅膀从竹林里飞出来，把月色也搅动了。苏碧婉觉得心里也跟着明净起来。从竹林看过去，云盖寺有点远了。寺里的香火，一闪一闪的，像颗星星。三个人聊了一会儿，四姨太说，你们先聊一会儿，我去散一下步。

四姨太一走，周悲弼和苏碧婉一下子安静下来，两个人面对面，坐了半天一句话也没说出来，苏碧婉听见周悲弼的呼吸越来越重，她的心“扑通扑通”跳得厉害。又坐了一会儿，苏碧婉紧张地站起来说：“我要回去了，不然四姐要着急了。”说罢，准备往回走。周悲弼却猛地拉住苏碧婉的手，苏碧婉挣了一下，没挣脱，周悲弼握得很紧。苏碧婉脸上烧了起来，除开鹿维延，还没有一个男人这样拉过她的手。两人僵持了一会儿，周悲弼说：“再坐一会儿吧！”苏碧婉甩了甩手，犟着脸说：“那你先把手放开！”周悲弼似乎这才发现他手里拉着苏碧婉的手。他连忙放开苏碧婉的手说：“我送你的礼物，你收到了吧？”苏碧婉点了点头。试探了一下，周悲弼又问：“我写的信，你看到了吗？”苏碧婉小声说：“收到了！”两人又沉默了一会儿，周悲弼小心地说：“苏小姐，我真觉得待在走马镇上太委屈你了。”接着，周悲弼盯着苏碧婉的脸说：“苏小姐，我……

我……”周悲弼“我”了半天，话却没有说出来。苏碧婉抬起头，说：“我明白，可是不行。”说罢，她把周悲弼送给她的礼物和信从口袋里拿出来，递给周悲弼说：“我这次来，是为了把你的东西还给你。”苏碧婉把东西塞到周悲弼的怀里，起身想走。周悲弼一把把苏碧婉拉到怀里，接着，热热的嘴唇压到了苏碧婉的嘴唇上。苏碧婉觉得她的身体整个地软了，塌了。

由于夏天，苏碧婉穿的衣服很少，她的乳房整个地顶在周悲弼的胸膛上。周悲弼的嘴唇像一只手，从苏碧婉的嘴唇上摸到脸上，脖子上，胸口上。苏碧婉想喊，身子却软软的不听话。周悲弼的手从她的褂子底下，冲进了她的身体，她的两只丰满的乳房在周悲弼的两只手下颤抖着。一种从来没有过的感觉从苏碧婉的下面升上来，痒痒的，像一只蚂蚁在她身上爬，那感觉很奇怪，却很舒服。鹿维延是捏过苏碧婉的乳房的，那感觉完全不一样。鹿维延捏的时候，不慌不忙，很有章法。周悲弼的手却是热烈的，急切的，充满渴望的。苏碧婉喜欢这双年轻的手。紧接着，苏碧婉被周悲弼放倒在竹林里，她的背上枕着竹叶。透过竹林，苏碧婉可以看见一颗颗的星星，一闪一闪的。周悲弼整个地压在苏碧婉的身上，他喘息着，嘴巴叼着苏碧婉的乳头，慢慢地滑下去。苏碧婉两腿间热乎乎的，里面有种潮湿的东西流出来。周悲弼的手突过苏碧婉的裤子，摸到了那个他向往已久的地方，毛茸茸的，再往下，潮湿而温暖。他全身燃烧起来，当他准备进入时。苏碧婉拼命挣扎起来，她用力推着周悲弼说：“不，不，不可以，你不可以！”周悲弼已经顾不了那么多了，他现在想的只是占领，占领那个潮湿的地方。他的下面紧紧顶在了苏碧婉的两腿之间，眼看就要进入了，他感到下面传来一阵剧痛。苏碧婉的手死命地抓住了他的两只睾丸。

从地上爬起来，两个人都没有说话，苏碧婉整了整凌乱的衣服，捧着周悲弼的脸说："不，不可以，现在不可以！"周悲弼像一只狮子一样，懊恼地低吼道："为什么不可以，为什么？你明明也喜欢我的，你下面都湿了。难道你喜欢鹿维延那个老东西？"苏碧婉没再解释，她只是说："我说不可以，就是不可以。"

回到厢房，四姨太早就等在房间里了。她看了看苏碧婉的样子，凑到苏碧婉身边说："怎么样？你们说了点什么？"苏碧婉理了理头发，冷淡地说："没什么。"四姨太笑了笑，小声说："男人的滋味如何？第一次可能会疼点，以后就舒服了。"四姨太还没有说完，苏碧婉说："我跟他没关系。"四姨太仔细打量了一下苏碧婉的样子说："没什么，不会吧，你看你衣服都穿乱了！"苏碧婉说："我不让，我不想。"四姨太还准备说点什么，苏碧婉突然大哭起来，她哭得那么厉害，眼泪跟天上的雨一样，哗啦啦地流下来。

等苏碧婉哭完了，四姨太摸着苏碧婉的背说："算了，不哭了，我们女人的命是这样的。"安慰了苏碧婉一会儿，两个人上床睡了。睡了一会儿，苏碧婉问四姨太，你第一次是跟钱老板吗？四姨太在黑暗中"啧"了一下，说："他？就他也配。"苏碧婉问："那是谁？"四姨太叹了口气说："我还在做姑娘时，有个相好的。可家里不乐意，嫌人家没钱，硬是要把我嫁给鹿维延做姨太太，说什么嫁到鹿家，就是嫁到天上去了，要什么有什么。我不肯，家里就打，打得我实在受不了了，就答应了。进鹿家前，我把我清清白白的身子给了我那相好的。"歇了一会儿，四姨太接着说："也幸亏给了我那相好的，要不亏都亏死了。"苏碧婉好奇地问："那你那相好的后来怎么样了？他来找过你吗？"四姨太叹了口气说："听说他后来留洋了，也不晓得现在在哪儿。他这辈子是不会回来找我了，我把他伤透了。”

聊了一会儿，四姨太说：“你呀，要不就挺住，要不就找个相好的。女人啊，一开了口，就再挺不住了，那滋味，比杀了还难受，要不我怎么会去找钱老板。”四姨太转过身，抱住苏碧婉，摸了摸苏碧婉的两只乳房说：“六妹呀，做女人也别太亏了自己。你想想看，鹿家是有钱，可跟我们有什么关系呢？等鹿维延一死，这钱都给大太太的三个儿子拿了，我们后半生还得看人家脸色过日子。你说，要是有个儿子，我们也有个盼头。鹿维延那个老东西，连碰我们都不肯，你说我们还有个什么指望？”四姨太指着苏碧婉的两个乳房说：“女人啊，这对东西，喂了老的，喂小的，有时候还得两个一起喂。你不让它喂，它就是团死肉，就没用了。”四姨太的话，让苏碧婉想起了周悲弼，一想到她手里曾经抓着周悲弼的睾丸，脸一下又红了。

12

从麻羊垴回来，苏碧婉经常在院子里碰到本贵。去麻羊垴之前，苏碧婉也是经常在院子里碰到本贵的。本贵是鹿家的长工，打个照面也是正常的事。以前，苏碧婉也没在意，见了面，顶多点一个头就过去了。现在，再看到本贵，苏碧婉浑身不自在，好像有什么秘密被人看破了一样。本贵见到苏碧婉话也多了起来，六姨太长六姨太短的，脸上比以前活络多了。苏碧婉照例是点个头，“哼”一声就走了，心里却打开了鼓。

见到四姨太，苏碧婉跟她说，本贵好像有点不对劲。四姨太却笑了笑，轻松地说：“本贵就是鹿家的一条狗，你不用搭理他。”苏碧婉有些担心地说："他会不会跟老爷说什么?"四姨太"啐"了一口说："谅他也不敢，他要是敢胡说什么，我把他的舌头给割了。"四姨太的话，让苏碧婉轻松了一些，也暗自庆幸，幸亏在麻羊垴上没有跟周悲弼发生点什么。

这段日子，苏碧婉很少出门，四姨太叫打麻将也不去了。有空闲了，就在家里写写字，绣绣花。苏碧婉经常走神。有次，写完，看了看纸上，竟然有个"周"字，她自己都吓了一跳，心里乱得跟一团麻一样。握着笔，苏碧婉想，还是要多想着老爷一些，不能再去想周悲弼了，不能再想了。

天气热，鹿维延白天很少出去，经常在家里一坐就是一整天。晚上，洗过了澡，到苏碧婉的房间坐坐，喝点茶。到了睡觉的时间，脱了衣服睡了。有鹿维延躺在身边，苏碧婉不安分了。由于想着周悲弼的原因，苏碧婉想鹿维延早点把她的身给破了，也好死了心，省得周悲弼的样子动不动跑到她的心里来。有了这个想法，苏碧婉心思也活络了些。

碰到鹿维延到苏碧婉房间过夜，苏碧婉早早将自己的身子洗得干干净净的，还扑了点粉。等鹿维延上了床，吹了灯。苏碧婉将衣服脱了，只穿着件肚兜，大半个白花花的身子裸露着。她躺在鹿维延边上，故意用胸前去蹭鹿维延的背。苏碧婉的乳房饱满，结实，有弹性。洗澡的时候，苏碧婉摸着自己的乳房，想起四姨太的话，四姨太说，女人这奶子喂了老的，喂小的，要是不喂，就是一团死肉，就没有用了。摸着自己的乳房，苏碧婉有些伤感，她这么好的乳房，可不得不当一团死肉，她不甘心。苏碧婉用乳房去蹭鹿维延的背，鹿维延是感觉到了的，他不耐烦转了一下身，然后挪一下身子，离苏碧婉更远一些。鹿维延什么都没有说，却让苏碧婉心里一阵阵地发凉。

刚开始去蹭鹿维延，苏碧婉心里还羞得很，觉得自己下贱。过了几天，苏碧婉把心一横，把自己脱了个精光，拿着身子趴到了鹿维延身上。她把鹿维延的手拉起来，放在自己的乳房上，然后往下滑，滑到那个毛茸茸的地方。她咬着鹿维延的耳朵，喘着气说："老爷，我求你了，你要了我吧！"和苏碧婉的冲动相比，鹿维延异常冷静，好像他面对的并不是一个活生生的、鲜嫩的女人，而是一只没有吸引力的玩偶。鹿维延把放在苏碧婉下身的手抽出来，摸了下苏碧婉的脸说："我老了，搞不动了，你嫁给我，就应该想到的，我都五十多了。"说罢，鹿维延说，你要是实在挺不住了，我给你想个法子。苏碧婉一愣，她不晓得鹿维延还有什么办法能解决这个问题。看着苏碧婉发愣的样子，鹿维延把苏碧婉的手拉过去，放在他的阴茎上说："你摸摸，你摸摸就知道我是真的不行了。"苏碧婉摸到鹿维延的阴茎是疲软的，有气无力地耷拉在两腿之间，睾丸就像两颗鱼丸子，滚落下来。苏碧婉一下子想到了周悲弼，周悲弼的阴茎气势汹汹地挺立着，像一门钢炮，睾丸紧缩而有力。苏碧婉的手放了下来，眼泪一颗一颗地滴在她鼓胀胀的乳房上。

一连几天，鹿维延都没有到苏碧婉的房间里来。苏碧婉想这下是真的完了，鹿维延不会再来了。想起做过的事，苏碧婉有些后悔，早知道，她干脆什么都不做好了，那样至少鹿维延还是疼爱她的，还会到她的房间里来，现在，他连来都不来了，她以后的日子还怎么过啊。

苏碧婉担心了没几天，鹿维延到苏碧婉的房间来了，手里还拿着一个盒子。天还大亮，太阳都没落下山去。黄亮的阳光照在鹿维延身上，使鹿维延看起来跟长了毛一样，金灿灿的。鹿维延的精神不错，笑眯眯的。他看着苏碧婉说，你去整两个小菜，我们喝几杯。鹿维延的态度有些出乎苏碧婉的意料，她本以为鹿维延是再也不会理睬她的了。苏碧婉连忙出门，吩咐下人做了几个小菜。端上来，摆好，苏碧婉给鹿维延倒上酒。鹿维延津津有味地咂了一口，放下杯子说，你去拿个杯子过来，你也喝一点。苏碧婉推辞了一下，说不会喝酒。鹿维延说："喝一点不打紧的。"见鹿维延的兴致好，苏碧婉没再推辞。拿了个小杯子，倒了酒，和鹿维延碰了杯。

几杯下去，鹿维延的脸色红润起来，比他平时的脸色好看多了，话也多了。他跟苏碧婉说了一些事情，都是以前从来没有跟苏碧婉说过的。他甚至还说起了五姨太，他说要早知道五姨太会自杀，他是不会娶五姨太的，那点钱对他来说，根本就不重要，是铁匠非要把五姨太嫁过来的。鹿维延说的时候，眼睛都潮湿了，苏碧婉看着鹿维延的样子，心里想的却是别的事情，她想知道鹿维延到底有没有和五姨太做那种事情。

酒大概喝了一个时辰，天彻底黑了下来。两人收拾了桌子，鹿维延对苏碧婉说，你去洗一下澡。洗完，我有东西给你。苏碧婉看了看鹿维延，感觉他的眼睛里有些特别的东西。

洗澡用的是一个大木桶，苏碧婉脱了衣服，跨了进去。刚准备洗，鹿维延进来了，他搬了张椅子坐在木桶边上，看着苏碧婉洗澡。这在鹿维延是从来没有过的事情，苏碧婉身上一阵阵地发热，她想今晚应该会发生点什么。她闭上了眼睛。苏碧婉的头发挽了起来，洁白的脖子和胸脯一览无余，下体若隐若现，黑色的阴毛在水桶里飘摇，像一蓬茁壮生长的水草，充满生机和热力。她感觉到有一只手在她的乳房上、大腿上滑动，一只手指在她下体试探了一下，又缩了回去，像一只不敢确定自己洞穴的小鱼。苏碧婉身上痒痒的，很舒服，说不出的受用。她的两只手紧紧地抓住桶沿，头向后仰过去，这让她的身体更充分地展现在鹿维延面前。房间里点的是蜡烛，跳动着，蜡烛昏黄的光，让苏碧婉的身体看起来更加光洁细腻。

苏碧婉不知道她是怎么回到床上的，也不知道是怎么躺下来的。她只知道她全身都在膨胀，等着被一个男人凶狠地占有。鹿维延的动作细腻，不慌不忙，他舔着苏碧婉的乳头，摸着她的屁股。苏碧婉从来没有想过，男人和女人之间原来可以这么好的，她咬着牙齿，想叫，却不敢叫出声来，她怕她一叫出声来，鹿维延就放弃了。两人在床上磨蹭了不知多久，苏碧婉终于感觉到一个硬硬的东西慢慢插进了她的下体。苏碧婉的双腿被鹿维延架了起来，她的眼睛一直紧闭着，不敢去看鹿维延。下面疼，很疼，就跟身上撕开了一个大口子一样，她甚至能感觉到有股热热的东西从里面流了出来。接着，她又被鹿维延翻转过身子，她的屁股又挨了火辣辣的两个巴掌。这两个巴掌，让苏碧婉差点叫了出来。

过了一会儿，鹿维延的动作停了下来。他摸了摸苏碧婉的脸说："怎么样，好不好？"苏碧婉羞涩地点了点头，她的头发都弄乱了，胡乱地搭在身子上。见苏碧婉点头，鹿维延笑了笑，他得意地看着苏碧婉说："我知道你会满意的，还没有人对我的手艺不满意。"手艺？苏碧婉不解地看着鹿维延。鹿维延望了苏碧婉一眼说："你先起来，把灯点上。"苏碧婉坐了起来，她这才意识到她的身上一件衣服都没有穿，连忙拉了一件衣服穿上，又点亮了蜡烛。她从床上掠了一眼，床上有一朵红红的东西，像盛开的梅花。

坐在灯下，鹿维延说："以后，你自己可以解决了，不用我教你了。"鹿维延的话让苏碧婉糊涂了，她不明白地说："老爷，你说什么呢？"鹿维延说："你会知道的，你很快就会知道。"喝了口水，鹿维延对苏碧婉说："我先走了。"苏碧婉连忙说："老爷，你今晚不在这里睡了?"鹿维延摆了摆手说："不了，我还是回房去睡。"

鹿维延走后，苏碧婉半天睡不着。鹿维延终于把她睡了，鹿维延没有和四姨太睡，也可能没有和二姨太、三姨太睡，却和她睡了，这说明什么？说明鹿维延是看重她的，心里是有她的。鹿维延虽然有点老了，但不管如何，他还是个男人，而且他刚才进入的样子很有力。苏碧婉想，鹿维延以前说的，不过是托词罢了，他只是不想。这么一想，苏碧婉有种巨大的成就感和优越感，她觉得她比四姨太强多了。

躺在床上，苏碧婉满脑子想着明天应该怎么办，是不是要把鹿维延抢到房间里来。她在床上翻来覆去，一个硬硬的东西硌在了她的腰上。也许是老爷不小心掉下的，苏碧婉随手放在床头，终于睡着了。

她醒的时候，天已经大亮。苏碧婉到鹿家这么久，从来没有睡到这么晚，睡得这么好过。她拉开窗子，鹿家大院里生机勃勃，美人蕉开得灿烂如火，叶子异常的宽大。旁边的槐树已经挂了青涩的果子，像被串在一起的绿色的蜜蜂。桑树上也挂满了红色，紫色的桑枣，一颗一颗，有着玛瑙一样诱人的光泽。苏碧婉第一次觉得鹿家大院原来也很美，再看到五姨太的房间，门依然紧锁着，就是那个房间，里面似乎也有了流动的光，不像过去那般阴森。坐在窗子边上，苏碧婉心情异常的好，她甚至想马上找到四姨太告诉她这个消息。想了想，决定还是不去了，如果跟四姨太说，还不知道四姨太怎么反应呢，倒不如不说算了。她又想起了周悲弼，那张年轻漂亮的脸。她双手合十，像二姨太和三姨太一样，心里念着："周悲弼，我现在已经真正是鹿家的人了，你以后在上海不知道还会碰到多少好女人，你就不要再念着我了。”

在窗子边上坐了好一会儿，苏碧婉才想起来，她要去把床收拾一下，要是让别人看见了，那多不好意思。她高兴地站起来，去收拾床上。棉布的床单上有一朵盛开的梅花，看到这个，苏碧婉又想起了昨天晚上，脸上也热了起来。她把床单认真地收拾起来，她想，等鹿维延再来的时候，要给鹿维延看看，让他知道，她已经是他的女人了。收拾枕头时，苏碧婉看到了一个奇怪的东西，硬硬的，直直的，像一个什么东西，她想这大概就是昨天晚上硌到她腰的那个东西。苏碧婉把这东西拿了起来，放在桌子上。

等把床上收拾好，在阳光下，苏碧婉仔细地打量起这个奇怪的东西。直直的，她摸了一下，很光滑，像是打了桐油。她把那东西握在手里，奇怪的是那东西居然还可以伸缩，后面还有两个鼓鼓的小包。她把那东西拿在手里，转了一个方向。天啦，苏碧婉发现这个东西居然像一只阴茎，一个男人的硕大的阴茎。苏碧婉的心里抖了一下，她仔细地检查了一下那东西，接着，她在上面看到了一丝血迹。苏碧婉整个人一下子晕了，那东西像一个炸雷把苏碧婉的神经整个摧毁了。

苏碧婉趴在桌子上开始哭，不停地哭。她不晓得她究竟哭了多长时间，等她不哭了，天已经黑了。她的两只眼睛肿得像水蜜桃。苏碧婉觉得她像一条狗一样，被人要了，还不知道怎么要的，还兴高采烈。她想，如果她清醒一点，她应该知道的，鹿维延根本不会要她，她是个傻瓜。

哭完了，也哭累了。苏碧婉才想起来，应该去找一下四姨太，四姨太应该比她有办法。走进四姨太房间时，四姨太被她的样子吓了一跳。四姨太连忙把苏碧婉迎进来，拉她坐下，一边给她擦眼泪，一边问："六妹，你怎么了，你不要吓唬姐姐，发生什么事了？"四姨太一问，苏碧婉哭得更厉害了，她说："老爷他，老爷他……"见苏碧婉吞吞吐吐的，四姨太也急了，她急切地问："你倒是说话啊，老爷他究竟怎么了？"苏碧婉抬头望着四姨太，想说，却还是不好意思地说："四姐，我说不出口，我是真的说不出口！"苏碧婉这么一说，四姨太反倒安静了。她把苏碧婉抱在怀里，眼泪也滴下来了。她拍着苏碧婉的肩膀说："六妹，你别说了，我明白了。"苏碧婉惊讶地望着四姨太。四姨太站起来，打开一个柜子，拿出一个盒子，放在桌子上，对苏碧婉说："你打开看看。"苏碧婉看着四姨太，慢慢地把盒子打开。她看到了一个木头做的阴茎，跟她房间里的那个几乎一模一样的木头做的阴茎。

看到这个，苏碧婉不哭了，她直愣愣地看着四姨太说："四姐，你怎么不跟我说呢？"四姨太却说："我怎么会想到他又会这么干呢？"叹了口气，四姨太说："也好，反正你是破了身了，以后，就没有人管得了你了。"四姨太又说了一些安慰的话。苏碧婉听完后，问四姨太："你过门的时候，老爷多大年纪？"四姨太想了想说："大概也就三十多岁，还不到四十，那会儿他壮着呢！"苏碧婉咬了咬牙说："那他肯定有女人，有别的女人，他不可能三十多岁就不想女人了。"四姨太点了点头说："我以前也这么想过，可老爷好像真的是不喜欢女人。"苏碧婉却更加肯定地说："老爷肯定有女人，我要把这个女人找出来，我要看看，这个女人到底是怎样一个女人，能把老爷迷到这个程度！你没听说过，老爷年轻的时候喜欢过一个叫梦蝶的女人？"

13

夏天了，走马镇上的河水饱满起来，像是吸取了老天爷的精气神一样，滚热地涌动着。河面的水草长得格外丰盛，水灵灵地绿着，绿得有些肆无忌惮，霸道得很。河对面，就不是走马镇了，却成了苏碧婉的一块心病，她知道对岸住着一个叫梦蝶的女人。好多次，苏碧婉走到河边上，下定决心想到对面去看看，看看这个叫梦蝶的女人究竟长得什么样子，能让鹿维延整个心都放在了她身上。

鹿维延再到苏碧婉房里时，笑吟吟的。上床睡觉后，鹿维延还经常摸上苏碧婉一把。要放在以前，苏碧婉会表现得很冲动。现在，除开觉得恶心，没别的感觉了。鹿维延却不管，他当着苏碧婉的面拿着那个木头做的阴茎，得意地说："整个走马镇，除开我鹿维延，没人有这样的手艺!"这个，苏碧婉是相信的，她早就知道鹿维延有个外号叫"赛鲁班"，他偌大的家业也是靠着他神奇的手艺慢慢挣回来的。鹿维延涎着脸问苏碧婉："你要是挺不住了，就用这个解决，总比没有好些。"鹿维延的话让苏碧婉一阵阵地反胃。

空闲下来，苏碧婉也不写字了，她定不下心。她开始有意无意地调查鹿维延的行踪，尤其是晚上，盯得就更紧了，直到鹿维延进了房间，吹了灯，她才上床。盯了几天，苏碧婉失望了，她发现鹿维延的生活非常正常。吃过早饭，到镇上的铺子里去看看。中午回来，吃过饭，鹿维延会睡上个把小时。下午起来，他很少出去了，要不见见来的客人，要不就在院子里转转，看看花花草草，逗逗鸟。至于晚饭后，他就更少出门了。一身清凉地坐在院子里喝茶，和下人，或者几个姨太太聊天。他的整个生活，看不出一点破绽。苏碧婉有些相信四姨太的话了，她想鹿维延可能真的没有别的女人。

过了几天，苏碧婉感到，从鹿维延身上下手恐怕是不行的，她不可能天天跟着鹿维延，她盯得再紧，总有空漏的时候，男人和女人的那点事，最多要上半个时辰也就完了。这半个时辰，谁盯得住呢？还得找个人，帮着看着点。苏碧婉想来想去，这个人只有本贵。

鹿维延富起来后没几年，本贵就进了鹿家。先是帮鹿维延照看米店，由于手脚勤快，脑子灵活，本贵办事情让鹿维延放心，交给他去办的事情也多了起来。鹿维延的家业，大部分都是本贵帮着打理。说是打理，其实也没什么事情，就是陪着鹿维延到各个店子看看，出出主意。实际上，本贵就是鹿维延的管家，少的只是个名分。鹿家众多的下人中，鹿维延最信任的，经常带在身边的，也是本贵。本贵长得有些猥琐，两只小眼睛有事无事骨碌碌地乱转，看到四姨太和苏碧婉的时候更是如此。他长着两只奇大的招风耳，鼻子却塌塌的，这让他的样子看起来很滑稽。苏碧婉记得刚看到本贵的时候，她有些想笑。大水那年，她躲在箱子里，漂到走马镇，也是本贵把她救上来的。这么个人，要是没些本事，鹿维延也不会这么看重他。人不可貌相。有了想法，再看到本贵，苏碧婉的态度好了许多。除开打个招呼，还会跟本贵聊上几句，问问他的情况，比如老婆孩子什么的。

苏碧婉和本贵闲扯，本贵的脑子灵活得很，话说得滴水不漏。和鹿维延一比，本贵虽然只年轻几岁，却显得有活力多了。苏碧婉暗自跟自己说，这不是个好对付的货色，四姨太可能是看错他了。

苏碧婉嫁给鹿维延两年，本贵到苏碧婉的房间去过几次。每次去苏碧婉的房里，本贵都怯生生的，有些拘谨。苏碧婉多是跟他交代完事情，就打发他出去了。也是碰得巧，就在苏碧婉想跟本贵套套话却找不到借口时，本贵又到苏碧婉房间里了。

天一大早，本贵来敲门，本贵像往常一样站在门口，正准备说点什么。苏碧婉热情地说：“本贵啊，到房间里坐坐。”说罢，把本贵拉了进来。在椅子上坐下，苏碧婉又去泡了茶，是上好的碧螺春。这茶只有鹿维延过来时，苏碧婉才会泡上一壶，平时她自己，随便泡点什么就打发了，她也不懂得茶。给本贵斟上茶，苏碧婉跟本贵说：“本贵，你看你也难得来我房间一趟，多坐一会儿，聊聊天。”本贵受宠若惊，他端着茶杯，连连说：“谢谢，谢谢，谢谢六姨太了。”苏碧婉笑了笑说：“本贵，你不用跟我客气了，叫我碧婉就行了。”本贵呛了一口，说：“那怎么可以，一点规矩都没有了。”喝了口茶，苏碧婉装作轻松地对本贵说：“本贵，你到鹿家也有十几年了吧？”本贵扳着手指算了一下，感叹道：“是啊，一晃都十八年了，你要不问，我还真没算过。”苏碧婉说：“那可不是，十八年，鹿家你怕是比我还熟。”本贵笑了笑，献媚地说：“六姨太取笑了，我在鹿家就是个打杂的，哪敢跟六姨太您比。”苏碧婉笑了下，转了个话题说：“本贵，要说起来，我这条命还是你给的。你看这都两年了，我还没好好谢过你，真是太不应该了。”见苏碧婉这么说，本贵连忙放下茶杯说：“六姨太，你可千万别这么说，你这么说我可受不起。你要是有什么吩咐，尽管说，本贵能办到的，绝不推搪，办不到的，也得想着办法给你办了。”苏碧婉心里暗喜了一下，她等的就是这句话。

两人又扯了一会儿，话题慢慢扯到鹿维延身上去了。苏碧婉试探着说：“我也不知道老爷是怎么回事，最近老爷对我是越来越冷淡了，不晓得他是不是有别的女人了。”听完苏碧婉的话，本贵连连摆了摆手说：“这个六姨太放心，老爷肯定没别的女人，这么多姨太，我看老爷最疼的就是你了。”苏碧婉装作哀怨地说：“我也不知道做错什么了，是不是让老爷生气了。”说着说着，苏碧婉的眼泪流下来了。一见苏碧婉流眼泪，本贵慌了，他站也不是，坐也不是，想去帮苏碧婉擦擦眼泪，又觉得不合适。见时机差不多了，苏碧婉问道：“老爷最近是不是经常到河对岸去?”苏碧婉刚一问完，本贵笑了，他说：“六姨太，你真是多心了。我晓得你说的是和尚的女儿梦蝶，老爷年轻的时候好像是有那么点意思。梦蝶嫁过去之后，老爷就再也没去找过她。我跟老爷这么多年，老爷连河对岸都没有去过几回。再说了，那梦蝶也是个守本分的女人，跟那屠夫生了四个儿子，两口子不晓得有多恩爱。”见本贵这么说，苏碧婉也不好意思再问了，她从怀里掏出几块银圆说：“本贵，以后有什么事情还要麻烦你。”本贵连忙把钱推回来说：“六姨太，你太见外了。老爷要是有什么事，我也不会瞒着你，这就太见外了。”两人推了一会儿，本贵终究是没收。交代完事情，喝完茶，本贵就走了。

本贵是走了，苏碧婉的心里却没静下来。

吃过午饭，苏碧婉正在房间里休息，四姨太又来找苏碧婉，说是镇上丝绸店来了批新货，是从苏州进过来的上等货色，约她一起去看看。苏碧婉一想，下午闲着也没什么事情，就跟着四姨太去了。

下午太阳热辣辣的。苏碧婉有些后悔出门了，四姨太的兴致颇高。镇上人不多，多数店子虚掩着门，狗都热得吐出了舌头。丝绸店的门也是虚掩着的，四姨太推开门进去，径直去了后面。苏碧婉正纳闷着，她看见周悲弼笑眯眯地朝她走过来。她正转身准备走，四姨太却一把拉住她说：“他又不是老虎，大白天的，他还能吃了你?”一看到周悲弼，苏碧婉心里就疼了。她想起了她的初夜，居然是给了一根木头做的阴茎。

进了后面的偏房，四姨太跟苏碧婉说，你们俩先聊一会儿，我去找找老板，看看新到的料子。说罢，转身出去了。苏碧婉这次没走，她也不想走，她想听周悲弼给她说点什么。果然，四姨太一走，周悲弼就拉起苏碧婉的手说想死我了。苏碧婉任由周悲弼拉着她的手，见苏碧婉没反抗，周悲弼的胆子大了些，她把苏碧婉搂在了怀里。苏碧婉的呼吸急促了起来，当周悲弼试图把手伸进苏碧婉的衣服里面时，苏碧婉的眼泪一大颗一大颗地涌了出来。她的眼泪流得那么快，那么大，跟黄豆一样，一颗一颗把周悲弼给砸清醒了。周悲弼放开苏碧婉，急切地说："你怎么了？你到底怎么了？是不是有人欺负你了？鹿维延他打你了？"周悲弼掀起苏碧婉的袖子，苏碧婉的手臂白白的，像一根莲藕。周悲弼捧着苏碧婉的脸问："你到底怎么了？"苏碧婉没有说话。过了一会儿，苏碧婉对周悲弼说："你就忘了我吧！"说完起身出去了。

和四姨太一起挑了一条料子，苏碧婉就回去了。周悲弼说要送送她们，苏碧婉坚持说不用了。转过身，她能感觉到周悲弼在后面失望的眼神，那眼神像两把锥子，把苏碧婉的背都刺疼了。回到了家里，四姨太到苏碧婉的房里坐了一会儿，她说："六妹，你这是何必呢？苦了自己。"苏碧婉直盯着四姨太的脸，淡淡地说："四姐，你以后不要再帮周悲弼来找我了。"四姨太皱了一下眉头说："好吧，以后你们的事我就不瞎操心了。"

过了几天，又是晚上。鹿维延告诉苏碧婉他有事要去一次省城，苏碧婉问是不是有什么事，鹿维延说也没什么大事。苏碧婉问，要去几天？鹿维延想了想说，要是快的话，大概两三天，长，就不好说了。说完，鹿维延吹了灯说，不早了，睡吧。

鹿维延这一出门就出了五天。头两天，苏碧婉还是像往常一样，该睡觉睡觉，该吃饭吃饭。实在无事可做，就读读书。她读的都是老书，唐诗宋词什么的。对唐诗，苏碧婉兴趣不大；宋词却有不少喜欢的。她觉得那些文人把女人的闺中哀怨真是写活了，读那些词，苏碧婉经常暗自泪下。跟周悲弼在一起的时候，周悲弼也会给她讲一些东西，讲男女平等，讲上海女校里的女学生，她们穿着新式的学生装，学洋文。周悲弼说的这个世界，苏碧婉觉得离她太远了，简直遥不可及。

第三个晚上，苏碧婉吹了灯，正准备睡觉，却听到外面有轻轻的敲门声。苏碧婉以为是四姨太，就重新点了灯，打开门，一看，却是本贵。苏碧婉正想问本贵这么晚来找她干什么，本贵把手指放在嘴巴上“嘘”了一声，像一条乌鱼一样滑进房间。苏碧婉关上门，看了看本贵，她觉得本贵有些不正常。坐下来，苏碧婉问本贵：“你有什么事情吗？这么晚了，有话快说。”本贵诡异地笑了笑说：“你不是想知道一些老爷的事情吗？”苏碧婉点了点头。本贵眼睛在苏碧婉的胸脯上摸了一把，恋恋不舍地收了回来说：“我可以告诉你！”说罢，笑眯眯地看着苏碧婉。苏碧婉站起来，打开箱子，拿出一只绿玉手镯，放在桌子上说：“这个是老爷送给我的，想来也值一些钱。”本贵却把手镯推回来说：“六姨太，这个我不想要。”苏碧婉看了本贵一眼说：“那你想要什么？”本贵油滑地说：“六姨太，你也是个明白人，你应该晓得我想要什么。”苏碧婉看见本贵像一头饿狼一样，恨不得一口把她吞了下去。苏碧婉低声厉色说道：“本贵，你是不是过分了点，要是我告诉老爷，你想想是什么后果？”本贵干笑了两声说：“老爷？我要是告诉老爷你想收买我，我要是告诉老爷你跟四姨太的表弟周悲弼不清不白，你说会有什么后果？”苏碧婉心里一惊说：“你别血口喷人！”本贵往苏碧婉身上凑了一下说："六姨太，你别忘了，我在走马镇混了这么多年，米店老板、丝绸店老板都是我的朋友，他们不可能说的都是假话吧？还有，你和四姨太去麻羊垴那次，你们在山上干了点什么，不要以为我不晓得。"苏碧婉咬了咬牙说："那你想怎么样？"本贵捉住苏碧婉的手，捏了两把说："我想怎么样，难道你还不清楚吗？"在苏碧婉手上亲了一口，本贵又说："除开这些，我还有一个大秘密告诉你，这个秘密绝对值这个价。"苏碧婉想了想说，你先说。本贵却摇了摇头说，不行，我是不会先说的。

和本贵躺在床上，苏碧婉感到空前的羞辱。她先是被一根木头阴茎破了身，现在又被一个下人要挟。本贵骑在她身上，气喘吁吁，他的嘴和手都忙坏了，好像苏碧婉是一块巨大的糖，往哪里舔都是甜的。本贵进入的一刹那，苏碧婉叫了一声，她的眼泪流了出来，喊出的名字是"悲弼"。

本贵心满意足地走了，临走前，他对苏碧婉说："我不知道老爷是不是有别的女人，但是老爷每个初一、十五都会把自己关在豆腐房里，任何人都不能靠近，谁也不晓得他在里面干什么。"

14

鹿维延从省城回来后，脸色阴郁，很少说话。即使到苏碧婉的房间，也是草草说上几句话，就上床睡了。苏碧婉也不动声色，等着十五的到来。鹿维延家的豆腐房在哪里，苏碧婉是知道的。豆腐房看起来有些阴暗，屋上的瓦片上呈现出被雨水洗刷多年后的黑褐色，屋顶上还长了草，有些破落的迹象。以前，苏碧婉从来没有去过豆腐房，听本贵说后，苏碧婉去豆腐房看了两次，没什么特别的，一点特别的也没有，苏碧婉看不出豆腐房有什么值得鹿维延留恋的地方。

十五的晚上，月亮大圆。苏碧婉摸出门，已是半夜，镇上没什么人。她一个人走在巷子里，有些害怕。本贵说的是真的，十五的晚上，鹿维延吃过了晚饭，在院子里转了一会儿，然后进了房间。等院子里的灯都灭了，苏碧婉看见鹿维延的门悄悄地开了。鹿维延换了身黑色的衣服，像一条泥鳅一样溜了出去。看着鹿维延出门后，苏碧婉跟着出了门。她的心跳得厉害，像是揣着一只兔子。走马镇晚上的月色很好，整个镇子看起来安详，平静，就像一条月光下的河流。苏碧婉的脚步很轻，跟一只猫一样。

靠近豆腐房时，苏碧婉犹豫了一会儿，想到底要不要进去，如果被发现了，那会怎么样？她在门口徘徊了一会儿，还是决定进去，管它是死是活，也就这一次了。苏碧婉试探着推了下豆腐房的门，门关了。豆腐房一共有两间房子，外面是一个小院子。小院子是用来放豆腐的，两间房子，小的是磨豆子的，大点的用来煮豆浆。苏碧婉费了好大的力气才翻过了院墙。爬到了院子里，两间房子就很近了。苏碧婉先从大点的房间的窗子往里看了一下，鹿维延不在里面。小房间是没有窗子的，只有一扇门跟外面的房间连着。苏碧婉的心里一凉，她没有办法看到另一个房间的事情了，即使鹿维延在另外一个房间里面。

在院子里观察了一下，苏碧婉注意到小房间的一侧是和院墙连在一起的。要想观察到小房间里的事情，她必须重新爬上墙，然后从屋檐后面起一片瓦，才有可能看到里面。苏碧婉的心跳得越来越厉害，生怕鹿维延突然从什么地方冒了出来。苏碧婉轻手轻脚地拿起院子里的桶，放在墙边上，费力地爬上墙。摸到屋檐边上，苏碧婉紧张得脚都有些发抖。小房间里昏暗，只有从房间顶上的两片明瓦里透下的几缕淡淡的月光。过了一会儿，苏碧婉才隐约看见，小房间里似乎有两个人，一个很瘦，像是鹿维延，另一个则长得奇怪，苏碧婉想应该是一个女人。又过了一会儿，苏碧婉才看清楚，那不是人，而是一头驴子。只见鹿维延坐在椅子上，喂那头驴。苏碧婉看不明白了，鹿维延半夜三更地跑到这里喂驴干吗？喂了一会儿，驴子估计也吃饱了，鹿维延站了起来，用手挠驴子的肚子，摸驴子的屁股。驴子一副受用的样子，时不时地摇一下脑袋。接着，她看见鹿维延迅速地脱下裤子，抱住了驴子。当他插进驴子里面时，苏碧婉看见鹿维延喘着粗气，头向上昂着，脖子上青筋突起，动作也越来越快。苏碧婉被眼前的这一幕给吓坏了，她觉得她都快要把尿给吓出来了。她不知道最后她是怎么爬下墙，又是怎么回家的。

苏碧婉整个人都软了，一点力气也没有。这样的结果是她没有想到的，她怎么也没有想到，鹿维延不动她，也不动其他几个老婆，原来是因为这个。如果说鹿维延是因为有其他的女人，苏碧婉也许还好过一些，这样的结果，让苏碧婉全身发凉，也想不通。

一个晚上，苏碧婉都没有睡好。天一亮，苏碧婉找到四姨太。进了四姨太房间，四姨太才刚刚起床，正在镜子前面梳洗。苏碧婉拉过四姨太，悄声问：“老爷有没有在初一、十五进过你的房间？”四姨太一边梳头一边问：“我不记得，你问这个干什么？”苏碧婉焦急地说：“你想想，仔细想想！”四姨太想了一会儿说：“没有，好像没有。”说完，四姨太看着苏碧婉说：“你究竟发现什么了？老爷真的在外面有女人了？”苏碧婉叹了口气说：“我倒宁愿相信老爷是在外面有女人了。”说罢，苏碧婉把昨天晚上看到的事情跟四姨太说了一遍。四姨太开始还不相信，她摸了摸苏碧婉的额头说：“六妹，你不是发烧说梦话吧？”苏碧婉一把把四姨太的手拉下来说：“这么大的事，谁还跟你开玩笑呢！”苏碧婉把整件事情跟四姨太讲了一遍。一讲完，四姨太就哭了，一边哭一边骂：“鹿维延你这个天杀的，你害死我们了！”等四姨太骂完了，苏碧婉问四姨太有没有什么办法。没料到一向有主意的四姨太却说：“这样的事情，我们做女人的有什么办法呢？”苏碧婉皱了一下眉头说：“就这么算了？”四姨太说：“那还能有什么办法？”

苏碧婉闷在房间里想了三天。鹿维延到苏碧婉房间里来过一次，上了床，苏碧婉离鹿维延远远的，碰都不愿意碰鹿维延一下，她现在觉得鹿维延身上散发出来的不是老人的味道，是恶心的驴子的味道。要她和一头驴子睡觉，比杀了她还难受。

第四天，苏碧婉把本贵叫了过来，对本贵说：“本贵，你有没有发现老爷有什么不对的地方？”本贵想了想说：“不对的地方我跟你说了，其他的就没有了。”苏碧婉咬了咬牙说：“本贵，你去找两个人，把豆腐房的驴子给杀了。”本贵紧张地说：“那可不行，把驴子杀了，就没有驴子拉磨了，没驴子拉磨就做不成豆腐，做不成豆腐，老爷责怪下来，就麻烦了。”苏碧婉笑了笑说：“你那么大胆子，我让你把驴杀了你还怕老爷怪罪。你说，老爷要是知道你睡了他的女人，会是个什么后果？”苏碧婉的话一说完，本贵额头上的汗都出来了，他紧张地朝四周看了看说：“六姨太，你说你好端端的杀那头驴子干吗呢？杀了驴子拿什么去拉磨呢？”苏碧婉板下脸说：“这个我不管，我要你把驴子杀了，你买头什么来拉磨都行，就是不准买驴子！”

杀驴子的时候，苏碧婉站在旁边，本贵叫了两个伙计，把驴子给杀了，还把皮剥了下来。苏碧婉看着驴子低声说：“驴子，不是我想杀你，我不得不杀你，不杀你，我想着就恶心。”

杀完驴子回家，苏碧婉轻松了许多，像是出了一口恶气。晚上，苏碧婉脱了衣服刚准备上床睡觉，鹿维延进来了，手里还拎着一只口袋。他阴沉着脸。苏碧婉怯生生地叫了声“老爷”。鹿维延用手指了指口袋冷淡地说：“你打开看看!”苏碧婉打开口袋，她头皮一麻，她看到了一张驴皮。鹿维延冷冷地看着苏碧婉说：“这驴子是不是你杀的?”苏碧婉有些惊慌，但很快镇定了下来说：“是的，是我让本贵杀的。”鹿维延鼻子里“哼”了一下，拍了一下桌子怒斥道：“大胆，谁让你杀的?”苏碧婉看了鹿维延一眼说：“你应该知道的!”苏碧婉的话一说完，鹿维延懊恼地摇了摇头。和刚才怒气冲冲的样子相比，鹿维延像个泄了气的气球，他有气无力地问：“你都知道了？那天晚上是你爬了墙?”苏碧婉咬着牙，点了点头。鹿维延说：“你不该看到的，你不该看到的，你知道五姨太是怎么死的吗?”苏碧婉心里一惊。鹿维延接着说：“她也像你，什么都想知道。”

空气像是凝固了一样，苏碧婉和鹿维延都没有说话。鹿维延把手伸过来，从苏碧婉的头上慢慢地滑下来，滑到苏碧婉的脖子上时，鹿维延停了下来，稍稍用了点力。一股恐惧从苏碧婉的脚底下升起来，她闭上了眼睛。她听到鹿维延咬牙切齿地说：“你不该知道那么多东西，你不该杀了我的驴子!”说罢，鹿维延狠狠地抽了苏碧婉一个巴掌。鹿维延是那么的用力，苏碧婉嘴里一股腥涩的咸味涌了上来。鹿维延像疯了一样，从口袋里把驴皮拿了出来，扯掉苏碧婉的衣服，裤子，将驴皮披到苏碧婉赤裸的身上。苏碧婉觉得她整个人都完了，死了，没有一点力气。她知道，在鹿家大院，她挣扎是没有用的，她叫，也是没有用的。她是鹿维延的女人，鹿维延可以对她做任何他想做的事情。

趴在地上时，苏碧婉觉得她连一头驴子都不如，她甚至还不如一条狗。鹿维延的巴掌“啪啪”地抽在她的屁股上，等鹿维延的巴掌停下来后。苏碧婉听到了鹿维延粗重的喘息声，接着，一根坚硬的东西插进了她的下体。那根东西的动作越来越快，随着鹿维延的一声大叫，一股湿热而黏稠的液体射到了苏碧婉的屁股上。

苏碧婉觉得她像个死人，任由鹿维延折腾，等鹿维延折腾完了，苏碧婉浑身汗津津地站起来，头发凌乱，她看见鹿维延裸着身子。鹿维延抱住苏碧婉，激动地说：“我行了，我又行了！”苏碧婉愣愣地看着鹿维延，鹿维延拍了拍苏碧婉的脸说：“好了，什么事都没了。驴子杀了就杀了，我不怪你。”说罢，鹿维延凑到苏碧婉耳朵边上说：“看到你披着驴皮，我又行了。”

鹿维延给自己倒了杯水，望着苏碧婉说：“以后，你给我生几个儿子，我鹿维延偌大的家产，至少有一半是你的了，只要你听话。”在苏碧婉的房间里又坐了一会儿，鹿维延走了，他走出去的样子，不像一个老人，而是一头杀人的狮子。

第二天早上，苏碧婉起来，洗了个澡，她洗的时间很长，把全身角角落落都细细地搓了几遍。洗罢，她换了身干净的衣服，走到四姨太的房间说：“四姐，你帮我找一下周悲弼，我现在想通了。”

见到周悲弼是在米店钱老板的厢房里。四姨太跟钱老板聊了几句，又跟周悲弼耳语了两句，就出去了。四姨太和钱老板出去后，苏碧婉对周悲弼说：“你现在还想要我吗？”周悲弼张大了嘴巴。苏碧婉接着说：“如果你想要，我现在就给你，只要你带我走，带我去上海！”说完，苏碧婉解开了衣服扣子，露出洁白而丰满的乳房。周悲弼眼睛直了，他的手颤抖着慢慢伸了过来。苏碧婉望着周悲弼，说：“答应我，答应我带我走，离开走马镇！”周悲弼像一只饥饿的豹子一样冲过来，把苏碧婉压在身下，手急急忙忙地脱着苏碧婉的裤子，嘴里急促地说：“我答应，我答应你，我带你去上海。”苏碧婉闭上眼睛，眼泪又汩汩地流了下来。

做完后，坐在床上。苏碧婉把这些日子发生的事情跟周悲弼说了。周悲弼铁青着脸骂道，鹿维延这个老畜生，明知道自己不行，还娶了这么多姨太太，这个老狗，想掩人耳目呢！说罢，周悲弼亲了苏碧婉一下，说，我以后会对你好的。周悲弼跟苏碧婉说，再过几天，他就要回上海上学了。到时候，他先去省城等苏碧婉。说罢，他给苏碧婉写了一个地址，说我在这个旅馆等你，你来了，我们一起去上海。临出门前，周悲弼又要了苏碧婉一次。

回到鹿家大院，苏碧婉开始悄悄地收拾东西，她望着鹿家大院，看着二姨太和三姨太感到一阵凄凉。过了几天，四姨太告诉苏碧婉说，周悲弼走了。苏碧婉笑了笑说：“走了好，走了好！”她笑得莫名其妙，四姨太一脸的不理解，四姨太说：“他再回来，要等到过年了。”

15

苏碧婉离开鹿家大院是在早晨，天还没有大亮。她几乎没有带任何东西，就跟她来的时候一样。三年前，她来到走马镇，从一口大柜子里爬出来后，除开身上穿的一身衣服，她什么都没有。现在，她准备走了，起码身上还有足够的盘缠，这已经不错了。苏碧婉在鹿家大院里转了一下，所有房间的门都关着。夏天的早晨是清凉的，头天晚上的闷热刚刚散去，而今天的炎热尚未来临，正是睡觉的好时间。苏碧婉走到五姨太房门口，踮起脚尖往里望了望，房间收拾得干干净净，除开一张桌子和两张椅子，什么都没有，这个房间曾经住过一个女人，一个和自己一样年轻的女人。苏碧婉看了看屋梁，空荡荡的。

从五姨太的房间走过来，是二姨太和三姨太的房间，不用看苏碧婉也知道，里面供着菩萨，香火从来没有断过。走在大院里，苏碧婉看见院子里的草地上沾满了露水，干净，圆润。美人蕉宽大的叶子上，有湿湿的雾气，像是在上面镀了一层银白的边。

临到出门，苏碧婉回头看了一眼，她想她是再也不会回到这个院子了。

接下来的事情，变得简单。苏碧婉在省城没有找到周悲弼说的那家旅馆，她跟路边的人打听，跟人力车夫打听，所有的人都说，从来没有听说有这么一家旅馆。苏碧婉在省城待了十天，在这期间，她想过很多，是直接冲到上海，还是回到走马镇。想了几个晚上，苏碧婉决定回到走马镇，上海离她如此遥远，即使她身上带的钱能让她顺利到达上海，那又如何？对她来说，没有一个地方是有意义的，她只想死了算了，只是自己又下不了手。

回到走马镇，已是黄昏，正是飞鸟归巢的时间。苏碧婉的头发是乱的，她的衣服也因为十来天没有换，而显得脏，而且臭。苏碧婉见到鹿维延时，鹿维延正坐在一张椅子上抽烟。看到苏碧婉，鹿维延敲了敲烟杆，说："我知道你会回来的，我知道你会回来的。"苏碧婉点了点头，说，是的，我回来了。鹿维延也点了点头说："回来了就好，你的房子我让他们天天都给你收拾，你去洗个澡，换身衣服。"

天黑透了，鹿维延走了进来。苏碧婉坐在床边没有动，鹿维延指了指驴皮说，你把它披上，你既然是我的女人，你就得听我的，即使你觉得受了天大的委屈。苏碧婉披上驴皮时，心若死灰，她像驴子一样四肢着地。鹿维延在她身上干了点什么，已经无所谓了。她听见鹿维延嘶哑的吼叫，她甚至还笑了起来。

三年后，鹿维延死了。他死的那天，走马镇上空出现了一道奇异的彩虹。出殡的队伍很长，走在半路，还没到坟山，一群不知道从哪里飞过来的乌鸦，像一片云一样遮盖了天空。多年以后，走马镇上的人回忆起鹿维延出殡的情景，依然觉得心有余悸，他们说，他们一辈子也没有见过那么多的乌鸦。走马镇上是很少见到乌鸦的，那天的乌鸦却多得让人心里发慌，它们一只只地垒在鹿维延的棺材上，赶都赶不走。鹿维延的两个儿子拿着哭丧棒，赶那些乌鸦，他的两个儿子都穿着长长的白色的孝衣，手里拿着的哭丧棒都被乌鸦给抢走了。两个白色的孝子和黑色的乌鸦绞合成一团。因为那群乌鸦的原因，鹿维延的棺材在路上停了一下。按照走马镇的风俗，棺材在进坟墓之前是不允许落地的。可那些乌鸦，让八脚（注释：按照走马镇的风俗，死人出殡需要八个壮汉来抬上坟山，这个行当由固定的家族来承担，俗称“八脚”）吃尽了苦头，他们的身上、手上被乌鸦啄得鲜血直流，更重要的是不知道有多少只乌鸦压在棺材上，一只一只的，垒得那么高。抬人上山，是不论天气的，刮风下雨大雪冰雹什么样的天气八脚没遇上过？可这次不光是天气的问题，出殡遭遇上漫天飞的乌鸦，这种怪事他们却是第一次遇上。撑到后来，八脚实在撑不住了，累得趴在了地上。上山的路，走了很久。

鹿维延下葬后，那群乌鸦围着鹿维延的坟墓盘旋了三天，然后又像一朵云一样消失了。这群乌鸦让整个走马镇不安起来，他们说鹿维延有神性，他死了，天上都有征兆，不过鹿维延可能不是个什么好神，不然来迎接他的不应该是一群乌鸦，而应该是凤凰什么的，至少也应该是仙鹤。也是因了这个原因，走马镇后来在庙里供奉起了鹿维延的灵位。鹿维延死的时候，老和尚还没有死，他已经七十多岁了。给鹿维延念经时，老和尚老泪横流。至于在庙里供奉鹿维延的灵位，老和尚没点头，也没摇头，他接受了这个走马镇上集体的决议。

二姨太和三姨太由于念佛吃素，身体一直很好，她们一直活到解放后。至于四姨太，在镇反时期，由于钱老板的关系，她也被拉了出来，钱老板被镇压，砍了脑袋。还没砍四姨太的脑袋之前，她疯了，疯了后，见人就脱了衣服，一脸媚笑着说："你要不要搞我，要不要搞我?"苏碧婉在鹿维延死后不久，也死了，病死的。临死前，苏碧婉的头发都掉光了，像一个尼姑。四姨太拉着苏碧婉的手说："六妹，是我害了你了!"苏碧婉却笑了笑说："四姐，你没害我，是我自己害了自己。"

至于周悲弼，他在苏碧婉死之前，没有回过走马镇。苏碧婉死后，周悲弼回到了走马镇，他站在苏碧婉的坟头，哭得像个泪人。有人说，四姨太狠狠地打过周悲弼几个巴掌，也有人说，四姨太根本就没有，她哪里舍得打周悲弼。事实到底如何，是没有人知道了。可以确定的事情是，周悲弼后来入了国民党，据说，官做到了上将。解放前，跟着国民党到了台湾，此后很多年，走马镇上都没有周悲弼的消息。再次听到消息，是在镇上的广播里，说是国民党的将军要来走马镇，这个将军的名字叫周悲弼。这个时候，镇上跟他一般大的人都死光了，没有人知道谁是周悲弼。年轻人围在一起，议论着说，这个狗日的国民党也回来了，他还有脸回来。要是我是人民政府，我给他一颗花生米，把那狗头给打爆了。周悲弼回来后是否去过苏碧婉的坟前，就更没有人知道了。能记得苏碧婉的坟在哪里的人，也几乎没有了。

整个鹿家活得最安逸的是鹿维延。他出生的时候，英法联军火烧了圆明园，清政府和洋人签了一系列的不平等条约，那时走马镇上风平浪静。他死的时候，陈独秀在北京搞新文化运动，提倡民主和科学，号召男人娶一个老婆，实行一夫一妻制。如果鹿维延临死的时候，知道陈独秀说的这些话，他可能会笑出来，或许他还会轻蔑地说："狗屁，我鹿维延就娶了六个老婆，你把我如何?"当然了，这些只能是想象，想象的事情是当不得真的。

续幽梦影：记忆

鹿辰光的头很疼，里面像是安了一颗炸弹，随时有可能点爆。昨天晚上，一整个晚上他都没有睡好。他想着前天晚上的事情，那么奇怪，当他想要和张晓梅做点什么，他的身体就开始抽搐，不得不离开张晓梅的身体。一离开，马上又正常了，说话吐词清楚，肢体语言也非常正常。

这种事情已经不是第一次出现了，比如说，鹿辰光第一次亲吻张晓梅，嘴唇刚一碰上去，像触电一样，鹿辰光甚至看见了四片嘴唇碰在一起时激起的火花。第一次脱下张晓梅的衣服，是在张晓梅的房间里。两个人喝了点酒，有那么点意思，张晓梅喝得有点多了，动不动掀起衣服，露出平坦的小腹，或者低头的时候，故意低得特别厉害。鹿辰光从张晓梅的衣领口看过去，张晓梅两只圆滚滚的乳房赤裸裸地挺在他的鼻尖上。不用说，鹿辰光是激动的。有了以前的经验，这次，鹿辰光没有莽撞，他像剥着一只烫手山芋一样剥着张晓梅的衣服。场面看起来很滑稽，鹿辰光围着张晓梅转，不时接触一下张晓梅的衣服，脱下一件。脱得差不多了，鹿辰光的手刚碰到张晓梅的乳房，屋子外面狂风大作。张晓梅愣了一下说：“等等，先收一下衣服。”等收完衣服，张晓梅突然把衣服穿上了，她理了理沾满雨水的头发说：“辰光，我不想了，你回去吧。”张晓梅的脸上湿漉漉的，很性感。鹿辰光有些扫兴，正准备出门，听见张晓梅在身后说：“辰光，你说我们两个在一起招谁惹谁了，怎么老这么怪的?”鹿辰光走过去，拍了拍张晓梅的脸说，傻瓜，别多想，这只是偶然。话虽然是这么说，鹿辰光的心里也不踏实。他觉得这事情可能不是那么简单。

前天晚上，张晓梅约了鹿辰光，不在张晓梅的房间，也不是鹿辰光的房间。张晓梅在酒店开了个房间。等鹿辰光进去了，张晓梅咬牙切齿地说：“妈的，我就不相信不行!”说完，张晓梅把鹿辰光的衣服脱了。鹿辰光迅速地充血，正要雄心勃勃地进入，一道闪电劈了过来。闪电很近，伸手就可以抓住一样。酒店的房间像做梦一样亮起来，张晓梅的头发金光闪闪，如同童话中的白雪公主。闪电一过去，张晓梅看见鹿辰光的头发一根根地直立起来。张晓梅抱住鹿辰光，刚想说点什么，鹿辰光突然摆了摆手说：“别吵，你别吵，我很好。”他望了张晓梅一眼说：“我好像想起一些事情来了。”鹿辰光的表情一定很奇怪，张晓梅的嘴巴张成了“O”字形。

回到家里已经是深夜，鹿辰光的脑子里冒出一个个的人。这些人都是他的祖先，很多人他不认识，但他知道，这些人和他血脉相连。这太可怕了！鹿辰光经历过一些奇怪的事情，但这么奇怪的事情，他连想都没有想过，电视上也没有看过。

他妈给他寄的照片是他给家里打电话三天后寄到的。一打开照片，鹿辰光有种崩溃的感觉，他翻开照片第一页。一个熟悉的老头，穿着马褂，坐在椅子上，这个老头的表情，怎么猜都猜不透，似乎有一种忧郁在里面。鹿辰光认出了这个老头，他叫鹿维延，他梦到的第一个人。他讨了六个姨太。关于走马镇过去的一切，鹿辰光原本是不知道的，看到这个老头的照片，他知道，他所梦到的，脑子里出现的一切都是真的，都是他们祖上曾经发生的事情。从鹿维延开始，鹿家的后人，总有一个是被诅咒的。他甚至看到了鹿维延下葬时满天飞的乌鸦，这些乌鸦穿着黑色的衣服，像一只只的幽灵。

从鹿维延开始，他三个儿子，两个资质平庸，成了走马镇上著名的纨绔子弟，却也安乐地度过一生。他最小的儿子，原本聪明异常，也是鹿维延格外疼爱的，却在十六岁那年，瘫在了床上。他原本坚硬的骨头，软得像一堆面条。鹿维延请过很多医生，医生都摇了摇头说，软骨病一般都是天生的，或者在幼儿时期发生，像这么大的人得这种病却是没有见过的。鹿维延的小儿子平瘫在床上时，那是一个多么高大、英俊的男人啊，眼睛明亮，四肢修长。可只要把他坐起来，却连一米高都不到了，像一床堆垒在一起的被子，整个身体完全变形了。在床上痛苦地过了两年，他死了。

鹿维延的大儿子后来也生了两个儿子，其中一个有着巨大的脑袋，这颗脑袋似乎装着一切，他似乎连走马镇上有着多少只蚂蚁都弄得一清二楚。这个无比聪明的脑袋，让走马镇上的人感到异常的恐惧，在走马镇上，从来没人见过那么大、反应那么快的脑袋。五岁的时候，这个硕大的脑袋吸收了走马镇上所有的信息，他已经无书可读。鹿维延的大儿子本来是很高兴的，这么聪明的儿子意味着鹿家的风水又转回来啦。这个聪明的大脑袋，长到十二岁，就再也没有长过。他年龄一天比一天大，身体却永远是一个小孩。到了十六岁，他正常的欲望开始出现，鹿家虽然有钱，却没有一个人家的姑娘愿意嫁给这个侏儒。镇上的说法是，如果光是矮，那也没什么，可这个矮子聪明得跟鬼一样，这太可怕了。整个走马镇上，谁没吃过这个矮子的苦头，谁没有被这个矮子捉弄过？这样的人没有，就连鹿维延的大儿子，也是他玩弄的对象。矮子的青春期无疑是孤独的，他天天手淫，最多的时候一天能来上七八次。矮子后来从走马镇上消失了，据说是做了一伙长毛的师爷。矮子消失了大约两年后，一具棺材大清早地摆在走马镇的街上。胆大的人打开棺材后，看见了一个硕大的脑袋。他们说，矮子被长毛杀啦，这个矮子，在长毛窝里还卖弄他的聪明，被一刀给"咔嚓"啦。这长毛也算义气，还把尸体给送回来了。

再下来就到了鹿维延重孙辈了，也就是鹿辰光的父辈。鹿辰光的父亲叫鹿庭衣，至于鹿庭衣是不是鹿家被诅咒的人，鹿辰光现在还说不准。对他的父亲，他是熟悉的，也是陌生的，他不愿意承认，他的父亲是被诅咒的。

东柯二录：　有关鹿庭衣的一切

16

和鹿维延不一样，鹿庭衣在三十五岁上才娶了第一个老婆，也是唯一的一个老婆。一个男人站在三十五岁的当口，看着还没有到来的一生，就像站在井边上，一不小心就砸了下去。三十五岁还没有老婆，就跟光着膀子的乞丐一样，想再翻身，那就难了。

鹿庭衣生活的走马镇，跟以前不一样了。走马镇边上的那条河还在，水草依然丰美，风光却大不如前。鹿家大院也不是全部属于鹿家的了，就连鹿维延的五姨太的房间都住了人，都是以前鹿家的长工。按照时髦的话说，鹿庭衣是生在旧社会，长在新中国。

解放那年，鹿庭衣才十多岁，屁都不懂，过惯了"衣来伸手，饭来张口"的少爷生活。解放了，走马镇上插满了红旗，大大小小的，飘扬着，像过节一样热闹。只有鹿庭衣父亲板着张脸，笑得不自然。走马镇上难得有这般热闹的光景，鹿庭衣像一只小狗一样在人群中钻来钻去。他还不知道解放对他来说意味着什么，他只知道，镇上人很多，很热闹。平时难得一见的鞭炮跟不要钱一样，鞭炮屑像一枚枚桃花瓣，把走马镇的街道都给染红了。鹿庭衣忙着拣还没有炸的哑炮，他用衣服兜着，像是兜着一袋糖果，他乐坏了。

回到家里，鹿庭衣将哑炮放在地上，跑回屋里拿了锤子洋火。哑炮饱满，有种硫磺散发出来的硝烟味，这味道让鹿庭衣觉得舒服。他把一枚哑炮放在院子里的青石板上，一锤子下去，哑炮发出响亮的爆炸声。鹿庭衣擦了擦脸上的汗水，满意地笑了。他喜欢这声音，爆炸的声音。接着，鹿庭衣又把一枚哑炮从中折断，将里面的火药小心地倒在地上，然后是第二枚，第三枚，第四枚……等地上的火药摆成一个蜿蜒的龙形。鹿庭衣小心翼翼地点着洋火，靠近火药，火药发出“滋”的一声，冒着烟，发出耀眼的火光，火光过后只有地上还有火药燃烧过后的木炭一样灰白的颜色。

鹿庭衣的哑炮还没有锤完，父亲从房间里走出来，严厉地说：“你不要闹了，吵得人心烦！”鹿庭衣望着父亲，他有些不明白，为什么整个走马镇的人都兴高采烈的，独独他的父亲会心烦。鹿庭衣乖乖地放下手里的锤子，把哑炮收起了，进了房间。在房间里，他看见父亲和叔叔坐在客厅的椅子上，一声不吭地喝茶，脸色都一样的沉重。

在房间里站了一会儿，空气压抑，鹿庭衣咬了半天的指甲，觉得无趣，父亲和叔叔没理他。他转身正准备回到自己的房间去，父亲突然叫了他一声说：“庭衣，你过来！”鹿庭衣有些紧张，父亲的眼神让他害怕，那是两只安静、空洞而飘散的眼睛。鹿庭衣走到父亲身边，父亲摸了摸他的脑袋，理了一下他的头发。鹿庭衣的心跳得厉害，鹿庭衣父亲平时很严厉，见到鹿庭衣也没什么好声气，这种温情更是从来没有过。鹿庭衣望着父亲，咬着嘴唇，浑身不自在。

父亲把他搂过来，抱在怀里说："庭衣，我们鹿家的好日子过到头了!"鹿庭衣听不懂父亲的意思，他只感觉父亲的怀抱很温暖，很宽广。

院子里的美人蕉开得正旺，也不知道是多少年的美人蕉了。池塘里养的金鱼肥硕异常，大的估计快有一尺长了。那么大的金鱼，看起来让人紧张，它们在水里摇动着尾巴，像一把火在水里游动。

很快，鹿庭衣感觉到了不一样。那时，刚刚进入秋天，天空干净，偶尔有一只鸟，从平地上、树上射向天空。从鹿家的天井里望出去，天空蔚蓝。鹿庭衣感觉到这些变化是因为平时听他的话的小朋友对他也不像以前那么恭谨了，玩跳马游戏，他们不像以前一样抢着当马墩了。他们说，现在解放了，大家平等了，谁输了就要当马墩。走马镇的树叶发黄，开始往下落的时候，鹿家大院里搬进了四户人家，都是鹿家以前的长工。刚搬进来，他们还怯生生的。领头的低着头，紧张地对鹿庭衣父亲说："老爷，我们也是没办法，要是有地方住，我们也不敢来打扰你!"鹿庭衣父亲面上一点表情也没有，他摆了摆手说："好了，搬进来也好，大家热闹些。"说完，像想起什么一样说："以后，不要叫我老爷了，那是旧社会的叫法，现在是新社会了。"几个长工连忙说："老爷，那怎么可以呢?别人不清楚，我们晓得，我们没吃的，是老爷你给的，要不是老爷你，我们早就饿死了。"鹿庭衣父亲正色说："我说过了，不要叫老爷，以后你们叫我的名字，或者叫鹿先生也行。"望了几个长工一眼，鹿庭衣父亲说："其实，你们住进来我也放心些，总比来一些乱七八糟的人好。"他说："你们先去收拾一下，桌子椅子，你们先用着。其他的，我先看看。"

在鹿庭衣的记忆中，他的父亲从来没有那么认真地打量过他们家的房子。他走在前面，后面跟着几个长工。房了的门一间间被打开了，有些房间因为长时间没有住人，蒙上了浅浅的灰尘，鹿庭衣父亲摸了摸桌子，又摸椅子。他似乎有很多话想说，却什么都没说。

晚上，吃过饭。鹿庭衣父亲对他母亲说："从明天开始，我也要上班了。鹿家的铺子现在不姓鹿了。我也要做一个自食其力的工人，以前我们是不劳而获的剥削阶级。现在，我们要成为人民群众的一员，为新中国的建设出力。"说完，鹿庭衣父亲看了看他母亲说："从明天开始，你也到店里帮忙，能干点什么干点什么，别闲着。"鹿庭衣母亲是一个瘦小的女人，她的脸上总是苍白的，不知道是因为涂了粉还是因为其他的原因。在鹿庭衣的记忆中，这个女人似乎一辈子都没有走出鹿家大院。听鹿庭衣父亲说完，她虚弱地说："我，我能干什么呢?"鹿庭衣父亲皱了一下眉头说："你站在那里也行，反正别在家里闲着，你不能再做剥削阶级寄生虫了。"鹿庭衣父亲的话，他母亲不一定听懂了，但她还是温顺而勉强地说："那好吧!"跟鹿庭衣母亲交代完，鹿庭衣父亲转个头对鹿庭衣说："你以后跟那些孩子玩，也不要欺负他们。他们玩什么，你玩什么，身上弄脏点也没关系。"父亲的话让鹿庭衣有些不知所措。以前，父亲总是严厉地对他说："鹿庭衣，你要知道，你和他们不一样。你看你，弄得这么脏，像个什么样子?"但不管怎样，父亲的话，还是让鹿庭衣开心的，他想，他再去抓泥鳅、灌田鼠就不用担心父亲的责骂了。

鹿庭衣父亲做了自家铺子的经理，以前的店员就成了职工，每个月要按时给他们发工资。他母亲也做了售货员。晚上回来，还得自己做饭，这让她叫苦连天，却一点办法也没有，鹿庭衣父亲吃得直摇头。

鹿家大院变了很多，以前干净整洁的大院子，摆满了乱七八糟的农具。一到傍晚，稻草燃烧的烟味从各个房间里传出来，呛得让人喉咙发疼。房屋里到处都是烟熏火燎的痕迹，贴着粗劣的对联和年画。

美人蕉也被挖了，挖美人蕉时，鹿庭衣父亲是在场的。长工握着锄头，笑眯眯地对鹿庭衣父亲说："鹿先生，这么大一块地，种这些东西浪费了，要不种点油菜吧！"鹿庭衣父亲愣了一下，说："好，好，种油菜好！"美人蕉开得有点败了。不到一个下午，整个院子的美人蕉躺在了地上，横七竖八，如同一个个被放倒的美人。过了几天，鹿庭衣闻到了大粪的味道。他趴在窗子边上，看了一下外面。长工们已经松好了地，种好了油菜，正忙着给油菜浇粪呢！鹿庭衣回到桌子边上，兴奋地说："他们真在院子里种油菜呢！"鹿庭衣还准备继续说点什么，他听见父亲一声低吼，父亲敲了一下桌子说："吃饭！"过了一会儿，父亲放下碗筷，碗里还有半碗饭没有吃完，他说："你们吃吧，我先休息一下，有点累了。"说完，面色沉郁地站起来，进了房间。

院子里的金鱼也被捞起来了，那些快成精的金鱼，被长工捞了上来，张着嘴巴，有气无力地挣扎着。捞金鱼时，长工都很兴奋，这么大的金鱼，除开鹿家大院估计别的地方看不到了。金鱼足足有四五十条，满满当当装了好几个水桶。红红黑黑的一大堆，跟一幅泼墨山水画一样。鹿庭衣看见他的母亲，靠在房门上，用手按着胸口，浑身发抖。这个苍白的女人，嘴巴张得很大，吓坏了。捞完金鱼，长工们又在池塘里放了一些鲢鱼和草鱼。干完这些，长工们满意地擦了把汗，献媚一样对鹿庭衣母亲说："太太，以后我们每年都有鱼吃啦，这些金鱼中看不中用的。"

傍晚，走马镇上燃烧着亮红的云彩，天空像一张被抓破的巨大的脸，一道道的血印子。鹿庭衣在院子里闻到了一股奇异的香味，这个香味如此奇特，鹿庭衣似乎从来没有闻到过。他正准备去找一下这香味的来源时，房间的门被敲响了。鹿庭衣母亲开了门，他看见一个长工端着一个粗瓷大碗站在门口。碗应该很烫，他看见长工像一只袋鼠一样，匆忙跳进了房间，那碗几乎是砸在了他们家的餐桌上。放下碗，长工搓了搓手，对鹿庭衣父亲说："鹿先生，你尝尝，味道还是不错的，除开腥了点。"鹿庭衣父亲往碗里看了一眼，拿着筷子夹了一小块，放进嘴里，尝了一下，他问道："这是什么鱼？味道怪怪的。"长工笑了笑说："我们今天把院子里的金鱼给捞起来了，换上了草鱼和鲢鱼。这么大的金鱼，我们想着丢了可惜了，一家分了几条。"鹿庭衣父亲的手有些抖，他的声音也颤抖起来，他指着那个粗瓷大碗说："你是说，你们把……"鹿庭衣父亲还没有说完，长工接上了，说："我们把这金鱼煮了，味道还好，就是腥了点！"鹿庭衣看见他父亲站了起来，浑身发抖，他指着长工，咬牙切齿地说："你，你，你……"长工有些不知所措，他惊讶地看着鹿庭衣父亲说："鹿先生，你怎么了？"鹿庭衣父亲猛地端起桌子上的粗瓷大碗，一把扔到外面，吼道："出去，你给我滚出去！"屋外传来一声沉闷的碎响，见到鹿庭衣父亲发怒，长工连忙走了。临出门，他还小心翼翼地问了声："鹿先生，你这是怎么了？"

长工一出门，鹿庭衣父亲瘫坐在椅子上，脸色疲惫极了，像是蒙了厚厚的一层灰尘。坐了一会儿，他的眼泪顺着眼眶流了下来。眼泪流得很慢，缓缓的，像两条蚯蚓从他的脸上慢慢爬下来。他显然在克制自己，鹿庭衣母亲被他的表情吓坏了，她倒先哭出声来。流完眼泪，鹿庭衣父亲叫过鹿庭衣，让鹿庭衣跪在他面前，他对鹿庭衣说："鹿庭衣，你要好好读书，上大学，离开走马镇，能走多远，走多远，再也不要回来！"

17

如果鹿庭衣父亲还活着的话，他肯定对鹿庭衣非常失望。鹿庭衣读完了大学，在北京待了近十年，又回到了走马镇。鹿庭衣离开走马镇时，嘴唇上刚刚长出柔软的胡须，回来时胡子已乱得跟一团稻草一样。鹿庭衣回到走马镇是一个黄昏，太阳刚刚落下去，暮色初起，秋天的空气带着一些萧索的味道。鹿庭衣拎着一个小得几乎可以忽略不计的包，站在鹿家大院门口，鹿家大院到处贴着"将无产阶级文化大革命进行到底"的口号。这个时候的鹿家大院，几乎已经没有鹿家的人了。

鹿庭衣父亲前两年已经过世，他死的时候，鹿家已经衰落得不成样子，甚至买不起一副像样的棺材。最后还是住在院子里的鹿家原来的长工到河边砍了三棵粗大的柳树，给鹿庭衣父亲做了一副棺材。据说，其中的一棵柳树里藏着一条长达两米的青蛇。柳树被砍倒了，这条懒洋洋的青蛇不情愿地从柳树中间爬出来，摇了摇尾巴，从容地消失在草丛中。柳树潮湿，打好的棺材涂了黑漆，还不断地滴水。鹿庭衣父亲是在夏天死的，天气异常的闷热。鹿庭衣父亲的尸体在大院里放了两天后，开始发臭，变形。鹿家长工说，干脆早点埋了吧，这么放着，不是个办法。按照走马镇的规矩，人死后，是要放三天的，然后才上山。这个闷热的夏天，让走马镇上的人都丧失了耐心，他们望着鹿庭衣，等他说话。鹿庭衣看了看鹿家大院，眼神散漫，像是对着空气一样说，那就埋了吧。给鹿庭衣父亲选择墓地，很费了一番周折。由于是夏天，刚下过雨，走马镇边的河水膨胀着，使劲地往地下渗透。挖了一个坑，还不到一米深，坑里开始积水。换了四五个地方，都是如此。挖坑的人不耐烦了，又不好说什么，总不能把一个死人埋在水里吧。最后，他们选择了一个突起的山包，在正中心又挖了一个坑，这次还好，没有积水。

鹿庭衣父亲出殡那天，天还是热，柳树做的棺材松软而潮湿。出殡的路上，棺材里不断地往下滴水，带着剧烈的尸臭。抬棺材的八脚，用毛巾死命地捂着鼻子，可一点用也没有，顽固的尸臭弥漫了整个走马镇。八脚一边走一边吐，出殡的队伍离棺材老远，远远地看过去，棺材像一个快要死的甲壳虫，有气无力地往前爬，出殡的队伍像一群随时等着扑上去的蚂蚁，他们的动作缓慢而富有节奏，保持着安全的距离。没有人哭，一个都没有，都捂着鼻子。只有鹿庭衣跟在棺材的后面，像一个不合情节的标点，突兀而孤独。送父亲出殡的路上，鹿庭衣想着，在这个世界上，他已经找不到亲人了。他的一个哥哥，还有一个弟弟，都在壮年时期暴病而死，留下了两个儿子和两个女儿。他们的妻子，在他们还没有死的时候，就跑了，带走了两个女儿，没有人知道她们去了哪里。整个鹿家，像一缕烟雾，风一吹就散了。出殡的队伍里，多半是鹿家以前的工人，他们说不出对鹿家的感情，他们像一群蚂蚁一样跟在后面，跪下，站起来，将鹿庭衣父亲送到墓地后，他们又像蚂蚁一样散去。

将父亲埋葬后，鹿庭衣躺在鹿家大院里，整个院子只有这套房子是他的了。他回来的时候，他的两个侄儿看着他，躲在门背后，像两只无家可归的流浪狗，紧张而恐惧。鹿庭衣想摸摸他们的脑袋，跟他们说两句话。他一靠近，两个孩子就躲开了。他们对这个叔叔非常陌生。鹿庭衣父亲一死，他们在这个世界上，就举目无亲了。

处理完父亲的丧事，鹿庭衣要回北京了。他领着两个孩子，到一个叫福喜的长工家里。福喜解放前，一直在鹿家做长工，他老婆也是鹿庭衣父亲给找的。鹿庭衣小时候，常听见福喜对他父亲说："老爷，福喜这辈子都是你给的，你要是有什么吩咐，尽管说，只要福喜做得到的，福喜就是上刀山，下火海，也得给你办到。"解放后，鹿庭衣父亲不让工人叫他"老爷"了，只有福喜，当着外人的面叫他父亲"鹿先生"，没人的时候，还是叫"老爷"。鹿庭衣想，把两个孩子交给他们，应该是可以放心的。末了，鹿庭衣说鹿家剩下的这套房子也暂时交给他了，只要他把两个孩子给带着。鹿庭衣说他一个人在北京，照顾不了两个孩子，还是放在家里放心些。福喜把胸脯拍得砰砰响说："鹿先生，你是做大学问的，见过大世面。别的话，我就不会说了，只要我还有一碗粥，就少不了辰明和辰亮的半碗。再说，老爷活着的时候，对我可是有恩的。"鹿庭衣感激地点了点头说："谢谢了，麻烦了，我会给两个孩子寄生活费过来。"

那次离开走马镇，站在河边上，鹿庭衣隐隐感觉到他还是会回来的，父亲恐怕是要失望了。果然，过了两年，鹿庭衣回来了，这时他已经三十岁了。

没有人知道鹿庭衣在北京干了些什么，也没有人知道鹿庭衣为什么要回到走马镇。鹿庭衣是念过大学的，据说还是做研究的。鹿庭衣回到走马镇并没有引起多大的波澜，他回来的时候，文化大革命已经开始了，整个走马镇像疯了一样忙着搞批斗，到处贴标语，押着这派那派的游街，忙着造反，小小一个鹿庭衣，哪里能引起人们的注意，现在的鹿家已经不是解放前的鹿家了，没有人要看着鹿家的脸色吃饭，人民翻身做主人啦！一直过了很多年后，当文化大革命已经过去，走马镇的人才琢磨起鹿庭衣为什么回到了走马镇。他们想了很多理由，都是猜测，根本没有人接近过鹿庭衣，他们甚至很少看到鹿庭衣。回到走马镇那么多年，鹿庭衣像一个幽灵一样，消失在众人的视野中。

鹿庭衣回到走马镇，见到他的两个侄儿，瘦得不像样子，就是一条狗，也比他们多一点肉。鹿庭衣走进院子时，院子里的小孩子正在玩跳马的游戏。他看见两个瘦小的男孩弯着腰做马墩，十几个比他们大的男孩，女孩从他们背上跳过去。跳不过去的，就踢他们一脚说："你猪啊你，不晓得弯下一点腰来，成心想摔死我啊？你这个地主阶级的兔崽子！"做马墩的男孩连忙弯下腰来。这两个男孩太瘦了，他们弯着腰，满头大汗，瘦小的身子瑟瑟发抖。鹿庭衣在旁边站了一会儿，两个男孩摔了好几次，另外十几个孩子一点完的意思都没有。鹿庭衣站了一会儿，拉住其中一个孩子说："福喜在不在？"这个孩子朝另外一个孩子喊了一声："铁头，有人找你爹！"说完，就跑了，接着去跳马。接着，鹿庭衣看见福喜从房子里走了出来。福喜显得老了，头发都白了。见到鹿庭衣，福喜搓了搓手，难为情地说："鹿先生，你什么时候回来的，也不提前通知一声，我好把房间给你收拾一下。"鹿庭衣笑了笑说："不用了，不用那么麻烦的。"说罢，他说："辰明和辰亮呢，还好吧？"福喜黑色的脸一下子红了，他转过头，冲那群玩得正开心的孩子吼道："回去，回去，都回去！干吗呢这是！"那群孩子像鸟一样"轰"的一声散了，只留下两个当马墩的男孩。福喜冲他们招了招手说："过来，辰明和辰亮你们两个过来一下。"刚才还在当马墩的两个孩子怯生生地看着福喜，战战兢兢地走到福喜面前。福喜指着鹿庭衣说："你们叔叔从北京回来看你们来啦！"两个孩子傻愣愣地看着鹿庭衣，一点表情都没有，鹿庭衣的心有些疼。福喜理了理两个孩子的翻卷的领子说："鹿先生，你看，你一回来，两个孩子高兴得都不会说话了。"鹿庭衣望了福喜一眼，淡淡地说："我这次回来，就不准备再出去了！"福喜愣了一下，连忙说："好，好，回来了好，外面再好，也比不了自己家里。"

在福喜家吃过晚饭，鹿庭衣带着辰明和辰亮回了房。房里很乱，堆着一些杂物。福喜一边收拾一边说："鹿先生，真是对不起，你看这里给乱的，也不知道你要回来，要早知道你回来，我提前给收拾一下。"鹿庭衣说："算了，我自己收拾一下就好了，这两年也难为你了。你早点歇着吧！"福喜连忙点了点头说："那好，那我先走了。"说罢，像逃跑一样出了鹿庭衣的房间。辰明和辰亮傻愣愣地看着鹿庭衣，缩在一起。鹿庭衣摸了摸他们的脑袋说："怎么了，我是你叔，我回来了，你们不认得我了？"问了半天，两个孩子一点反应也没有，过了一会儿，辰明和辰亮像死了娘一样大哭起来，他们趴在鹿庭衣的怀里，使劲地哭，像是从来没有哭过一样。等哭完了，他们脱了衣服，身上青一块，紫一块的，一道道划破的伤痕。鹿庭衣看着，也哭了。他把辰明和辰亮抱在怀里，怕他们飞了一样，他的下巴紧紧地压在他们的头上，咬着牙齿。他说："你们别哭，别哭，你看，叔这不是回来了吗？以后就没人敢欺负你们了！"辰明和辰亮缩在鹿庭衣的怀里，像怕冷一样。过了半天，一个说："叔，我想吃糖，他们过年都有糖吃，我一块也没吃过。"另一个说："叔，我想吃肉，我做梦都梦见吃肉，大块的肥肉，一咬就是一口的油。"鹿庭衣流着眼泪说："叔明天就给你们去买，买糖，大块的肥肉。"

天还没亮，鹿庭衣出门了，他要去买糖，买肉。走马镇上几乎没有开着的铺子了，供销社里什么都没有，不要说肉，连白菜都难得买，革命的标语一条街都是。鹿庭衣走在街上正碰到一伙人拉着一个戴高帽的人从街上哄哄闹闹地走过去。革命小将情绪激昂地发表演讲，没有人留意走马镇上又多了一个人。好多年，鹿庭衣一直在外读书，读完大学，又在北京上班，走马镇上认得他的人本来就少。这些景观，鹿庭衣没有心思看，他只想找个地方买糖，买肉，大块的肥肉。

直到天黑，鹿庭衣才回到家里，手里拿着两个纸包，他早上出门时干净整洁的衣服弄得又脏又破。一走进门，鹿庭衣满怀喜悦地跟两个侄儿说，过来，你们两个都过来。说罢，他将两个纸包放在桌子上，慢慢地打开。一包是乌红的蔗糖，一包里面躺着一块肉，肉很肥，白乎乎的，上面搭着不到半寸厚的瘦肉。辰明和辰亮的眼睛睁得圆溜溜的，嘴里流着口水。鹿庭衣拿起一坨糖放在辰明嘴里，又拿起一块放在辰亮嘴里。两个孩子的喉管剧烈地运动，鹿庭衣笑眯眯地问："甜不甜?"辰明和辰亮嘴里含混地说："甜，好甜。"鹿庭衣说："糖不要吃多了，一会儿我给你们做红烧肉。"吃完糖，辰明摸着鹿庭衣划了两道血印子的脸说："叔，你跟人打架了?"鹿庭衣握紧辰明的手说："叔没打架，叔打架干吗?"辰明说："叔，你脸上有血印子，衣服也扯破了。"鹿庭衣眼睛红了一下说："叔自己摔的。"

鹿庭衣买回来的这块肉足有三斤，肉煮熟了，辰明和辰亮紧张地望着门外，拿着筷子，辰明地说："叔，我们把门关了，好不?"鹿庭衣愣了一下，问："为什么?"辰明地说："我怕!"鹿庭衣眼睛又酸了，他拿起筷子夹起一块肉说："不怕，我们不怕，我们把门打开，让他们都看见，我们有肉吃。"三斤多肉，三个人一顿吃光了，睡到半夜，一个声音说："叔，我肚子疼。"另一个说："叔，我想吐，头晕。"鹿庭衣点亮灯，辰明和辰亮额头上满是汗，大颗大颗的。鹿庭衣问："怎么了?"他们摸着肚子说："叔，肚子疼!"

鹿庭衣喊醒福喜，要他一起赶紧把辰明和辰亮送到镇上看医生。福喜皱了皱眉头说："鬼，医院里有个鬼的医生，都闹革命去了!"鹿庭衣焦急地说："那怎么办?"福喜想了一会儿说："镇上以前有个药房的先生，老了，没人理，或许还可以想点办法。"鹿庭衣抱起一个说："那还不赶紧去!"找到老先生，辰明和辰亮的小脸焦黄，身子软得像两根浸了水的面条。问了一下情况，医生生气地对鹿庭衣说："你是怎么养孩子的，这么小的孩子，一顿吃这么多肥肉，你这不是要命吗?年把没见过腥，一下子吃这么多，就是大人也撑不住!"老先生一边骂，一边牢骚着说："也不晓得找不找得到药，一闹革命什么都缺!"

吃过了药，辰明和辰亮昏沉沉地睡着了，脸色好了一些。老先生说："先别忙，让孩子在这里睡一个晚上，明天早上要是没事，再抱回去。"鹿庭衣连忙给老先生道谢。老先生打了个哈欠说："你就不要睡了，要是有什么异常情况，叫我。"老先生进屋睡了后，鹿庭衣望了望福喜，福喜的头低着，像是想找个洞钻进去一样。

18

回到走马镇，鹿庭衣安定下来，觉也睡得好了。对鹿庭衣来说，他的整个青春期就像一块发霉的蛋糕，疲软，松弛。他不想再想过去的事情，那些事情就像一张沾满鼻涕的废纸，扔了就扔了，不值得再捡回来。在北京的日子，对他来说，是一场噩梦。很多事情是他没有想到的，本来他以为，读完大学，去了一间研究机关，好好地做学问、搞研究就行了。可事实上并不如此。他在那间科研单位干了差不多十年，还是一个普通工人，甚至连刚分进来的大学生都比不上。跟他一起进来的，最少也是个副研究员了。可他还和刚进来一样，白纸一张。

单位的领导是一个姓王的瘦子，瘦得跟火柴一样。所有的人都叫他王院长，具体叫什么名字，仿佛没有人知道。单位是研究原子能的，能进这个单位的都是知识分子。鹿庭衣是王院长亲自招进来的。据说，鹿庭衣大学毕业前，王院长亲自去学校要人，在看了百多号人的档案后，王院长要了三个，其中一个就是鹿庭衣。这其中的细节，鹿庭衣是在去了单位之后才知道的。报到那天，单位举行了一个欢迎仪式，一起来的还有几个青年。吃饭的时候，王院长特地找到鹿庭衣，紧紧地握着他的手说："这个研究院，以后就要靠你们这帮年轻人了。"鹿庭衣红着脸，不知道说什么好。王院长笑了笑，拍了拍鹿庭衣的肩膀。旁边一个人主动给鹿庭衣介绍说："这是我们研究院王院长。"鹿庭衣的屁股像被火烧了一样，从椅子上弹了起来。他没想到这个干瘦的人居然是研究院的院长，在他的印象中，领导应该是胖胖的，梳着往后凑过去的背头。王院长却长得让人觉得可怜的瘦，手臂上青筋一根根地突兀出来，肌肉里像藏着无数根暗绿色的小皮管。

到了研究院一个礼拜，王院长找了鹿庭衣还有几个年轻人去谈话。点了根烟，王院长严肃地说："你们几个都是我亲自挑来的，要是你们干不好，我在这个研究院也待不下去了。"鹿庭衣和另外几个人交换了一下眼神，都很忐忑。还没有说什么，王院长又说："现在做学问，要舍得吃苦，熬过去了，就过去了，做学问，要坐得十年冷板凳。”鹿庭衣他们连忙点头。

时间一长，鹿庭衣也陆续听到一些消息。说王院长是麻省理工学院的博士，学的就是原子能。解放不久，王院长冲破重重阻力回到了祖国。当时，欢迎王院长的礼节很是隆重。分到研究院后，王院长本来是想好好干一番事业的。条件差没关系，只要人和。真到研究院后，王院长才发现，他这个院长实际上一点权力都没有，想买点实验器材，得党委书记签字。党委书记一看报告，就皱眉头，用手点着报告说：“你看你看，买这么一台机器就要五百万，你知道农民种一担谷子值多少钱？才几块钱。这么一台机器，上百万担谷子就下去了，要是拿这个钱去买谷子，那能让多少老百姓吃饱饭?”王院长气得没办法，也犟不过。党委书记种田出生，不懂业务，研究院里不管有什么事情，他都只晓得用谷子做比方。研究院的人背地里给他送了一个绰号，叫“谷子书记”。消息传到党委书记耳朵里，没想到他还很高兴地说，谷子好，谷子好，我们搞科学的就是要和人民群众打成一片，科学只有在人民群众中，才能发挥出应有的力量。研究院的人对这么一位书记是哭笑不得，不过这个书记也有一个好处，人好说话，上级说的话绝对服从，很有军人风格。

王院长跟书记没办法沟通，就直接写信到中央，要设备，要经费。王院长是著名归国科学家，中央都支持他的工作。想想看，一个国际著名的原子能科学家，回国了，如果连个实验设备也没有，传出去会是个什么效果。这个问题处理不好，是要引起国际关注的。王院长也是个明白人，国家不富裕，条件苦点也是正常的。研究院建立时间不长，刚进来的人，素质参差不齐，干什么的都有。鹿庭衣这批进来的人，王院长就格外重视，除开几个亲自挑选的，另外的人也是经过慎重考虑后才要过来的。王院长指望着这些新来的年轻人能干出点事情来。他自己是老了，科学这个东西也跟做手艺一样，要找个放心的传人。

进了研究院，鹿庭衣还是满意的。他不擅长交际，读大学那会儿，周围的同学不少偷偷谈起了恋爱，只有鹿庭衣整天还是泡在图书馆，实验室。以他的性格，做学问好，没有那么复杂的人际关系，机器比人好侍弄。所以，进了研究院，鹿庭衣对王院长一直心存感激。如果王院长没有要他，还不知道学校把他分到哪里去呢。

进研究院后，鹿庭衣埋头一门心思地搞学问，研究论文在国外的核心刊物上发了四五篇。对一个青年学者来说，这样的成绩已经非常不容易了。王院长看到鹿庭衣总是笑眯眯的，跟平时那张苦瓜脸不一样。他对鹿庭衣说："鹿庭衣，这个研究院，我看也就你是个真正做学问的。"话虽然是这么说，鹿庭衣的处境没见得好。评职称，没鹿庭衣的分，分房子，鹿庭衣光棍一个，想都不要想。开始几年，鹿庭衣还没意识到这个问题。王院长也会把鹿庭衣叫到办公室去，声音低沉地跟鹿庭衣说："鹿庭衣，这次评副研究员，我把你的名字拿下了。院里都说你是我的人，我认了，有你这样的学生，如果我是你老师，我骄傲。"说完，王院长总是叹口气说："国内的事情比较复杂，讲究论资排辈，按照你的学术水平，评副研究员，一点问题都没有，要怪，你就怪我。"鹿庭衣摇了摇头，说："王院长，你别这么说，你也为难。"王院长望着鹿庭衣说："理解就好，理解就好，我就怕你想不开，耽误了做学问。"说罢，王院长望了鹿庭衣一眼，语重心长地说："庭衣啊，你现在好好做点学问，以后有机会，我推荐你去国外学习一下，了解一下国际最新的科研动态。现在，你要把基础打好，将来才有跟国外的科学家平等对话的资格。我们国家搞科学，严格地说，才刚起步，要想人家看得起你，先就要把自己做强、做大了，要有实力。”鹿庭衣连忙点头说：“院长，我明白。”

王院长器重鹿庭衣，整个研究院没有人不知道。大家都揣测，鹿庭衣将来肯定要顶王院长的位子，现在低调一点，也是为了将来做准备。可能是由于这个原因，尽管鹿庭衣不会说话，也不善于跟人交际。见到人，顶多低着头打个招呼，却也没有人跟他计较。如果不是发生了文化大革命，鹿庭衣可能在研究院待上一辈子。

文化大革命一开始，所有人像吃了兴奋剂一样，学问没人做了，实验室的设备等于一堆废铁。研究院是个学术单位，刚开始，还没什么大动静，就算有些人有什么想法，也像一条暗流，没有表现出来，都是知识分子，还要个脸面。不过，人都不一样了，大家走在一起，生疏多了，话也说得少了，生怕说错了什么。研究院的情况，王院长是知道的。院里开大会，王院长坐在台上，表情严肃地说：“同志们，文化大革命是时代的潮流，我们作为一个研究单位，也要跟上形势，和党中央保持一致。不过，话又说回来，既然我们是研究单位，那么还是应该以研究为主，不要乱，不要看到外面热闹，就坐不住冷板凳了。”王院长的话，起了多少作用，没人知道，台下总有人嘀嘀咕咕的。

再后来，形势控制不住了。研究院也搞起了运动，有人在研究院大院里贴了一张大字报，说王院长是反动学术权威，里通外国的特务分子。所列的证据是王院长曾经在美帝国主义的学校里读书，又在国外待了那么多年，肯定是潜伏回来的特务，企图搞乱伟大祖国的科学建设，窃取科学机密。

看到大字报的当天晚上，王院长把鹿庭衣叫到了家里，表情沉重地对鹿庭衣说："庭衣，我估计是不行了，你也要做好准备。"王院长给鹿庭衣发了根烟，鹿庭衣接过王院长的烟，点上火，吸了一口，辛辣的烟味从鹿庭衣的喉咙里冲了上来，鹿庭衣连连咳了几声。王院长坐在椅子上，弹了一下烟灰说："我这一辈子无怨无悔，不管今后发生什么事情，我相信历史终将证明我的清白。"说完，王院长把眼光定在鹿庭衣身上说："你是个做学问的好苗子，要是在国外，给你十年时间，你的成就肯定会超过我。"顿了顿，王院长接着说："不管现在形势怎么样，你还是要好好做学问。一个国家要发展，最终肯定还是要依靠科学。你别看现在这些人闹得欢，历史将证明他们不过是个小丑。要是真发生了什么事，你先躲一躲，保全自己。这场闹剧，我想是搞不长的。"抽完烟，王院长叹了口气说："现在是中国之大，却放不下一张安静的书桌。"

两个人对坐，喝了杯茶，鹿庭衣回集体宿舍了。回到宿舍，鹿庭衣想着王院长说的话，有种不祥的感觉，具体是什么，他说不清楚。

过了没几天，鹿庭衣听到消息，说王院长被研究院里的红卫兵绑起来了。再见到王院长是在研究院的批斗会上。瘦小的王院长胸前吊着一块厚厚的木板，木板上写着"打倒反动学术权威王守德""里通外国的特务分子"两行大字。木板是用细细的铁丝绑起来的，挂在王院长的脖子上，王院长本来就瘦，不见肉，铁丝陷进皮肤，搁在骨头上。王院长的头一直昂着，红卫兵按下去，他又倔强地抬起来。领头的红卫兵说："同志们，对这样的反动学术权威，里通外国的特务分子，我们应该怎么办？"坐在台下的人你看看我，我看看你，都没有说话。旁边的一个红卫兵见状连忙说："我们要对他实行无产阶级专政！"说罢，冲上去，扇了王院长一个耳光，恶狠狠地说："王守德，我告诉你，你别想对广大的人民玩什么花招，群众的眼睛是雪亮的，你还不坦白你的罪行?"王院长昂着头说："我没有罪，我从国外回到祖国，我一腔热血!"听到王院长的回答，领头的红卫兵怒了，他站在王院长面前说："你还嘴硬，我倒是要看看是你的嘴硬，还是我们无产阶级的拳头硬。"说完，对着王院长晃了晃他的双拳，戴上了一副手套。鹿庭衣注意到，红卫兵头子的手套是特制的，手套是塑料的，从里面放了图钉，尖细的钉尖刺破塑料，狼狰地伸了出来。图钉一共有两排，看起来像一个缩小的钉耙。红卫兵头子拍了一下王院长的肩膀说："我劝你还是坦白交代，省得受苦!"王院长却把脸一凛说："我没有罪，有罪的是你们!"红卫兵头子笑了笑说："你是不肯交代了，那我让你尝尝无产阶级铁拳的滋味。"接着，一拳打在了王院长瘦骨嶙峋的胸膛上。过了一会儿，血珠从王院长的皮肤上渗出来，先是一点，慢慢地膨胀，滚圆滚圆，像一颗闪动的红玛瑙。然后，慢慢地滑下来。

批斗完王院长不到三天，王院长自杀了，是咬断舌头死的。王院长的死相很难看，整个头部浮肿，看起来有些胖，尤其是脸上，嘴里像是塞了一个土豆，他的腮帮鼓起来，像一个猪头，下身满是血迹和青紫的伤痕。

王院长自杀后，鹿庭衣像一只惊弓之鸟，不知道该怎么办才好。晚上睡觉，想起王院长临死前的那张脸，他愤怒、焦躁而且不安。他想起王院长说的话，心里一阵阵发麻。鹿庭衣的紧张是有理由的，他再傻也知道别人说他是王院长的人，王院长出事了，意味着他也不安全了。在研究院又待了一个月，鹿庭衣看到红卫兵们忙着批斗院里的领导和学术权威，无暇顾及他这个小角色。鹿庭衣心里暗暗松了一口气。过了几天，鹿庭衣简单地收拾了一点东西，什么都没要，就离开了北京，回到了走马镇。

19

就跟风刮起来一样，河里都处都不太平。走马镇上乱糟糟的，巷子里，店铺的墙上贴满了大红的标语，鹿庭衣却觉得安全了很多，走马镇不大，要是拉扯起来，整个镇子都沾亲带故。比如说李家的儿子娶了王家的女儿，王家的女儿又把自家的表妹说给了张家的儿子，拉拉扯扯，都是亲戚。走马镇也搞运动，却多半是雷声大雨点小。要说地主资本家，解放前，走马镇最大的资本家就是鹿家。刚一解放，鹿家就把镇上所有的铺子交给了国家，祖上留下来的大院子也住进了原来的长工。这么一来，鹿家就不再是资本家了，反而成了政府保护的对象。再说了，走马镇上的，多多少少都得过鹿家的好处。到了鹿庭衣，鹿家这些年发生的种种变故，也让人不忍心下手。因为这些原因，鹿庭衣在镇上过得还算平静。

鹿庭衣几乎是两耳不闻窗外事，有空就教辰明、辰亮读书写字，学点数学什么的。辰明和辰亮的脑子不太好使，至少和鹿庭衣比起来，要笨拙得多。鹿庭衣一点也不着急，时间还长着呢。从眼前的形势来看，无产阶级文化大革命一点完的意思都没有，反而来得更猛烈了，有这么长的时间辰明和辰亮总可以学点东西，等风头过了，再去读点书，有用没用，那是另外的事情。教辰明和辰亮读书时，鹿庭衣偶尔也会想起自己读书时的情景。他几乎一辈子都在读书，搞研究，一想到王院长，鹿庭衣的心有些凉了，这学问不做也罢。

福喜三天两头地往鹿庭衣的屋里跑，跟他东家长、西家短地扯，也谈镇上的革命形势。说到紧张的地方，福喜不解地望着鹿庭衣说：

“鹿先生，你是读书人，见过大世面的，你说这是个办法吗？农民不种地，工人不上班，店铺也不开了，这老百姓以后吃什么啊？”听了福喜的话，鹿庭衣的眉头皱了一下，说：“福喜，这话你在家里说说就算了，不要拿出去说，多一事不如少一事，国家的事情，老百姓哪里搞得清楚。”福喜连忙点头说：“那是，那是，我哪里敢出去说，镇上闹得可厉害了，你是没看到，吓唬人呢！”

在家里待了两年，鹿庭衣稍微胖了点，辰明和辰亮脸色也好了起来。他们的生活有条不紊，鹿家大院像一个屏障，把他们和外面隔开了。

鹿庭衣刚回来那会儿，福喜没怎么跟鹿庭衣谈婚姻的事情。时间一长，福喜忍不住了。经常是吃过了晚饭，鹿庭衣坐在院子里喝茶，福喜就凑过来，关心鹿庭衣的婚姻大事。开始，福喜还以为鹿庭衣在外面有人了，他回来也是等着那个人。等他弄明白了，他就糊涂了。他跟鹿庭衣说：“鹿先生，你在外面真的没有相好的？”鹿庭衣摇头。福喜还是不信，嘴里唠叨着：“我听说，外面可开放了，男女大学生大白天的都敢摸手，啃嘴皮子。鹿先生你也是念过大学的，有大学问，你就没个相好的？”鹿庭衣笑了笑说：“夸张了，夸张了，我是不知道的。”

问的次数多了，福喜将就着相信了，他开始跟鹿庭衣说女人的好处。他对鹿庭衣说：“鹿先生，我看，你也不小了，三十出头了吧，应该找个女人了。”鹿庭衣不置可否。福喜接着说：“这个女人啊，好就好在有个瘾。鹿先生你还没尝过女人的滋味吧？怎么说呢。这个女人就跟酒一样，你喝了一口，就想着第二口。喝着喝着，你就把自己喝醉了，就舍不得了。”见鹿庭衣脸上没什么反应，福喜摇头说：“鹿先生，我看你是读书把脑子给读坏了。”说罢，福喜打了个哈欠说："做人一辈子图个什么，摊上个好女人，这一辈子就不亏了。"福喜的话，鹿庭衣也不是没有反应。他也是个男人，正常的反应他都有。一个人睡在床上，下身挺起来，只能自己解决。鹿庭衣的床单上有硬邦邦的一大块，跟浆洗过一样，那东西怎么来的，鹿庭衣比谁都清楚。福喜对鹿庭衣说，别的都假，有个女人陪着，好好过日子，比什么都实在。就说这运动，它能搞一辈子？不可能，可是女人能陪着你一辈子，你说哪个实在？这话说得有道理，鹿庭衣想。可是，在走马镇上，到哪里去找个好女人呢？以鹿庭衣现在的处境有谁愿意嫁给他呢？他拖着两个孩子，还有地主资本家的嫌疑。一个女人嫁过来，一不小心，就惹火上身了。

想归想，福喜说得多了，鹿庭衣的心思也有些松动了。身体像被唤醒了一样，蠢蠢欲动。见鹿庭衣有了意思，福喜也高兴了。他对鹿庭衣说："鹿先生，只要你同意，发个话，我帮你留意一下。"鹿庭衣顺水推舟地说："那好吧，辰明和辰亮也需要人照顾。"福喜一拍大腿，高兴地说："就是撒，你找个人，辰明、辰亮也好有个人照顾，这种事情，男人再细致，也还是不行。"

过了没几天，福喜给鹿庭衣回话了，他说他老婆的妹妹有个女儿，二十刚出头。要是鹿庭衣有意思，不妨先见个面。鹿庭衣想了想说："好吧，怎么见呢？"福喜笑了笑说，这个你放心。又到了吃晚饭，鹿庭衣正准备回去做饭，福喜满脸喜色地跑过来说："鹿先生，晚上到我家吃饭，你不要做了。"鹿庭衣正准备客气一下，福喜把嘴巴靠近鹿庭衣的耳朵说："她来啦！"鹿庭衣一愣问："谁来了？"福喜故意拉了一下脸说："你看，你看，你还装，前几天还跟你说过呢！"鹿庭衣顿时明白了福喜的意思，有些意外。他惊讶地问："这么快？"福喜拉了拉鹿庭衣说："快什么呀，也不看看走马镇上跟你一样大的，有谁不是孩子都几个了，就你还光棍一个，还快!”鹿庭衣被福喜说得有些不好意思了。

进了福喜家的屋子，鹿庭衣一眼就看见了一个姑娘。还没开饭，姑娘帮着福喜的老婆收拾灶台，手脚麻利得很。鹿庭衣一边跟福喜聊天，一边装作不经意地瞟了姑娘几眼。姑娘长得结实，高大，不像走马镇上的姑娘那么瘦小，穿着一身军装。那军装一看就是假的，绿得颜色不对。让鹿庭衣感到意外的是，这个姑娘穿的军装腰部稍微收了一下，微微显出了点身材，跟镇上那些看不出胖瘦的军装有些不一样。看到这里，他微微笑了一下，这是个有心的姑娘。他又看了看姑娘的脸，算不上漂亮，还有几颗麻子。整体上看上去，健康，朴实。鹿庭衣想，这样就不错啦，这姑娘要是真愿意跟他，也是他的福分。

吃饭的时候，鹿庭衣有些拘谨，手脚都不知道往哪里放，碰得碗筷“丁当”响。姑娘却像没事一样，跟福喜他老婆聊得热火朝天。福喜指着鹿庭衣跟姑娘说：“这是鹿庭衣鹿先生，念过大学堂，一肚子学问，从北京回来的。”福喜介绍完，鹿庭衣看见姑娘的眼睛一下子亮了。她看了鹿庭衣一眼，激动地问：“那你有没有见过毛主席?”鹿庭衣不好意思地摇了摇头，姑娘有点失望。福喜扒了口饭，对姑娘说：“毛主席那么好见？毛主席他老人家多忙，要是在北京的他个个都见，那可要把他老人家累坏了。”吞下饭，福喜又指着姑娘说：“鹿先生，春红一向这个脾气，你别跟她计较。”鹿庭衣脸红了，不好意思地说：“哪里会，哪里会!”

吃完饭，回到家。鹿庭衣有点兴奋，他想了想春红的脸，不能说多好看，可是干净，单纯，像一张白纸。一直到晚上，鹿庭衣都睡不着，干脆起身到院子里走走。月色很好，有云彩遮着，有点缥缈的禅意。鹿庭衣的心情不错，他想，还是这天地安详，哪管你人间风云变化，我自云卷云舒。走到福喜家门口，他听到福喜和他老婆压低嗓子的声音。鹿庭衣断断续续听到福喜老婆说“可别害了春红”“鹿先生”“连累”之类的。福喜老婆压低了声音，鹿庭衣听得不连贯。福喜也咕嘟了几句，说了点什么，鹿庭衣听不清楚。鹿庭衣想了想，按照福喜老婆的意思，大概是反对春红嫁给他的。鹿庭衣却没觉得特别的失望，这是再正常不过的事情了。再回到房间，辰明和辰亮早就睡着了，月光透过树叶照在他们的脸上，干净而纯粹。镇子上也安静下来，只有偶尔听见一两只鸟清脆的叫声。

鹿庭衣本来以为这事情就这样完了。没想到过了两天，福喜又喜滋滋地跑过来，告诉鹿庭衣，春红同意了，她家里人也同意了，就等着鹿庭衣请个人去说个话了。破过了旧风俗，媒人是不能请了。鹿庭衣跟福喜说，要不你去说。福喜笑了，他说，鹿先生，你可真是个读书人，我怎么能去说呢。算了，你就别操心了，我来吧。你等我的消息好了。

进了冬天，雪落了下来。鹿庭衣把春红娶进来了，婚礼办得简朴，到照相馆拍了张照片，发了喜糖，算是结婚了。辰明和辰亮是第一次照相，他们乐坏了。照片冲出来一看，效果还好。辰明和辰亮站在前面，他和春红站在后面，每个人脸上都是饱满的笑容。结婚那天，鹿庭衣请院子里的邻居吃了顿饭，仪式就算完了。

进了房，鹿庭衣有些不习惯。这么多年，他从来没有跟女人独处过，一点经验也没有。关了灯，春红坐在床边上，玩着手指头。鹿庭衣搬了一张椅子，坐在春红边上，不知道说什么好。冬天的夜晚，雪下过了，冷。鹿庭衣坐了一会儿，觉得脚冷，身上却滚烫发热。被子换了新的，房间里贴了大红的“喜”字。坐了一会儿，鹿庭衣说："你喝茶不？我去给你倒杯茶！"春红低声说："我不喝茶，喝了睡不着。"鹿庭衣挠了挠脑袋，慌张地说："那怎么办？"春红望了鹿庭衣一眼说："睡吧，也不早了。"春红脱了棉袄棉裤钻进了被子。

鹿庭衣有些慌张，脱了三十年的衣服，他从来没有脱得那么慌乱过。脱了外面的衣服，鹿庭衣拉起被子的一角，春红往里面挪了挪，给鹿庭衣腾出了位置。鹿庭衣钻进去后，闻到了一股陌生的味道，他知道这是女人的味道。被子温暖，散发着迷人的热量。鹿庭衣睡在春红的身边，心里"扑通扑通"地跳。这个女人，年轻的，结实而健康的女人，是他的，是他鹿庭衣的女人。他的女人，他应该做点什么，道理他懂。他试图伸出手去，把春红搂过来，亲她的嘴，摸她的乳房。他的手动了动，还没有碰到春红的身体，就停止了前进。春红翻了个身，离鹿庭衣远了一点。鹿庭衣的呼吸越来越粗重，他试图控制他的呼吸，他吸了长长的一口气，然后慢慢地呼出来。他想，他不应该表现得慌乱。可他控制不了，他的呼吸还是粗重的。春红显然也没有睡着，她的呼吸也有些紧张，一点节奏也没有。鹿庭衣觉得他的下体胀得难受，迫切地想找到一个突破口。这个突破口就躺在他身边，等着他去突破，只要他扑过去，扑过去。鹿庭衣跟自己的身体战斗了一两个小时，他用手紧紧地握住下面。一股滚热的东西喷了出来，鹿庭衣觉得好受了些。腿上黏糊糊的，很不舒服。鹿庭衣轻轻地起身，换了一下裤子，又擦了一下身。等他再上床，他发现春红已经睡着了，她的呼吸匀称。她看起来，是那么的芬芳。

20

直到鹿辰光出生之前，鹿庭衣总是爱问春红一个问题，为什么会嫁给他。这个问题，直到他死，他都没有找到答案，春红不说。女人就好比是拴马桩，有了女人，这马就跑不远了。

鹿庭衣结婚的那个冬天，走马镇上雪下得特别大。雪一下，走马镇就胖了，人也就懒了。春红嫁过来有大半个月了。鹿庭衣整个人精神了不少，眼睛在黑夜里闪闪发光。身上的衣裳也干净了，不像没娶老婆之前，一双袜子穿一个礼拜，脱下来臭得老鼠都不愿意拖。早上再穿，拿起袜子，硬邦邦的，像一条冻僵的蛇。好不容易穿上去，过一会儿，脚底下又像踩着一条泥鳅。

春红嫁过来后，福喜更喜欢往鹿庭衣屋里跑了。冬天，没什么事情可干。再说了，镇上也没有人做事了，都忙着革命呢。天一冷，革命的激情也减弱了，干脆躲在家里烤火。辰明和辰亮围着鹿庭衣练字，抄毛主席语录，辰明和辰亮已经学会解二元一次方程了。鹿庭衣教两个侄儿读书，春红忙完了家务，也坐在旁边听听。不过，她对二元一次方程一点兴趣也没有，她更愿意读毛主席语录。春红读到初中，就停课闹革命，老师讲的那点东西，本来就没怎么学。回来后，干脆彻底还给老师了。春红的初中说是读完了，实际上最多小学毕业的水平。第一次看鹿庭衣教辰明和辰亮解方程，春红看得目瞪口呆。鹿庭衣怎么跟她讲，她也不明白，X 和 Y 怎么就等于 3 和 5 了。她更不明白的是，X 和 Y 刚才明明还等于 3 和 5，转个身它们又等于 24 和 13 了。她搞不明白，她气愤地对鹿庭衣说："这个 X 和 Y，怎么能这样呢，明明等于这个数，隔一会儿又等于那个数。

要是搞革命，X 和 Y 肯定是叛徒汉奸！”春红说完，鹿庭衣哈哈大笑起来。他笑得一点瞧不起的意思都没有，他觉得春红太可爱了。笑完了，他对春红说：“这个是数学，不存在叛徒汉奸的问题。X 和 Y 是两个未知数，它们代表不确定的数，什么数都可以。”春红望着鹿庭衣，扭过头对辰明和辰亮说：“你们两个别跟你叔学，知识越多越反动。”鹿庭衣站起来，往窗子外面望了望，大雪覆盖着大地，大地干净，非常干净，干净得连脚印都看不到了。他想起了北京，北京的雪应该更大，只是有些人恐怕难以熬到雪化的时候。

一整个冬天，鹿庭衣干得最多的事情，是天一黑，吃过饭，早早上床，狠狠地在春红身上折腾。他似乎要把他以前的损失都补回来一样，有些疯狂的意思了。过了一个冬天，鹿庭衣瘦了一圈，穿上春装，他觉得身体变轻，像一床晒过的被子，很软，很轻，有股特别的味道。

清明节，草已经绿了，油菜花也开了，鹿庭衣带着两个侄儿去上坟，偷偷摸摸的，是鹿庭衣的意思。临出门前，春红还说，这年月，你还搞封建迷信，要是让外人知道了，不晓得还会闹出什么事来。鹿庭衣拍拍春红的手说，这不是封建迷信，每个人都要记得自己的祖先。我们都不是从石头缝里蹦出来的，都有个祖宗。春红嘟了一下嘴说，我说不过你，我又没说你是从石头缝里蹦出来的。反正，我就觉得，你小心点好。鹿庭衣点了点头。春红从桌子上拿起两个纸包塞给鹿庭衣说，先凑合着，等以后再说。鹿庭衣接过后问：“什么？”春红说，你上了山再看。

走到山上，鹿庭衣打开一看，一包里面放着一卷黄裱纸，另一包里是一块煮熟的腊肉。腊肉是过年的，一直没舍得吃，只剩下这么点了，腊肉瘦肉少，多半是肥的，发出诱人的香味。看着腊肉和黄裱纸，鹿庭衣突然觉得心里特别的堵，他不晓得说点什么好，眼睛特别酸，像进了一粒沙子。站在山上，远远地望着走马镇，走马镇像是一座孤岛。福喜领着鹿庭衣指着这个坟头说，这是你爷爷的。指着另一个坟头说，这是你太爷爷的。一边指，一边说："鹿先生，你以前常年在外面读书，搞不清楚，现在，你也结婚了，要晓得鹿家的祖先埋在哪里，逢年过节偷偷给烧点纸钱。生儿育女还不就指望着死了有人给上一炷香，香火香火就是这个意思。"鹿庭衣点了点头，走到一个小坟头边上，鹿庭衣问："这个是谁?"福喜看了一眼，说："我也不晓得，以前老爷来，总是先拜这个的。"鹿庭衣伏下身，墓碑上的字迹风化得厉害，看不清楚。鹿庭衣看了半天，模模糊糊看出了一个"延"字。这个估计是老祖宗了，鹿庭衣伏身磕了一个头。

拜完祖先，鹿庭衣和福喜他们在山坡上把纸烧了，把腊肉拿出来递给辰明和辰亮说，你们两个把肉吃了吧。辰明接过腊肉，想了想，又递给鹿庭衣说，叔，你吃。鹿庭衣笑了笑，摸了摸辰明的脑袋说，你吃，叔吃得多。辰明和辰亮犹豫了一下，把腊肉分了。他们吃得很香，吃的时候，还把手托在下巴上，生怕一根肉丝掉下来。吃完了，舔了舔手指，辰亮高兴地说："叔，我们吃完啦!"

坐在山坡上，福喜和鹿庭衣抽着烟聊天。看了看鹿庭衣的脸色，福喜吞吞吐吐地说："鹿先生，有句话，我不知该不该说。"鹿庭衣拍了一下衣服，说："福喜，你跟我别那么客气，有什么话直说好了。"福喜还是想了一下，咂了口烟说："鹿先生，我可得提醒你，这男人，要注意着点，不能太过野了。"鹿庭衣没搞清楚福喜到底是什么意思，他问道："福喜，有什么话你直说，我听不太明白。"一听鹿庭衣这话，福喜笑了。他说："鹿先生，那我可直说了。"鹿庭衣说："那最好了。"福喜靠近鹿庭衣小声问："你和春红多久一回?"鹿庭衣的脸一下子红了，他没想到福喜会问他这个问题。福喜没等鹿庭衣回答，接着说："我听我老婆说，你每天都要跟春红来一回，那可不行。刚结婚头个把月，还没关系，天天这样，可就不行了，身子又不是铁打的。"说完，福喜自己也笑了起来："我年轻的时候，也这个样子，后来不行了。鹿先生，你还是要多注意身体，你年轻，跟我不一样。"

回到家，鹿庭衣跟春红说，两个孩子懂事了，要避开他们一点，这两个小兔崽子，还向着你呢，说我天天打你，还把你打得叫起来。春红脸上一红说，还不是你不要脸，天天缠着我。鹿庭衣摸了摸脑袋说："把他们两个的房间搬远点，在隔壁，怕是不太好。"春红说，你这个傻瓜，早就应该了。说完，春红拉过鹿庭衣，小声说："庭衣，我怕是有了!"

春天来了，大地发芽，有颗种子也在春红的肚子里发芽了，这是鹿庭衣没想到的。虽然离收获还远，鹿庭衣却高兴得很。鹿家大院之外的事情，鹿庭衣根本就没有兴趣，他所关心的只有这个小院子。

对走马镇上的人来说，鹿庭衣是个怪人，他平时很少出门，没有人知道他到底在干什么。他似乎从来都不缺钱花，每个月都见他买肉吃。除开这个，鹿庭衣还有一个奇怪的习惯，晚上到街上捡废纸。镇上到处贴的都是大字报，经常是这张才贴上去，另外一张又盖上来了。派系斗争厉害的时候，这一派的刚贴上去，另一派就冲上去撕了下来，贴上了新的。贴在墙上的大字报，鹿庭衣从来是不碰的，他只捡地上的废纸。废纸也有个讲究，要是两面都写了，鹿庭衣就收起来，堆在一起烧了。要是有一面没写的，鹿庭衣就工整地叠平，带回家。这些废纸进了鹿家大院，就消失了。鹿庭衣这个习惯，走马镇上各个造反派都觉得有些可疑，他们暗自派了人马，去盯梢鹿庭衣，又一点问题都没有。要是换了别人，他们可能就动武了。对鹿庭衣，他们还是有些畏惧。一来，鹿庭衣是从北京回来的，他能平安从北京回来，说明鹿庭衣是没有问题的。二来，从北京回来意味着什么？那是毛主席住的地方，从那个地方回来的人，可能是党派下来的，那是可以随便动的？除开这两个原因，还有一个是不便说出来的，鹿庭衣念过大学，在方圆几百里的地方，除开鹿庭衣，念过大学，在北京工作的人一个都没有。这样一来，鹿庭衣有些什么反常的行为，也没人跟他计较了，走马镇上，也没有人敢跟鹿庭衣走得太近，这其中的原因大家都心知肚明，也可以说谁都搞不清楚。

又进了冬天，春红给鹿庭衣生了个孩子，是个儿子。鹿庭衣给他取了个名字，叫鹿辰光。辰明，辰亮，辰光，这三个名字连起来就是“光明亮”。这让鹿庭衣喜欢，镇上跟他们一般大的孩子，多半带着“军”“红”“建”“东”什么的，他不喜欢。

有了孩子，鹿庭衣更是闭门不出。镇上的废纸越堆越多，等多得踩下去都软绵绵的时候，镇上才有人想起了鹿庭衣，这个怪人已经很久没有出来了。斗争火热，鹿庭衣这样的闲人，大家懒得理，至于是不是又多了个叫鹿辰光的人，就更没有人关心了。说到鹿庭衣，春红也搞不清鹿庭衣到底是一个什么样的人。好人，坏人，还是什么人？她说不清楚。她只知道，她喜欢这个男人。这个男人跟走马镇上所有的男人都不一样，他从不打她。要是她在外面有活动，这个男人还会做好饭，等着她回来吃。不像镇上别的男人，女人不做饭了，宁愿饿着，也不动手。鹿庭衣还和她一起洗澡，帮她搓背，搓屁股。一想到这个，春红脸红。跟鹿庭衣孩子都生了，她还是改不了这个毛病。这个男人有一种说不出来的力量在吸引着她，甚至他解一元二次方程时漫不经心的样子都让她喜欢。除开这些，有件事情，春红也不明白。鹿庭衣从来没有出去赚钱，可他从来都有钱。家里没钱了，春红着急了，鹿庭衣总能不慌不忙地从口袋里掏出十块八块来，他似乎从来不为生活着急。时间一长，春红习惯了，这个男人让她放心。有他在，肯定饿不着了。

生了一个孩子后，鹿庭衣本想再生几个的。他在春红身上辛勤劳作，春红肥沃的土地却像施了除草剂一样，什么都长不出来了。鹿庭衣问过春红，这到底是怎么回事。春红一脸迷惑地说，我也不知道，奇怪了。问得多了，春红有些紧张："庭衣，你不是怀疑我吧？"鹿庭衣连忙摇头，他说，你想哪里去了，我哪能怀疑你。别说春红，在那时代，男女关系一不小心能把人搞臭搞死。多少人因为这点事情家破人亡，又有多少好汉死在这一关上？不用说，鹿庭衣也知道。何况，春红除开文化稍微低点，不管从哪个方面来说，都是个好女人。她不嫌弃鹿庭衣的家庭出身，不嫌弃鹿庭衣还没结婚就拖着两个孩子，更不用说鹿庭衣大了她十几岁。再说了，自从进了鹿家，春红对鹿庭衣可以说是千依百顺的。她那么信任鹿庭衣，在北京，夫妻揭发，父子反目，兄弟分派拼杀的事情，鹿庭衣见过不少。他现在能过上这样的日子，都不知道该感激谁呢，哪里还能怀疑春红。

抱着鹿辰光，鹿庭衣感慨万千，他不知道如果他还留在北京，等待着他的将是什么。有一点可以肯定，他依然无妻无子。鹿庭衣不去镇上了，有什么事情，辰明和辰亮去就行了。有些事情，小孩子反而比大人方便。让鹿庭衣有些着急的是文化大革命似乎还没有完的意思。鹿庭衣不担心鹿辰光，他一岁都不到，他还有时间可以去等。可辰明和辰亮都快十岁了，还没有上学。学校都瘫痪了，老师成了臭老九，见人低着个头，一副家里死了人的表情。镇上的学校成了几个派系的舞台，天天上演着各种戏，戏台上的人物老换，观众却几乎没变。学生还是有，没书读，整天写大字报，学语录。这学不上反省心些。辰明和辰亮好像很满意目前的生活，有吃有喝的，不用干什么事情。他们两个跟鹿庭衣回来之前比，都胖了，个子也长高了。院子里的几个其他人家的小孩，还是老样子，长着豆芽菜身材。看着这种情景，鹿庭衣着急，老这么下去，孩子们就废了。

21

在那场长达十年的运动中，鹿庭衣后三年得了顽固的皮肤病。一到夏天，小腿处长出无数的红色小点，大腿上一块块地发红，而且痒。那种痒不是从肉里出来的，它像是直接连着骨髓。鹿庭衣挠得腿上血肉模糊。如果不是春红哭着阻止他，鹿庭衣真想把他腿上的肉一块块地撕下来算了，那是第一个夏天。春红后来没办法，只好把鹿庭衣双手双脚绑了起来，整个人也绑在大靠背椅子上。鹿庭衣奋力地挣扎，扭动着，双腿不甘心地磨来磨去，嘴里发出一声声的惨叫，他凄厉的叫声一直透过屋顶，在走马镇的上空散漫开来。晚上听起来，让人毛骨悚然。看着鹿庭衣难受的样子，福喜焦急地站在边上团团转，他揉搓着手问：“真有那么痒吗，你说真有那么痒吗？”鹿庭衣有气无力地说：“福喜，你把我一刀杀了算了。”

吃了无数的西药之后，春红暗地里给鹿庭衣请了个老中医。老中医把了把鹿庭衣的脉，又看了看鹿庭衣的腿，问了几句，老中医走出卧房，摇了摇头对春红说：“我看最好的方子莫过于像现在这样把他绑起来。”末了，老中医说死马当作活马医吧，我给你个方子，用鱼腥草煮水洗澡看看。拿到方子，那一整个夏天，辰明和辰亮都在找鱼腥草。鱼腥草并不难找，煮水之后的味道却不好闻。鹿庭衣被辰明和辰亮抬着浸到澡桶里，像一只趴在烂泥上的癞蛤蟆，他恨不得把自己淹死算了。鹿家大院里因此整天飘荡着鱼腥草的气味，这让鹿家大院有了点糜烂的气息。

洗了一个夏天，状况却不见得好。等进入秋天，天气凉了下来，鹿庭衣腿上的各种症状自行消失。被捆绑了一个夏天的鹿庭衣，觉得自己这才像个人了。舒服的日子没有过多久，冬天很快过去，夏天又来了。鹿庭衣的病情越来越重，他甚至在冬天也不能用太热的水洗澡。要是用太热的水一洗，红点就上来了，痒跟着也来了。他被这种怪异的皮肤病折磨得面无人色，脸上瘦得针都挑不起肉来，头发胡子更是一团蓬乱，梳都梳不顺了，打结。如果不是在鹿家大院，准会被走马镇上的人当成流浪汉给抓起来。

被这场病痛折磨了三年后，文化大革命说结束就结束了。它结束得那么突然，一点预兆都没有。“四人帮”被抓起来后，广播里放新闻，说“四人帮”被抓起来啦。走马镇的鞭炮又响了起来，像过年一样热闹。镇上的人奔走相告，传播着这个激动人心的消息。不高兴的人也有，最不高兴的是前几天还耀武扬威的造反派，他们不明白，这伟大正确的无产阶级文化大革命怎么说结束就结束了，运动一结束，他们所做的一切都将被证明是错误的。他们精神疲软地走在街上，这时他们才发现，学校的学生没纸做作业，可镇上的墙上贴满了大字报。他们吃不饱去闹革命，结果镇上的厂子都停产了。不少工人这才想起来，作为一名国家工人，他似乎有好几年没有真正上过班了，到底干了点什么，他们不明白。革命停下来了，镇子像撤军之后的战场，到处透着荒凉。回到家里，一看，家里人也都瘦了，为了革命和家庭反目为仇的大哥，坟前已是青草满坡。走马镇上，少了一些人，有的是失踪了，有的是死了。革命小将们从镇上往家里走，往工厂里走，他们心里头充满惶恐，他们跟着欢呼的队伍，随波逐流。他们睁着眼睛，看不明白。

革命结束了，福喜跑过来告诉鹿庭衣这个消息，鹿庭衣脸上没有一点表情。他只说了一句，可以送辰明和辰亮上学了，至于辰光，他还小，再等上一年吧。福喜高兴地跟鹿庭衣说："'四人帮'被打倒了，好啊！"鹿庭衣望了福喜一眼说："你说说，好在哪里？"福喜愣了愣，不好意思地说："嘿嘿，我也不知道好在哪里，反正不用天天这么闹了，老百姓能安心过日子了，这就是好。"鹿庭衣点了点头说："这事情，怕是没这么容易完。"

鹿庭衣说得没错，事情确实没这么容易完。"文革"中被打倒的镇长、书记，重新又上台了。"文革"时威风八面的造反派一个个哭丧着脸。据说，书记重新上台后，干的第一件事是把帽子狠狠地砸在桌子上，咬着牙说："以前，你们整我，让我没好日子过。今天，谁屁股上有屎，你也别想过得舒服！"走马镇的书记是红小鬼出身，没什么文化，革命期间，却也是个积极分子。全国解放后，他长大成人了，到了镇上工作，继续为革命服务。再后来，当了镇上的书记。这书记当得正来滋味，却被造反派革命了，他心里的气一直没顺过来。话是说出来了，书记却没乱来。

大约过了一年，书记亲自到鹿家大院来了。鹿庭衣本是不想见的，书记让春红带话说是要落实国家政策，要跟他当面谈谈。春红把话说给鹿庭衣听，说鹿庭衣最好还是跟书记谈一下，怎么说也是在镇上呢。以后，她的工作，书记还管着呢。想了想，鹿庭衣点了点头说，那好吧，你请他进来。

书记是第一次进鹿家大院。在走马镇，鹿家大院人人都知道，真正进来过的人，却不多。院子里住的几户人家，以前都是鹿家的长工。书记进来，见了鹿庭衣老远伸出手来，恭敬而兴奋地说："鹿先生，要按说，我早就该来拜访你了。这不，万事开头难，镇上也是一大堆的事情。我后来想，再怎么忙，我也要抽个时间来拜访一下鹿先生您。"鹿庭衣跟书记握过手，说："客气了，客气了，书记有什么事直说。我鹿庭衣一介草民，哪里敢烦劳您的大驾。"

两个人寒暄了一会儿，到客厅里坐下。书记喝了口茶，试探着问："鹿先生以前是在北京做学问?"鹿庭衣愣了一下说："书记见笑了，我那些小把戏哪里能算得上做学问。"书记握着茶杯，若有所思地说："鹿先生，是这么回事。昨天呢，镇上收到市里的通知。说是北京一家科研机关跟省里联系了，想请鹿先生回去。"听完书记的话，鹿庭衣把杯子放下，脸色有些凄然地说："在镇上七年，学的那点东西，鹿某早忘光了。再说，鹿某现在这副身体，恐怕也是做不了学问了。"书记看了看鹿庭衣的腿，想了一会儿说："鹿先生，要不这样，我跟市里反映一下。看上头怎么决定，我尽量把你的意思转达上去。鹿先生留在镇上也是好事，要是鹿先生愿意的话，不妨到镇中去做老师，也算是为母校尽些力量。"听完书记的话，鹿庭衣还是摇了摇头说："多谢书记的好意了，鹿某恐怕还是干不了，我现在几乎是废人一个了。一来，不想到外面吓着别人，二来，我也想安稳过点日子。"见鹿庭衣执意推辞，书记不好再说什么，只是说一定把鹿庭衣的意思转达到。

书记到鹿家大院，找鹿庭衣谈事，让大院里的其他住户有些紧张。他们装作随意地从鹿庭衣的门口走过去，眼睛直往里面看。书记和鹿庭衣坐了一会儿，聊了一会儿天。转入正题说："鹿先生，有件事情，我还是要代表镇上跟你谈一谈。"鹿庭衣点了点头。书记望了望鹿家的大院子，站起来走了一圈，说："鹿先生，这个大院是您祖上的产业。刚解放那会儿，令尊将家族上的产业搞公私合营，这个态度，我们政府是欢迎的。至于后来的事情，我们都知道，是好是歹，我就不再多说了，反正也都活了过来。现在，上头有政策，该补的我们要补。这个大院子，也该物归原主了。"说罢，书记顿了一下，看了鹿庭衣一眼说："不过，现在镇上也困难，百废待兴，有力气也要往一处使。"书记说话有些吞吐。鹿庭衣见状说："书记，你有什么话，直说就好。"书记点了一下头说："那我就直说了。镇上的意思是这样，如果鹿先生同意的话，这些住户还是住在这里。要重新安置这么些人，也不容易。"说罢，用期待的眼光看着鹿庭衣。鹿庭衣笑了笑说："我还以为是什么事呢，原来是这事。从他们住进来那天开始，我们鹿家就没有把他们当外人看。"书记听鹿庭衣这么说，高兴地握住鹿庭衣的手说："我就说了，鹿先生是读书人，应该是好沟通的，果然如此。"从书记手里把手抽出来，鹿庭衣想了想说："要是方便的话，我也有个请求，把这房子再退一套给我，辰明和辰亮也大了，还有辰光。这么多人，住在一套房子里，确实有些不方便。"书记拍了拍鹿庭衣的肩膀说："这个好说，让他们再腾一下，挤一下，无论如何也要给鹿先生腾一套房子来。这个请鹿先生放心，住户的工作由我来做。"书记说完，鹿庭衣连连感激地说："谢谢，谢谢，那就麻烦政府了。"

过了不到一个月，房子腾出来了。房子腾出来后，鹿庭衣拿到钥匙，他慢慢地打开门。一个人走了进去，房子被烟熏得漆黑，墙壁也磨损得厉害，至于以前的桌子椅子更是一点原本的颜色也看不出来了。他在房间里转了一圈，出去了。回到家，鹿庭衣对春红说：“以后，你带着三个孩子住这边，我住到那边去。”春红愣了一下说：“你这是干吗呢?”鹿庭衣对春红说：“这个你就别问了，我想一个人待在那边，省得晚上吵着你们睡觉。”春红说，你别傻，这么些年了，我们谁说过你什么了？鹿庭衣摇了摇头说，你不明白，不是你说的这个问题。你不懂，我说了你也不懂。春红望了望鹿庭衣，鹿庭衣的表情坚定，她知道，她再说什么也是没有用的。就说了声，那你一个人在那边也要小心一些。

住进另外一套房子后，鹿庭衣更少出门了。如果不是鹿家大院里的灯总在夜晚亮着，他们肯定以为鹿庭衣早死了。白天，鹿庭衣在家里吃饭，吃完饭就回到自己房间。他每天只吃两顿，早餐和中餐，晚餐就不吃了。春红开始还着急，担心鹿庭衣出了什么问题，但见鹿庭衣的气色却还好，也就渐渐放心了。鹿庭衣不吃晚饭，中饭却吃得多，差不多是以前的两倍。鹿庭衣刚住过去那会儿，春红还不放心，经常过去看看，从窗子里往外面望。鹿庭衣多半在睡觉。春红去推门，却推不开，鹿庭衣把门给闩死了。到后来，鹿庭衣连饭都很少回来吃了，春红只得让三个孩子给他送过去。

鹿庭衣还有一个习惯，他每年有一个月不在家，至于这段时间他去了哪里，不要说走马镇上的人，春红都不知道。鹿庭衣一般是在9月出门，这个时候天气慢慢地凉了起来。等他回来，大概是10月了。鹿庭衣出门不带什么东西，除开几件换洗的衣服，回来也不见得有什么东西带回来。春红想问问鹿庭衣到底干什么去了，想了想没问。她想，既然鹿庭衣连他为什么要搬到隔壁去都不肯告诉她，这件事情，他肯定也是不会说的。既然他不愿意说，问了也是白问，倒不如省点心好了。话虽然是这么说，春红的心里还是不踏实。

鹿庭衣第一次出门是在傍晚，吃过午饭。鹿庭衣破例说，我出去走走。春红虽然有些意外，却也没有多想，以为鹿庭衣是出去散散心，顶多个把小时就回来了。没想到鹿庭衣这一走就是一个月，她吓坏了。她以为鹿庭衣不要她了，连这个家都不要了。福喜说过鹿庭衣是念过大学堂的，从北京回来。春红想，鹿庭衣的心是不会在走马镇上停下来的，他回到走马镇只是没办法。现在形势好转了，他要远走高飞了。鹿庭衣出门十天后，春红忍不住了，她心里空得像一根麦秆。她哭着找到福喜，问福喜知不知道鹿庭衣跑哪里去了，福喜更不知道了。看着哭得要死要活的春红，福喜说："我们还是去找政府吧！"找到书记，把情况一说明，书记也没办法，他说，中国这么大，谁知道他会跑哪里去呢？要找他这么聪明的一个大活人，那不是比大海捞针还难。

从镇政府回来，春红一直哭，一直哭，抱着鹿辰光哭。辰明和辰亮一人抱着她的一只胳膊说："婶，你别哭，叔会回来的。叔要是不回来，我们长大了养你。"他们这么一说，春红哭得更厉害了。就在春红几乎绝望的时候，鹿庭衣回来了，他依然是那副死树皮的表情。春红看着站在门口的鹿庭衣，先是半天没说话，接着，她像疯了一样冲过去，抱住鹿庭衣又咬又打，完全不顾院子里还住着别的人家。她一边打一边骂："你是不是不要我们娘儿几个了，你出去这么长时间也不跟家里写信？也不说声去哪里了？你到底想怎么样啊？"鹿庭衣只是平静地抱了抱春红的肩膀说："别怕，你看，我这不是回来了？"吃完晚饭，鹿庭衣没有跟春红同床，他打了个招呼就去了他住的那套房子。房子的灯亮了整整一夜，春红也一夜没睡，她怕鹿庭衣又跑了。

有了这次，鹿庭衣要出门，总会跟春红打好招呼，至于出去干了点什么，去了哪里，没有人知道。只要他还回来，别的事情春红也不去想了。但有一个问题她也注意到了，鹿庭衣从外面回来后，在一段时间里心情往往比较好，也愿意说几句话。

长期不见阳光的生活，让鹿庭衣的皮肤越来越白，他稍微胖了点。腿上的皮肤病似乎也不见得那么厉害了，即使在夏天，也很少听到鹿庭衣凄厉的惨叫了。辰明、辰亮和辰光都上学了，春红在镇上搞妇女工作，工资不高，根本不够供三个孩子念书。遇上家里缺钱，鹿庭衣总能出人意料地拿出钱来，而且是崭新的人民币，齐刷刷的。他对春红说，家里的开支就不要担心了，只要不是太浪费，他还有能力。他究竟有什么能力，春红不知道，她实在搞不明白，这个整天待在家里，连阳光都很少见的男人，是从哪里弄来的钱。以前，春红怀疑鹿庭衣卖了祖上流传下来的东西。后来，又觉得不可能，要卖也不是那么容易。再且，除开这个大院，鹿家似乎也没见留下什么东西。她嫁给鹿庭衣这么多年，就没见过传说中成堆的金条和银圆。花鹿庭衣的钱，春红有些担心。每次接钱，春红总显得有些犹豫。鹿庭衣语气平淡地说："放心，这钱很干净。"春红像是被鹿庭衣看透了心思，转身摸了摸鹿辰光的脑袋。鹿辰光也上小学了。

22

这种不见阳光的生活，鹿庭衣一直过到了 1988 年，像一只蝙蝠。1988 年的夏天，空气潮湿而温润，树叶上散发出明亮的绿色的光。走马镇上经常下雨，一下雨，青石板的巷子里就爬满了肥胖而蠢笨的软壳蜗牛。

在那个潮湿的夏天，鹿庭衣从另外一套房子里走了出来，少有的和春红以及三个孩子坐在了一起。他的裤管空荡荡的，能够从裤管里想象出他的瘦来。坐在桌子上，鹿庭衣对春红说，院子里以后不要种油菜了，种点美人蕉。还有，池塘里就不要养草鱼了，要养就养点金鱼，好看。鹿庭衣的话不搭头不搭脑的，春红没有听明白，三个孩子也没有听明白。外面的阳光照在鹿庭衣的脸上，鹿庭衣的脸上呈现出复杂的白色。他的胡须缭乱地爬在腮帮上、下巴上，头发凌乱。他说话的速度很慢，每一个字似乎都说得很费力。他说一句话，然后长长地吸一口气，好像那些字是从他肚子里吐出来的，每一个字都呕心沥血。说完院子里的事情，鹿庭衣又把鹿辰光叫到跟前，鹿辰光长大了。他怕鹿庭衣，虽然鹿庭衣是他的父亲，可自从他懂事后，他几乎没有在白天见到过他。给鹿庭衣送饭过去，他有时会站在门外，敲门。鹿庭衣在里面说："放在门口。"鹿辰光好奇地往里面望一眼，就走了。即使这么一望，他也是害怕的，他父亲住的房子，对他来说非常神秘。鹿庭衣看着鹿辰光似乎想说点什么，终究还是没有说。

吃过饭，鹿庭衣跟春红说了几句。鹿庭衣说完，春红就哭了。鹿庭衣只是拍了拍春红的肩膀，算是安慰。天黑时，鹿庭衣又走进了他的房子。他已经很多年没有回春红的房间睡觉了。

夏天还没有过去，鹿庭衣死了，他死在他自己的房间里。在他死之前，没有任何征兆。鹿辰光送去的饭菜，放在门口没有动过。第一天，春红着急了，她在鹿庭衣的房子外面转来转去，想试着推开门，又不敢。鹿庭衣说过，没有经过他的允许，任何人不得随意进入他的房间。第二天，鹿庭衣依然一点反应也没有，送去的饭还是放在门口没有动。这次，春红急得不行了。她找到福喜，福喜老得连话都说不清楚了。等他明白了春红的意思，他果断地说，把门砸开，都这个时候了，还有什么好顾忌的。

有了福喜壮胆，春红试着推门，门还是闩着的。春红叫辰明和辰亮把门给撬开了。辰明和辰亮撬门时，春红在门外浑身发抖。她似乎已经预感到，这扇门一打开，一定有一个不好的结果在等着她。不管鹿庭衣是死了还是活着。

门很快打开了，春红走进鹿庭衣的房子，房子里散发出一股无人居住的霉味。春红一个一个房间地找鹿庭衣，让她失望的是她没有找到。春红把几个房间找了一遍又一遍，等她确认鹿庭衣不在房间时，她坐在地上号啕大哭。她哭得衣服上沾满了鼻涕。她没想到，鹿庭衣还是离开她走了，至于去了哪里，她又不知道了。她不知道这次鹿庭衣又要出去多久，还会不会回来。就在她坐在地上哭诉着的时候，福喜像猫一样，在房间里东摸摸，西嗅嗅。过了一会儿，福喜对春红说："春红，你不要哭，鹿庭衣还在这个房子里，我闻到他的味道了。"听到福喜的话，春红正在擦眼泪的手惊愣地停了下来，她说："都找了这么多遍了，都没找到，他能藏到哪里去呢？他肯定又是跑出去不想回来了。"

福喜没理睬春红，他转过身，对辰明和辰亮说，你们两个把所有的家具都搬开，仔细检查下地面和墙壁。福喜的话让辰明和辰亮摸不着头脑，但是还是按着福喜的意思办了。他们把所有的家具都搬开了，像鬼子进村一样，到处乱翻。

等把鹿庭衣那张巨大的床搬开后，鹿辰明惊讶地叫出声来。他叫到："婶，婶，床下有一个洞。"春红和福喜跑到床边，他们看见，就在鹿庭衣的床下，有一个小小的洞口，洞里面黑乎乎的。辰明点亮一枝蜡烛说：“婶，我下去看看。”春红点了点头。辰亮跟着说：“哥，我跟你一起下去。”辰光也准备跟着下去，被福喜拉住了。过了几分钟，辰明和辰亮上来了。春红焦急地问：“里面怎么样？”辰明抹了抹脸，紧张地说：“婶，下面有大地洞，好长，还有岔路。”春红带着询问和为难的眼光看着福喜。福喜想了会儿，说：“到镇上叫人吧！”

鹿庭衣神秘消失的消息一下子在走马镇上传遍了。他床底下的一个大洞也激起了走马镇人久违的想象力，有些人说，这个洞是本来就有的，鹿家在解放前就挖好了，里面藏着金银珠宝。要是没这些金银珠宝，鹿庭衣整天不见人，靠春红那点工资，哪里供得起三个孩子读书，还有一大家人吃喝。也有人说，那洞是鹿庭衣自己挖出来的，他天天白天在家里睡觉，晚上就挖这个洞，要不然他怎么可能多少年都不在镇上露面。不管哪种猜测是正确的，反正无数人拥进了鹿家大院，鹿庭衣的房间更是挤满了人。公安局的人把围观的人散开，说不要挤，不要挤，有什么好看的？围观的人却舍不得走开，一个个伸长了脖子，等待着谜底揭开。

公安局的人下去的时候，春红、辰明和辰亮也跟在后面。警察手里拿着电筒，辰明和辰亮手里各拿着一枝蜡烛。警察说，要是蜡烛熄了，说明洞里缺氧，得赶紧上去。洞里黑，而且阴冷。春红跟着警察走了一条道，走到底，什么都没有。又走另一条道，还是什么都没有。走进第三条道，他们发现了一个地下室。地下室里堆满了大堆的东西，废旧的纸，一本本的书，一些丢得乱七八糟的手稿。鹿庭衣神态安详地坐在桌子上，春红过去碰了碰他，一点反应也没有。春红把手颤抖着送到鹿庭衣鼻子面前，没有，一点气息也没有。春红叫了一声“庭衣”就晕过去了。

警察和走马镇上的人费了好大的力气才把地下室里的东西搬了上来，在房间里摆好后，走马镇上的人都看呆了。他们不能想象，一个人可以偷偷地藏那么多的书。这些书鹿庭衣是怎么买回来，又是怎么搬进来，放到地下室去的，没有人知道。至于那些手稿，写满了没有人看得懂的奇怪的符号。

给鹿庭衣换寿衣时，春红又哭了。她看见了鹿庭衣的腿，腿上几乎没有肉了，有些地方甚至露出了白森森的骨头，残存的肌肉上还有一道道的印子和血痂。鹿庭衣短而厚的指甲显出浸染多年之后的红色。福喜也哭了，他对春红说："别哭了，他死了也是个解脱，鹿先生活着这些年受了多少罪啊。"

鹿庭衣下葬后，警察又找到春红，他们想问问春红可不可以把鹿庭衣的手稿拿到市里或者省里鉴定一下。春红开始坚决不同意，在警察的再三劝说之下，只得同意了。她说，你们一定要还回来，这是庭衣留下的。

秋天来了，一辆车载着一些人开到了走马镇。他们把车直接开到了鹿家大院。找到春红后，领头的人说，鹿先生留下的这些资料必须收归国家。春红坚决不肯，领头的人劝道："你可能不知道，鹿先生留下的手稿不仅对原子能科学有着独到的见解和发现，同时对理论物理、数学，甚至古汉语研究都有着重要意义。放在这里，糟蹋了可惜了。"领头的人说出一大串让春红陌生的词语，春红的嘴巴由于意外而张得很大。领头的人看了看春红的表情一字一顿地说："我们可以给你们一些补偿。"直到把钱拿到手上，春红脑子都是晕的。等这些人把鹿庭衣留下的书和手稿搬到车上。春红才意识到，鹿庭衣现在真正从她的生活里彻底地消失了，连一张字条都没有留下。

东柯三录：鹿辰光的故事

23

鹿辰光走在镇上，才感觉到他的父亲鹿庭衣是真的死了。十八岁的鹿辰光走在镇上，手里拿着一袋蛋黄色的果汁露，他喝了几口，果汁露剧烈的甜中微带着一点酸味。走了一会儿，鹿辰光有些无聊了，他在马路边上找个干净点的地方坐了下来。正是夏天，炎热并没有因为鹿庭衣的死亡而过去。春红在家里总是哭，哭得鹿辰光心烦，他跑到镇上，以为会遇到点什么有趣的事情。可让他失望的是什么都没有，连一只狗都没有。他摸了摸他的裤兜，里面只有几张零碎的纸币，都是两角、五角一张的，连一块的都没有。鹿辰光更加失望了，没有钱，他只能坐在路边上看蚂蚁搬家。他有些不甘心地四处张望，镇子上的店铺都开着门，人却少，偶尔有人来买东西，喊上好几声，才听见一个懒懒的声音从柜台底下传出来，不耐烦地说："大中午的，嚷什么呀？买烟，红金龙？"接着，看见一个人像是从地上长出来一样站了起来，打着明晃晃的赤膊。

逗了一会儿蚂蚁，鹿辰光索然无味，正准备起身回去睡觉，他看见一个人朝他走了过来。老远就喊："辰光，辰光，你干吗呢？我找你半天了。"鹿辰光看了一眼，是张国民，走马镇镇长的儿子，跟鹿辰光是初中同学，比他大两岁。张国民仗着老头子当镇长，整天在学校惹是生非，根本不把老师放在眼里，成绩差得要死。读完初中，他的镇长老爸给他找了关系，总算送到高中去了，读了一个学期，张国民跑回来了。他爸怎么打都不去读了，他说："你打吧，打死算球，书我反正是不读了。"他爸打累了，也没办法了。张国民名正言顺地在镇子上混开了。张国民跟鹿辰光一起时总是不屑地说："读书，有个鸡巴读头，人家说了造原子弹的不如卖鸡蛋的！"张国民跑过来，在鹿辰光边上坐下了。看了看鹿辰光手里的果汁露，一把抢过去，喝了几口说："你个狗日的一个人在这里喝果汁露，太不讲义气了。"鹿辰光把果汁露从张国民手里抢回来说："谁他妈不讲义气了？你不是不在吗？"张国民又从鹿辰光手里把果汁露抢过去，说："我现在不是在吗？"

张国民用力吸了几口，直到果汁露袋子瘪得像一张纸，他才蛮不舍得地放下，把果汁露袋子倒过来，张大嘴巴，想滴出一滴两滴来。鹿辰光不耐烦地把空果汁露袋子从张国民手里扯过来，扔到地上说："你他妈的至于吗？都他妈的没了！"张国民抹了抹嘴说："操，你懂个屁，勤俭节约是中华民族的传统美德，一滴都不能浪费。"两人扯了半天闲话，鹿辰光说："你找我不是要跟我讨论这个吧？"张国民连忙摇头说："不是，不是，当然不是，我都找你找了大半个走马镇了。"鹿辰光说："你找我能有什么好事。"张国民油嘴滑舌地说："是没什么好事，也没什么坏事。"接着，他满脸好奇地问鹿辰光："辰光，你们家是不是真的有一个地洞？你见过没？"

一提到地洞，鹿辰光不耐烦地说："你问这个干吗？关你什么事？"张国民认真地说："不关我什么事，好奇。"鹿辰光说："好奇你去找头母牛研究研究。"张国民朝鹿辰光点了点说："鹿辰光，你看，你这素质差了吧，什么叫找头母牛研究研究。我跟你说正经的呢，我爸说你爸在地洞里面住了好多年，写的那都是国家机密。"鹿辰光撇了撇嘴说："别扯淡了，还国家机密，国家机密能藏在我家院子里？"张国民被鹿辰光说得脸红了一下说："其实我也不知道，是我爸说的。他是镇长，这件事情他比我搞得清楚。再说了，不是有公安局的去了你家吗？你见过谁家死了人有公安局去的？"鹿辰光想了想，张国民的话似乎也有道理，他说："我是真的不知道，我要是骗你是你生的。我爸我都没跟他说过几句话，他那房子，我也就进过几次，其中一次还是他死那次。"张国民睁大眼睛，看着鹿辰光说："不会吧？他是你爸啊！"鹿辰光板起脸说："是又怎么样，我是真的不晓得。"两人坐了一会儿，张国民不甘心地说："辰光，我们什么时候也进去看看吧，你说里面到底有什么东西？"鹿辰光站了起来说："你就别想这心思了，那房子，我妈都没进过几次。现在，我妈谁都不让进。"张国民赶紧拉住鹿辰光说："你不也是鹿家的人吗？你们家的房子，你怎么进不得？"鹿辰光甩开张国民的手说："你就别想了。"

两人拉扯了一会儿，张国民像是下定了决心一样说："鹿辰光，你要是带我去一次，我请你喝两瓶果汁露！"鹿辰光不吭声。张国民咬了咬牙说："两瓶，再加一包红金龙。"鹿辰光还是没吭声，张国民急了，他涨红着脸说："鹿辰光，你不用这么心黑吧，就去一次，这还不够？"鹿辰光没搭理张国民，转身准备走。张国民一把拉住鹿辰光心疼地说："五瓶，再加两包红金龙！"鹿辰光还是没吭声。张国民想了一会儿，像烈士一样说："我再带你去一次剧团。"张国民一提到剧团，鹿辰光有些松动了。

初中毕业后，鹿辰光一直在走马镇上混。走马镇上漂亮姑娘不多，即使有漂亮姑娘，也没有看得起他们的，人家喜欢的是国家正式工人，至少也要是个当兵的，像他这样一个混混，姑娘根本就不搭理。每年过节，走马镇上都要唱戏，唱戏的是镇上剧团的，多半是唱京剧。这几年，除开京剧，也开始唱流行歌曲了。比如"我们的家乡，在希望的田野上"或者"成，成，成吉思汗，有多少美丽的姑娘们都想嫁给他呀，成，成，成吉思汗"！唱歌的小伙子都穿着流行的喇叭裤，留着分头。姑娘们则穿着裙子，腰箍得细细的。现在再回头看看那时的装扮，听听那些傻不啦唧的歌，很多人会笑出声来。可在当时，大伙拥有现在无法比拟的热情。剧团里的演员，也被看成是天上的人。其中有一个姑娘，鹿辰光喜欢，长得小巧玲珑，脸蛋圆圆的，嘴唇跟樱桃一样。鹿辰光在演出完后，爬过几次后台，那姑娘卸了装，比化装更好看。鹿辰光后来知道，这个让他心跳加速的姑娘叫陆美丽，就住在走马镇上。她在剧团是客串演员，平时在玻璃瓶厂上班，只在星期天，才去剧团排练。说是排练，其实根本没有人管，几个男男女女的坐在一起聊天。至于其他还有什么内容，鹿辰光就搞不清楚了。

见鹿辰光脸色有些松动，张国民赶紧伸出手指，指天画地地跟鹿辰光发誓说："鹿辰光，只要你带我去一次，我保证说话算数!"鹿辰光问："你能去得了吗？你又不是剧团的。"张国民"嘿嘿"笑了笑说："这你就不明白了，我爸是谁？我爸是镇长，他们剧团要看我爸脸色吃饭呢。"鹿辰光想了想，咬了咬牙说："你说话可要算数!"张国民"啪"地往地上吐了一口唾沫，拍着胸脯说："我要是说话不算数，你让我把这口唾沫给舔起来。”鹿辰光满意地笑了笑说：“那好！”

打发了张国民，鹿辰光惊奇地发现，镇上几乎所有的人都对他们家的地洞充满好奇。老人家跟他兜了半天的圈子，总要问到他们家的地洞。如果说有什么不同的话，老人家问的是，他们家的地洞里有没有金银珠宝；年轻人则纯粹是对地洞感到好奇，他们想知道里面到底是个什么样子。鹿辰光因此成了镇上的红人。收取了镇上年轻人的好处后，他决定冒险去看看。

求春红肯定是没有用的，这个鹿辰光知道。他采取了曲线战术，求辰明和辰亮。辰明和辰亮结婚了，孩子都上学了。对辰光的请求，开始他们怎么也不依，他们说，这不行，要是婶婶知道了那还得了。鹿辰光就哭，一把眼泪一把鼻涕地说：“我也没别的意思，我只是想去看看，我爸晚年生活在什么样的地方。你说，他是我爸，我看看都不行吗?”他哭得声情并茂，辰明和辰亮都被他弄哭了。辰明辰亮一哭，心就软了，觉得鹿辰光说得也在理，就答应了帮他去弄钥匙，带他进去看看。

过了几天，辰明告诉辰光，钥匙搞到了，让他晚上十一点记得起来。一得到这个消息，鹿辰光赶紧通知了张国民和其他一些人。辰明一打开门，躲在暗处的一帮人，一下子冲了进去。辰明一看架势，急了。他压低声音说：“辰光，辰光，怎么搞的，这么多人?”辰光“嘘”了一声，辰明只好赶紧带着人下去了。

从地洞里出来，张国民和其他人脸上带着明显的失望，他们本来以为里面会有什么东西的，没想到里面什么都没有，连死老鼠都没有。他们本来以为里面会很吓人，至少得有点什么东西，可实际上，什么都没有。他觉得他的五瓶果汁露和两包红金龙换这么一趟毫无特点的旅行，实在是太亏了。出门后，张国民拉着鹿辰光说：“鹿辰光，操，这样不行，这肯定不行，你得退一包烟。”鹿辰光说：“凭什么呀，都说好了，你记得你吐的唾沫不？你想舔起来不成?”张国民哭丧着脸说：“可你家地洞里什么都没有啊?”鹿辰光望着张国民说：“我又没说有什么，是你自己要来的。”两人纠缠了半天，鹿辰光同意退给张国民一包烟，因为张国民说，鹿辰光要是不退，他就不带他去剧团。

星期天早上，天刚一亮，鹿辰光起床了，他特意换了身干净衣服，还偷偷抹了点他妈的头油。对着镜子梳好头发，鹿辰光满意地出门了。

走到张国民家楼下，鹿辰光扯开嗓子喊：“张国民，张国民!”喊了好几声，张国民才从楼上探出头来，扔给鹿辰光一把钥匙，叫道：“你大清早嚷什么呀?”打开门，上楼，进张国民的房间。张国民的房间不大，狭窄的一条，让鹿辰光羡慕的是他床头的柜子上有一台录音机。张国民打开录音机，塞进一张磁带。鹿辰光小心地摸了摸录音机说：“这个得不少钱吧?”张国民得意地说：“那可不是，好几百块呢!”见了鹿辰光的样子，张国民说：“你让你妈给你买一台，不就得了!”鹿辰光摇了摇头说：“我妈不肯，我说过了。”张国民换了一张磁带说：“放一个好听的!”一边换磁带，一边说：“操，你们家那么有钱，你妈还这么小气!”鹿辰光生气地说：“你说谁有钱了？我们家能赛过你们家，你爸一贪污就不知道多少了。”鹿辰光说完，张国民笑了起来说：“谁贪污了，我爸要是真贪污，我家能穷成这个样子?”

在张国民床上躺了一会儿，鹿辰光心不在焉。张国民像是看透了鹿辰光的心思一样，说：“你别这么着急，还早着呢！人家剧团的演员起不了这么早。你看看钟，八点还不到呢。”鹿辰光不好意思地笑了笑。听了一会儿歌，鹿辰光向张国民借了一支钢笔，要抄歌词。张国民把磁带纸往鹿辰光手里一塞说：“别抄了，费那个劲!”鹿辰光接过磁带纸说：“那你呢?”张国民漫不经心地说：“我早会背了。”

两人聊着聊着聊到女人了，张国民问鹿辰光有没有那个过。鹿辰光说：“你说哪个?”张国民把手放到下面，做了个动作。这下，鹿辰光明白了张国民的意思。张国民望了鹿辰光一眼说，这有什么不好意思的。书上都说了，这叫青春发育期，是正常的。见张国民这么说，鹿辰光点了点头说：“有，我早就有了。”张国民见鹿辰光也说有了，像找到难兄难弟一样感叹道：“操，弄起来真舒服，我每天晚上都要弄一回。”鹿辰光惊讶地问：“每天?”张国民点了点头说：“每天！不弄一回，我睡不着觉，满脑子都是女人。”鹿辰光声音低了一些说：“我没你多!”张国民说：“那是你身体不好。”

十点钟到了，鹿辰光跟张国民说，差不多了，该走了吧。张国民看了看钟，换了身衣服，梳了一下头。走在镇上，阳光晒得头皮发麻，鹿辰光觉得身体里空了一点，具体是哪里，他说不清楚。张国民对鹿辰光说，剧团里有好几个姑娘喜欢他，只要他乐意，随时可以把她们搞了。张国民的话，鹿辰光不信。他说，张国民，你就别吹牛了，要是你能搞，你还自己弄?张国民鄙视地看了鹿辰光一眼说，你看，说你不懂，你就是不懂。要是真搞了，怀孕了怎么办?现在还不能搞，要等时机成熟了。

两人天南海北地扯了一会儿，就到了镇剧团。走到排演厅门口，张国民停了下来，他向四周看了看，然后先敲了一下，接着敲了两下，再紧接着敲了三下。里面传出一个男人的声音：“谁呀?”张国民说："我，张国民！"见鹿辰光愣着的样子，张国民说："你不懂，这是暗号，要有暗号才能进去。"鹿辰光不屑地说："不就是排练么，装神弄鬼的，要暗号干吗！"张国民拍了拍鹿辰光的肩膀说："这个你就不懂了。"

进了排练场，鹿辰光才发现，根本没有人排练。见鹿辰光进来，一个看来像是领头的男青年问张国民："你带他来干吗?"张国民把鹿辰光拉到面前说："这是鹿辰光，我哥们。"说完，指着男青年说："这是刘军强，你叫'军哥'就行了。"介绍完，张国民给刘军强发了根烟说："辰光也是个好兄弟，大家一起玩玩。"刘军强点上烟，用眼角看了鹿辰光一眼，昂着下巴点了一下头，算是打过了招呼。

鹿辰光在人群里扫了一眼，他很快发现了那个叫陆美丽的姑娘，她一个人坐在旁边，点着一根烟，跟电视里的女特务一样。录音机开始放音乐，声音隐隐约约的，几对男女开始跳舞。男的搂着女的的腰，有几对脸贴着脸，男的的手不安分地从腰上时不时地滑到女的屁股上。女的也不生气，只拿手轻轻地拍一下，算是提醒。鹿辰光第一次见到这种场面，他的心跳得厉害。张国民也不会跳舞，他跟鹿辰光坐在一起说："你看，我多讲义气，这么好玩的场合都带你来玩，你带我去看你们家那个破地洞，还诈了我五瓶果汁露。"鹿辰光这会儿觉得有点亏心了，他对张国民说："一会儿出去，我请你喝果汁露！"张国民满意地搂了一下鹿辰光的肩膀说："这样就对了嘛，这样才是哥们嘛！"鹿辰光朝跳舞的青年看了看，咕嘟着说："有些人也不是剧团的。"张国民说："你懂个屁，能到这里来的，可不是一般的人物，都是走马镇上叫得响的人物！"张国民这么一说，鹿辰光顿时觉得自己猥琐起来。

跳了一会儿舞，大家坐下来抽烟。刘军强看了鹿辰光一眼说："你爸是不是死在地洞里的哪个？"鹿辰光点了点头。刘军强装作漫不经心地问："你爸怎么会死在地洞里呢？"鹿辰光说，我也不知道。刘军强皱了一下眉头，张国民连忙说："军哥，你还说那个地洞，我进去了，操，什么都没有，连死老鼠也没一个。"张国民说完，周围的人一下子笑了出来。鹿辰光在笑声里感到无地自容，他甚至暗暗怪起他爸来，他当初怎么就不晓得在地洞里搞一点好玩的东西呢？

陆美丽坐的地方离鹿辰光不远，鹿辰光从来没有这么近地看过陆美丽。陆美丽正和旁边的姑娘聊天，没注意到有人在注视着她。坐了一会儿，刘军强说："再跳一会儿吧！"说完，打了个响指。坐在旁边的一个青年换了一张磁带，刘军强走到陆美丽身边，伸出一只手，陆美丽的手就搭在他的手上了。陆美丽跳舞时，鹿辰光的眼睛一直盯着她看。他看见刘军强的手紧紧地搂住陆美丽的腰，像是想把陆美丽按到身体里面去一样。

从排练场出来，鹿辰光请张国民喝了一瓶果汁露。喝完果汁露，鹿辰光问张国民："那些女的，是不是谁都可以搂着跳舞的？"张国民说："只要人家女的肯，你就可以抱。"说完，张国民又补充了一点，你要会跳舞，不然人家不跟你跳。过了一会儿，鹿辰光像想起了什么一样问张国民："陆美丽多大啦？这么骚的！"张国民扳着指头算了一下，皱着眉头说："好像还不到十八岁，这个婊子看起来骚，动起来难。"鹿辰光问："怎么说？"张国民说："这个骚货，军哥请她喝的果汁露怕是有一汽车了，她连嘴皮子都没让军哥亲过。"张国民说完，鹿辰光笑了，他跟着骂了一句"这个小骚货"。

24

数年之后，鹿辰光站在北京路步行街上告诉陆美丽，他曾经多么狂热地迷恋过她。陆美丽美丽地笑了笑，把鹿辰光的手拉得更紧。鹿辰光说，陆美丽，你肯定不知道，我在十八岁的时候就恶狠狠地叫你小骚货。这次，陆美丽笑出声来了，她掐了鹿辰光的手背一下说，我怎么骚货了，我再骚货能比得过你吗？那么不要脸。鹿辰光拉着陆美丽的手，往四周看了看，周围的人没有一个是他认识的，除开陆美丽，这个离他最近的女人。步行街上人来人往，鹿辰光被人群包围，他有种强烈的孤独感，这种孤独感跟小时候，他一个人睡在宽大的床上，而父母离他很远，猫趴在窗台上一样。他拉着陆美丽的手，像是拉着一根救命稻草。

十八岁的整个夏天，除开面对母亲无休止的哭泣，鹿辰光疯狂地学习跳舞。从镇上剧团排练场回来，鹿辰光暗暗下定了决心，一定要学会跳舞，而且一定要跳得很好。跟张国民喝完果汁露，鹿辰光问张国民："国民，我们下个礼拜还来吧？"张国民把果汁露袋子吹满气，扔到地上，用一只脚踩住开口，将另一只脚抬起来说："不知道，这个谁知道，他们也不是每个礼拜都排练。再说我只答应带你去一次。"说完，他那只悬空着的脚猛地踩了下去。果汁露袋子发出清脆的爆炸声，地面上甚至还腾起了一些灰尘。小店门口有人朝张国民看了几眼。鹿辰光在马路边上坐下，张国民也坐了下来。鹿辰光想了一会儿，对张国民说："国民，下次要是他们还排练，你记得叫我去，我请你喝果汁露。"张国民看着鹿辰光，笑嘻嘻地说："鹿辰光，你说，你是不是看上谁了？"鹿辰光说："你别扯了，我谁都不认识，我能看上谁呀?”张国民摸了摸脑袋说：“可不是，你一个人都不认识，你去了他们也不给你开门。”临到分手，张国民充满豪情地对鹿辰光说：“我今天晚上还要来一回，我每次一看到那些骚货就想来一回。”说完，他拍了拍鹿辰光的肩膀说：“你身体不好，你就不要来了。”

在此之前，鹿辰光从来没有想过等待原来是如此漫长。在他十八年的人生经历中，他似乎从来没有经历过等待，也不知道有什么东西值得他去等待。家里客厅里有一张日历，一天撕一张。以前，鹿辰光很少看日历。现在，每天吃饭时，他都会看上几眼，从星期一开始，日子过得特别慢，日历似乎总也不见变薄。他恨不得将星期一到星期六一下子撕下来，直接进入星期天。

在这六天里，鹿辰光自己来了三回，这还是他自己加强了控制的结果，如果没有控制，他不晓得自己会来上多少回。好不容易到了星期天，鹿辰光一大早去找张国民，张国民还没起床。他把张国民从床上拉起来，张国民打着哈欠懒洋洋地说：“剧团这个礼拜不排练。”鹿辰光不相信，他说：“张国民，你别骗我了。”聊了一会儿，张国民被鹿辰光缠得没办法了，他求饶一样地说：“大哥，算我求你了，他们真不排练，我骗你干吗呢?”赌了一包红金龙，鹿辰光把张国民拉了起来，太阳当头，晒得树叶子都蔫了。走到剧团排练的地方，鹿辰光已是满头大汗。张国民敲了半天门，里面一点反应都没有。在门口坐了半个小时，张国民对鹿辰光说：“你现在死心了吧，还不相信，你说我们这么好的哥们，我骗你干吗?”接着，张国民拉住鹿辰光说：“记着，一包红金龙，你他妈别说话不算数。”

买烟时，碰到了刘军强。张国民给刘军强递了根“红金龙”

问：“军哥，这个礼拜干吗不排练?”刘军强潇洒地吐了个烟圈说：“录音机坏了，要修呢，他妈的，这个狗屁录音机老坏。”鹿辰光担心地问：“录音机能修得好吗?”刘军强看都没看鹿辰光一眼说：“这他妈谁知道!”鹿辰光被刘军强呛了一口，他仔细看了看刘军强，刘军强个子不高，可能比他还要矮一点，穿着喇叭裤，花衬衫的下摆打了个结，上面的扣子敞开着，露出干巴巴的胸膛。他的手臂上刺着一条青龙，前面还有一个歪歪斜斜的“忍”字。刘军强抽烟的姿势让鹿辰光自愧不如，他能把烟头卷到嘴巴里去，然后再翻卷出来。

又等了一个礼拜，张国民告诉鹿辰光，录音机修好了，剧团正常排练。张国民告诉鹿辰光这个消息是在星期六，鹿辰光一个晚上没有睡好。他躺在床上，透过窗子望着外面，夜晚的天空呈现出纯净的墨蓝色，月亮周围的云彩很白，似乎比白天都白。他在床上翻来覆去地折腾了一个晚上。天要亮的时候，他的睡意才上来。等他醒来已经十一点了。他一把从床上跳起来，擦了把脸，直奔张国民家。赶到张国民家，张国民正准备出发，他不满地对鹿辰光说：“我还以为你不来了呢？害得我等了一个多小时。”鹿辰光连忙向张国民道歉，并向张国民保证，这次，多给他买一瓶果汁露。

进到排练场，刘军强他们早就在那儿了。这是鹿辰光第二次近距离地看到陆美丽，由于两个礼拜没见了，鹿辰光看到陆美丽，心里烧得厉害。陆美丽还是一副若无其事的样子。她不晓得，鹿辰光这两个礼拜，一直是想着她的样子打飞机。如果她知道了，不晓得会有什么样的反应。鹿辰光他们进去时，陆美丽正在唱歌，练习走台。陆美丽唱完后，刘军强带头鼓掌。鼓完掌，刘军强对陆美丽说：“你这样站在台上还不行，要有一些动作就更好了。比如说唱《在希望的田野上》，眼睛要动起来，手也要有动作。”说完，还给陆美丽做了个示范。刘军强做示范的动作，活像在摸鱼儿，眼睛左转右转跟贼一样。他的动作把在场的人都逗笑了。鹿辰光也跟着笑了，他觉得刘军强的动作实在太滑稽了，如果陆美丽真按他说的去做，看的人说不定会以为陆美丽是在表演劳动场面。见大家笑，刘军强自己也笑了，还是一脸专家的口吻说：“你们这些人都不看电视的，你要看电视就知道，电视上都是这样的。”

唱了一会儿歌，练习了一下走台和串词，他们又开始跳舞了。鹿辰光和张国民照例是坐在旁边看，看了一会儿，张国民问鹿辰光：“你想不想跳？”鹿辰光点了点头。张国民说：“要不我们一起跳吧，等我们学会了，我们就可以去请女的跳了。”鹿辰光愣了一下说：“那你扮女的。”张国民咬了一下牙说：“一人一次过。”鹿辰光想了想，这也公平，就同意了。音乐再响起来时，鹿辰光和张国民搂抱着跳了起来，他们的眼睛紧紧地盯着旁边的男女青年，看他们的脚步。他们两个人看起来一点也不像在跳舞，而像两头正在打架的熊，不是鹿辰光踩到张国民的脚，就是张国民踩到鹿辰光的。他们笨拙的样子，让旁边跳舞的人笑起来了，鹿辰光脸上滚烫滚烫的，他放开张国民，恼怒地说：“操，不跳了！”

等到换曲子，鹿辰光正和张国民坐在旁边生气。陆美丽和刘军强走过来，刘军强笑嘻嘻地对张国民说：“这个要人教的，学跳舞不能怕丑，怕丑永远也学不会。”陆美丽望着鹿辰光说：“你叫鹿辰光？”鹿辰光看着陆美丽说：“是啊，我就是。”陆美丽理了一下头发说：“我听说过你们家的事，我不相信。”鹿辰光笑了笑。陆美丽又说：“等一下，我跟你一起跳。”

和陆美丽跳舞对十八岁的鹿辰光来说，是他整个青春期最美好的记忆。他那么近地，那么清楚地看到陆美丽，他甚至能看到陆美丽脸上小小的、可爱的雀斑，闻到陆美丽身上散发出来的女性的味道。一想起十八岁，鹿辰光那么深切地感受到，有些日子永远不会再来，而有些人，不管如何，都没有机会重新再爱。

认识了陆美丽，鹿辰光再去看剧团排练就不找张国民了。第一次和陆美丽跳完舞，出门后，鹿辰光大着胆子对陆美丽说："我请你喝果汁露吧!"陆美丽笑着问："为什么?"鹿辰光说："因为你教我跳舞啊，你算是我老师。"听完鹿辰光的话，陆美丽脸上出现了两个浅浅的酒窝，她说，好吧。

喝完果汁露，鹿辰光要送陆美丽回家。陆美丽说，都一个镇上，那么近，不用了。鹿辰光连忙说，要的，要的，你是我老师嘛！走在路上，鹿辰光很自豪，他现在和走马镇上最漂亮的女孩子走在一起，至少是他认为最漂亮的。鹿辰光的腰挺得笔直，努力让自己的动作像个人物。他觉得走马镇上的人都在看着他，也许过不了几个小时，鹿辰光和陆美丽走在一起的消息就会传遍整个走马镇，这正是他想要的。

鹿辰光问了陆美丽几个问题，比如她多大，为什么要在玻璃瓶厂上班。陆美丽告诉鹿辰光，她 17 岁，在玻璃瓶厂上班也是顶她爸爸的位子。要不是她爸爸受了工伤，她两个弟弟还小，她连这个工作都没有。陆美丽说，为了顶她爸的职，她刚上高中就被拉回家来了。鹿辰光感慨地说："你应该读书，将来考大学，到北京上海去工作!"陆美丽皱了皱眉头说："我没那个命。你干吗也不读书呢?"鹿辰光不好意思地说："我读不进去，高中没考上。"陆美丽"哦"了一声，算是做了回答。快到陆美丽家门口时，陆美丽说："好了，就送到这里，让我妈看见了不好。"鹿辰光点了点头。陆美丽转身准备走，鹿辰光又喊了陆美丽一声，陆美丽转过身问：“你还有什么事吗?”鹿辰光脸上红红的，想说又不好意思。陆美丽抬头望着鹿辰光说：“你想说什么就说嘛!”鹿辰光鼓起勇气，望着陆美丽问：“你真的喜欢军哥吗?”鹿辰光一说完，他看见陆美丽的脸涨红了，她生气了。她说：“谁喜欢他了，谁告诉你我喜欢他了?”鹿辰光摇了摇头说：“没人说，我是看他跳舞的时候，抱你抱得那么紧。”陆美丽望着鹿辰光，一字一顿地说：“我不喜欢他，一点也不喜欢他。”陆美丽接着说：“以后你要是想去排练场，就到我们家巷子口等我。不要老跟张国民那种人混在一起。”鹿辰光连忙点了点头。

回家的路上，鹿辰光几乎是狂奔着的。阳光刺眼，可他觉得非常可爱，有种热烈的感觉。他在走马镇上狂奔起来，年轻的身体里流出爽利的汗水。跑到家里，他依然沉浸在这种巨大的幸福之中。给张国民买的果汁露和烟，他觉得简直是太值得了，没有比这更值得的了。

星期天，坐在陆美丽家门口，等着陆美丽出现，对鹿辰光来说，是件非常美好的事情。他远远地看着陆美丽走出来，穿着漂亮的连衣裙。陆美丽家住的是条老巷子，墙头上都长满了矮小的青草，巷子大约只有一米多宽，树却不少，阴凉得很。陆美丽从巷子里走出来时，鹿辰光有种说不出的舒服。

鹿辰光的舞跳得越来越好了，比剧团所有的人都好。他搂着陆美丽，洋溢着幸福。除开这种搂着的舞，鹿辰光还学会了跳迪斯科和霹雳舞。当时，对时尚青年来说，最牛逼的事情就是会跳霹雳舞了。剧团里没有人是真正会的，都只会几个动作，比如太空步、擦玻璃、过电什么的。为了学好霹雳舞，鹿辰光还特意去买了书，天天在家里苦练。对鹿辰光的表现，剧团里最不满意的就是刘军强了。

自从鹿辰光和陆美丽跳过舞，陆美丽很少跟刘军强跳舞了，也不大喝他买的果汁露。刘军强看鹿辰光的眼神里有种恶狠狠的东西。这些东西，鹿辰光都感觉到了，不过他觉得跟陆美丽的笑脸相比，这种眼神简直不值一提。

现在，整个走马镇上的人都知道，陆美丽和鹿辰光好上了。走马镇上有多少青年想不通啊，他鹿辰光凭什么啊，走马镇上比他牛的青年多了去了！要说打架，鹿辰光就更不用说了，他们有些同情刘军强，认为刘军强这个脸是丢大了。同时，也一致认为，陆美丽就是一个小骚货，见一个爱一个。让他们失望的是，陆美丽这个小骚货居然没有喜欢上他们，甚至连好脸色都没有给一个。走马镇上的流言，张国民当然不会不知道。对他来说，他最后悔的事情就是不该为了贪一点小便宜而把鹿辰光带到排练场去了。刘军强是谁?是走马镇大哥，谁敢抢他的女人，简直是活腻了。张国民明显感觉到，刘军强对他没以前那么好了，这让他失落，刘军强不理他，比他爸打他一顿还难受。为了这事，张国民劝过鹿辰光几次，他说，你不要跟刘军强抢，抢不过的，他会打你的。鹿辰光听了张国民的话，满脸无所谓。张国民气急败坏地指着鹿辰光说，完了，完了，你死定了。

25

二十四岁，鹿辰光离开了走马镇。这个时候，不要说走马镇，就是全国最落后的地方也不流行霹雳舞了，曾经让他们热血沸腾的《一无所有》也过时了。跟鹿辰光一起离开走马镇的还有陆美丽。这时的陆美丽已经长成了一个漂亮而成熟的女人，她没办法在走马镇上待下去了。

在走马镇，谁都知道陆美丽是个不安分的女人，也是绯闻最多的女人。关于陆美丽的传言，几乎成了走马镇上的居民茶余饭后的调料。如果没有陆美丽，走马镇上的业余生活会枯燥许多。走马镇上的人都认为陆美丽是个小破鞋，不晓得有多少人搞过她。陆美丽所在的玻璃瓶厂也是最吸引走马镇青年的地方，到了陆美丽下班的时间，厂门口停满了各种各样的自行车。陆美丽下班了，从厂门里走出来，像个皇帝一样，扫上一眼，然后选择其中一个，坐上自行车，头也不回地离开。每个等在门口的青年都以为只要他们等下去，肯定会有机会。事实也确实如此，几乎每个等在门口的青年，都搭过陆美丽。当陆美丽白皙的手搭在他们腰上，他们早就忘记了背后曾经说过的陆美丽的坏话，也管不了陆美丽是不是一个破鞋。他们的心里只有一个念头，希望陆美丽一直坐在他们的车后座上，永远不要下来。陆美丽是公平的，她给了所有人机会。这样一来，陆美丽反而安全了，没有人敢独自把陆美丽给吞下去。对陆美丽的这种行为，走马镇上的老年人非常不齿，他们甚至自发到玻璃瓶厂要求玻璃瓶厂严肃处理陆美丽，不能让陆美丽继续这样伤风败俗了。老人们用拐杖用力地敲着厂长的办公桌说："你们厂里的陆美丽，伤风败俗啊，简直把走马镇的丑都丢光了，你们怎么就不管呢？"厂长也没有办法，他也想管，管不了啊。那么多年轻人，能拿他们怎么样，他们又没犯法，又没闹事。

鹿辰光从来没有去过玻璃瓶厂，陆美丽不让他去。陆美丽对鹿辰光说，你要是喜欢我，就不要去，我不愿意你看到我那个样子。陆美丽说的那个样子，到底是个什么样子，鹿辰光不知道。他知道的是陆美丽和他在一起的样子，总是打扮得清纯如水。可能也是因为这个原因，对镇上关于陆美丽的传言，鹿辰光懒得去听。和陆美丽好上后，鹿辰光的身上一直带着一把磨得闪闪发光的小斧头。斧头是鹿辰光请镇上的铁匠打的，跟电视上李逵的斧头有些像，只是小一些。几乎每天晚上，鹿辰光都在房间里磨这把斧头。上街时，鹿辰光把斧头别在腰上，他还特地做了一个牛皮袋子，套住斧头。只要他一扭腰，就可以看到斧头柄。

如果没有意外，每个星期天鹿辰光都在陆美丽家巷子口等着陆美丽。如果陆美丽还没有来，他就漫不经心地磨他的斧头。斧头已经非常快了，闪亮闪亮的，吹发可断。鹿辰光像是没看到一样，整天还在磨。等陆美丽的身影从她家里出来，鹿辰光就换了一个样子，他把斧头别在腰上，安安静静地跟着陆美丽，像一条听话的小狗。

鹿辰光和陆美丽好上了的事情，走马镇上的人都知道。那么多眼睛，跟特务一样盯着陆美丽的一言一行。这么重大的新闻，他们怎么舍得错过呢。走马镇上的人不知道的事情也有，鹿辰光亲过陆美丽的嘴儿，还摸过陆美丽柔软的乳房。那是在河边上，柳树林子里。一到夏天，柳树林子里长满了一人多高的芦苇，弯着腰走进去，从堤岸上望下去，风一吹，就什么都看不见了。去河边的柳树林子是陆美丽的主意。在巷子口等到陆美丽，陆美丽拉住鹿辰光，凑到他耳朵边上说："我们去河边吧！"陆美丽说出这句话时，鹿辰光的心跳得厉害。他听张国民说过，河边的柳树林子是约会的地方，好多人都到里面去搞。鹿辰光开始还不相信，张国民拉着他去了一次。果然，在柳树林子深处，有一块块压平的芦苇。有些还铺着报纸，旁边的芦苇丛中扔着脏兮兮的卫生纸。张国民指着卫生纸，咬牙切齿地骂："操他妈的，又有一个傻逼被日啦！"

去柳树林子的路上，鹿辰光拖着陆美丽的手，满脑子都是卫生纸。走过报亭，鹿辰光问陆美丽："要不要买张报纸？"陆美丽点了点头说："好，买张报纸垫着，地上脏。"买完报纸，陆美丽还买了一包瓜子。陆美丽嗑瓜子的样子很好看，她用手指拈起一颗瓜子，放到嘴里轻轻一咬，瓜子仁就进了陆美丽的嘴巴，瓜子壳却跟没咬过一样。陆美丽跟鹿辰光说过，其实她一点也不喜欢喝果汁露，她喜欢嗑瓜子。到了柳树林子，陆美丽拖着鹿辰光往里走，一直往里走，直到往四周一望，只能看见芦苇和柳树，其他的什么都看不到了为止。

进柳树林子后，鹿辰光看见好几个被人压过的地方，他的心"怦怦"跳得厉害，拖着陆美丽的手也紧张起来，一抖一抖的。他尽量不往那些被人压过的地方看，免得陆美丽以为他在想什么一样。找到了地方，鹿辰光拿出斧头想把芦苇给砍了，陆美丽制止了他。陆美丽说，别砍，踩一下就行了。说完，陆美丽站在旁边，鹿辰光像一头发情的公牛一样，把芦苇给踩平了。他踩的时候非常用力，几乎每一棵芦苇都是从根部踩下去的。芦苇倒下了，还有地上的青草，细细密密的，像一床毯子。鹿辰光铺好报纸，鹿辰光铺得很厚，面积很小，两个人要挤着才能坐下。鹿辰光铺好报纸，陆美丽一屁股坐了下去，还把凉鞋脱了。陆美丽的脚上有着凉鞋的花纹，阳光照不到的地方白得跟没写过的纸一样。陆美丽坐在报纸上嗑瓜子，鹿辰光站在边上。陆美丽嗑着瓜子说："你坐呀，站在旁边干吗？"说完，还挪了一下屁股，给鹿辰光腾出了点地方。鹿辰光坐下去，陆美丽几乎靠在他的怀里了。

天是那么的蓝，芦苇丛中时不时还有鸟的叫声，白云显得又高又远。鹿辰光能够清晰地听到陆美丽的呼吸。坐了一会儿，陆美丽对鹿辰光说："我真不想在镇上待了，烦死了。"鹿辰光说："是啊，我也不想在镇上待了。”陆美丽伤感地说：“我不想一辈子在那里做瓶子，再做下去，我怕我自己也要变成一个瓶子了。我想住漂亮的房子，我想穿漂亮的衣服。”鹿辰光说：“我也是。”陆美丽转过身面对面地贴着鹿辰光。陆美丽亲了一下鹿辰光的下巴说：“鹿辰光，我喜欢你。”陆美丽说完，鹿辰光觉得有股热热的气流从身体下面升上来。鹿辰光一把抱住陆美丽，急切的嘴唇朝陆美丽狠狠地贴了上去，他亲到了陆美丽的嘴，甜甜的，有瓜子仁的香味。鹿辰光的手在陆美丽的身上摸索着，他先是摸到了韧性的腰，接着他摸到了两个圆鼓鼓的家伙。这两个家伙被包裹着，结实而富有弹性，它们像一块磁铁一样，把鹿辰光的手给吸住了。鹿辰光把陆美丽压倒在地上，陆美丽的呼吸急促起来，她带着甜味的舌头伸进了鹿辰光的口腔。鹿辰光从陆美丽的嘴唇亲到脸，从脸亲到脖子，他的手急切地想把陆美丽的裙子撩起来，解开包裹着那一对磁铁的扣子。鹿辰光的动作是那么的慌乱，由于陌生，他甚至不知道自己要干什么。鹿辰光的手伸到陆美丽的裙子下面，他的手指麻了，头脑也陡然涨大了，他摸到了一个毛茸茸的东西。陆美丽没有制止鹿辰光的手，当鹿辰光试着脱掉她的内裤，陆美丽坚决地制止了鹿辰光。她语调清晰地说：“不要，不可以!”说完，她推开鹿辰光，撑了起来。鹿辰光的眼神热烈而充满欲望。陆美丽摸了摸鹿辰光的脸说：“你可以亲我，但不可以脱衣服。”鹿辰光的脑子乱了，他慌乱地问：“为什么跟别人可以，跟我就不可以?”陆美丽说：“你说什么?”鹿辰光重复了一遍。他的话音一落，脸上就有了热辣的感觉，陆美丽抽了他一个耳光。

这个耳光把鹿辰光打醒了，他愣愣地看着陆美丽，有些不明白。他不知道为什么陆美丽约他到柳树林子里来，让他亲，让他摸，却不肯让他做。他以为陆美丽的意思很明显，他也以为自己是理解对了的。树林里一片寂静，只有风从树梢上“哗哗”地吹过，树叶像一面面旗帜迎风飘扬，植物清新的味道被风一阵阵地送过来。坐了一会儿，陆美丽亲了亲鹿辰光的嘴唇说：“现在还不可以。如果你想看，我就让你看，也让你亲，可你不准脱衣服。”她咬着鹿辰光的耳朵说：“好不好?”鹿辰光的耳朵边上，像是有一只蚂蚁在爬，痒痒的。他摸了摸耳朵，说“好”。陆美丽说，你先转过身去，闭上眼睛。鹿辰光乖乖地闭上了眼睛，他听到陆美丽轻微的呼吸声，还有脱衣服的声音。等鹿辰光睁开眼睛，他的嘴巴张得足够吞下一只犀牛。陆美丽全身赤裸地躺在芦苇丛里，她的头发被风吹得蓬乱，脸上有芦苇交织的阴影。陆美丽的乳房骄傲地挺着，乳头的红晕像一点水红的胭脂。顺着她平缓的腹部下去，是迷人的三角地带，有着稀疏的阴毛。陆美丽的双腿修长均匀，白皙而饱满，甚至她的膝盖都是最柔和的曲线。把手伸到陆美丽身上时，鹿辰光身子一直在发抖，他有些害怕。陆美丽的身体让鹿辰光畏惧。他摸到了陆美丽赤裸的乳房，嘴唇也贴了上去。他将头埋在陆美丽的两腿之间，陆美丽的阴毛擦着他的脸，陆美丽下体散发出来的陌生气息让鹿辰光一阵阵地颤抖。终于，他的眼泪滴了下来，大颗大颗地滴在陆美丽的身上。

等他抬起头，安静下来，他最后一次看了陆美丽的裸体，把陆美丽的衣服一件件给陆美丽穿上。两个人紧紧地抱着，半天没有说话。等走出柳树林子，爬到河堤上，鹿辰光陡然觉得自己长大了。他觉得只要陆美丽愿意，他可以为她做任何事情。

就在鹿辰光看到陆美丽身体的第二天，鹿辰光脑袋上狠狠地挨了一砖头，他的头被砸得鲜血直流。他是在镇上被人砸的，直到倒下，他都没有看清楚是被谁砸的，但他知道这块砖头是谁砸的。在家里休养了半个月后，鹿辰光重新回到了镇上。他满镇上地找刘军强，鹿辰光手里提着磨得闪闪发光的斧头，他对镇上的人说，他要把刘军强砍了。除开这个，鹿辰光还惊奇地发现，被人砸了一砖头后，他能够看透任何人的衣服，甚至他用力一点还能看到人体内部的器官。比如正在“怦怦”跳的心脏，蠕动的肠子。

找到刘军强是在镇上的一家小酒馆里，刘军强正和镇上的几个小混混喝酒。鹿辰光提着斧头，杀气腾腾地走了过去，身后跟着一大群看热闹的人。镇上已经很久没有这么热闹了，鹿辰光要把刘军强砍了，这是多么激动人心的消息啊。对走马镇上大部分年轻人来说，他们希望最好刘军强被鹿辰光给砍死了，而鹿辰光呢，最好也在这场斗争中来个终生残废。他们恨刘军强，他太霸道了，只要他在，走马镇的青年就没有做老大的机会。他们嫉妒鹿辰光，因为走马镇上最漂亮的姑娘喜欢他，这种嫉妒甚至比恨来得更强烈。

见鹿辰光拎着斧头走过来，刘军强眼睛都没有眨一下，只管继续喝酒，一副满不在乎的表情。等鹿辰光走近了，他带着挑衅的笑容问鹿辰光：“听说你想把我给砍了?”鹿辰光点了点头说：“我知道是你拍了我一砖头!”鹿辰光说完，刘军强笑得更厉害了，他说：“是啊，是啊，是我，你想怎么样，砍啊，你砍啊?”他故意把脖子伸了出来。刘军强傲慢地转过身，装作害怕的样子对桌子上还在喝酒的混混说：“你们看着，他要砍我!”整桌子的人都笑了起来，他们的笑声还没有落下去，就听见周围发出整齐的“啊”的尖叫。鹿辰光的斧头利索地砍在了刘军强的背上，鹿辰光的动作像一个训练有素的屠夫，紧接着又是一斧头。刘军强被砍傻了，连还手都不会了。他从小酒馆夺道而逃，鹿辰光举着斧头跟在后面，看热闹的紧跟在鹿辰光后面。鹿辰光整整追了刘军强一条街，刘军强像是一条落荒而逃的狗。直到闻讯而来的陆美丽站在鹿辰光的面前，鹿辰光才把血淋淋的斧头扔在地上说，好了，完了。

26

为了这一斧头，鹿辰光付出了沉重的代价。他被公安局关了半个月，家里赔了刘军强一千块钱。鹿辰光在公安局还没出来，刘军强放出话来，说还没完呢。鹿辰光笑了笑，他觉得镇上的阳光真明亮。也因了这一斧头，鹿辰光在走马镇上的威望彻底建立起来了，刘军强没人搭理了。镇上的青年说，刘军强连鹿辰光都搞不定，还他妈的牛逼什么呀？

这一斧头之后，鹿辰光过了五年的安稳日子，走马镇上也多了一项特别的娱乐。首先是刘军强他们一家的身体特征被走马镇上的人广为传播，原来刘军强他妈乳头边上长了一圈毛，他爸的屁股上有一块黑疤，至于他的妹妹，连阴毛都还没长出来呢。这些让人激动的消息，迅速地传遍了走马镇。刘军强一家听到这个消息后，一个个大惊失色，连门都不敢出了。可是不出门怎么行呢？一家人要吃和喝，不赚钱是不行的。刘军强一家人，见了鹿辰光像见了瘟神一样，能躲多远就躲多远。等鹿辰光报道刘军强的妹妹来月经了，垫着厚厚的卫生巾，长毛啦的时候，刘军弜一家的精神被彻底摧毁了。

刘军强的妹妹是第一个来找鹿辰光的。自从鹿辰光报道她长出了阴毛后，走马镇上的人看到她都带着色眯眯的淫笑，那眼光跟把她剥光了没两样。刘军强妹妹找到鹿辰光，哭得跟什么一样，她跪在地上，一边哭，一边骂，她说鹿辰光害得她连头也抬不起来了，她恨不得找个地方死掉算了。哭完了，也骂完了，她哀求鹿辰光，让鹿辰光不要再报道她的消息了，鹿辰光一个人看了也就看了，让全镇的人知道了，她以后的日子还怎么过啊，她现在连男朋友都没有。要是老这个样子，以后谁敢要她啊！刘军强的妹妹一求，鹿辰光的心也软了，他承诺以后不会再播报有关她的消息了，不过其他人的还是要报。得到鹿辰光的承诺后，刘军强的妹妹又是惊喜又是悲伤地回去了。

刘军强爸妈也来求鹿辰光，他们说鹿辰光这么一弄，他们在走马镇上活了大半辈子的脸算是丢光了。他们不想死了还要被人笑话，他们说以前刘军强要是有什么做得不对的，他们摆酒给鹿辰光赔礼。鹿辰光赔给他们的一千块钱也不要了。刘军强爸妈的请求，鹿辰光没有接受，他说，除非刘军强亲自来向他赔礼道歉，还要磕三个响头，否则，他还要继续报下去。刘军强爸妈哭丧着脸走了，他们晓得，要刘军强来赔礼道歉，还要磕三个响头，这是不可能的。

除开刘军强一家，更恨刘军强的是走马镇上的人。现在，鹿辰光虽然还没有说什么，可如果哪一天，要是他们得罪了鹿辰光，他们妻子儿女的秘密也将开始在镇上流传，这是多么可怕的事情。就因为刘军强拍了鹿辰光一砖头，搞得整个走马镇的女人都被鹿辰光看了，所有的人都没有秘密，他们甚至因此不得不违心地讨好鹿辰光。所有人的仇恨都压在了刘军强一个人身上，刘军强成了走马镇上的过街老鼠，人人都恨不得上去打他几拳、踢他几脚解解恨。刘军强大概也知道了走马镇上的人对他的仇恨，他已经在走马镇上消失了很久了。

因为鹿辰光，走马镇上人人自危，唯一不紧张的可能是陆美丽。

刚开始，她甚至根本不相信，镇上流传的，她觉得不过是鹿辰光故意制造的谣言。听说鹿辰光的故事后，陆美丽约了鹿辰光，在柳树林子里，陆美丽问鹿辰光，你说，你要是真的看得透，你说我穿的什么颜色的胸罩？鹿辰光不肯说，陆美丽说：“你要是不说，我跟你绝交，一辈子都不理你！”被陆美丽逼得没办法了，鹿辰光说：“绿色的。”鹿辰光说完后，陆美丽用不可理解的眼光看着鹿辰光。她以前一直穿红色或者白色的胸罩，为了避免鹿辰光瞎猜，她特意去买了个绿色的胸罩。尽管如此，陆美丽还是有些不相信，她又问：“我的内裤呢？”鹿辰光说灰色的。陆美丽把手放到背后，握着拳头对鹿辰光说：“我左手有几根火柴，右手有几根？”鹿辰光认真看了一下说，左手八根，右手十三根。陆美丽摊开手掌，把火柴放到地上，一根一根地数火柴。数完后，她突然觉得非常恐惧，鹿辰光说得是对的，她不得不相信了。

在芦苇丛里坐了一会儿，陆美丽一直没说话，她不停地打量着鹿辰光。离开柳树林时，陆美丽问鹿辰光，如果我不和你好了，你是不是也会把我的一切说出去？鹿辰光摇了摇头。两人沉默着走了一会儿，陆美丽盯着鹿辰光说，你这样有意思吗？鹿辰光觉得没意思透了，谁愿意看着一堆光溜溜的人啊，这些人还包括自己的母亲，哥哥。

这对鹿辰光来说不完全是坏事，在听说了鹿辰光的事迹后，镇上的派出所所长亲自到鹿辰光家里来找鹿辰光了。他说，想请鹿辰光到派出所当警察，虽然没有编制，但派出所保证鹿辰光享受和其他警察同等的待遇。鹿辰光还在犹豫，派出所所长说，鹿辰光你看，你现在怎么说也是一个人才了，人才就要各尽其能，各显神通。你把你的特长发挥在正当的事情上，也是为人民做了贡献。鹿辰光他妈早就看不惯鹿辰光整天在镇上逛了，听派出所所长这么一说，踹了鹿辰光一下，鹿辰光只得答应了下来。

到了派出所，鹿辰光能干的事情不多，走马镇平安得很，一年下来也出不了几个大案，大半时间鹿辰光在和所长聊天。偶尔，鹿辰光也会被抽调到市局协助破案，多半是凶杀。鹿辰光发现，他的能力越来越强了。在市局里，有几次在杀人现场，一到现场，鹿辰光就感觉到了杀人嫌疑犯的气息。他让周围的警察暂时离开一下现场，他努力地睁大眼睛，他奇异地发现，他隐约看见一个人进来，杀人，相貌也隐隐看清楚了。回到局里，一查犯罪记录，鹿辰光一眼就认出来了杀人嫌疑犯。局里抓回来一审，果然不错。鹿辰光的名声也越传越远，成了一块宝贝。

如果不是后来发生的事情，鹿辰光也许一辈子会这么过下去。这件事情，让鹿辰光后悔了一辈子。他会永远记得那个晚上，陆美丽几乎是光着身子跑到派出所，她身上血淋淋的，看到鹿辰光，陆美丽直直地看着他说："我被刘军强强奸了！"听完陆美丽的话，鹿辰光觉得一个炸雷在他头顶上炸开了。

派出所所长亲自审讯刘军强，鹿辰光压着愤怒，握着拳头坐在边上。刘军强对强奸了陆美丽的犯罪事实供认不讳，他看着鹿辰光哈哈大笑，表情狼狰地说："鹿辰光，操你妈的鹿辰光，都是你逼的，都是你给逼的，是你逼我的！"鹿辰光身子一软，是他害了陆美丽。

陆美丽经过法医检查，处女膜新鲜破裂，刘军强被判了五年。

鹿辰光找到陆美丽，她已经好几天没吃饭了。鹿辰光抱着陆美丽说："我们离开走马镇，再也不回来。"陆美丽的眼泪一颗一颗地砸了下来，砸得鹿辰光心都碎了。

27

早晨八点多钟，鹿辰光起床了。他刷牙洗脸，又刮了一下胡子，看了看镜子，里面是一个干净清爽的年轻人，他满意地对自己笑了笑。上完厕所，抽水马桶发出激烈的轰隆声。在外面的房间里，陆美丽还躺在床上，她背对着鹿辰光，露出圆润的肩膀，身体的线条在早晨的柔光里勾勒得明亮而诱人。走进房间，鹿辰光从窗子往外望去，棕榈树的叶子像一把巨大的伞撑开着。他吸了口早晨的空气，空气带着隐约的海水的味道。当然，这只是鹿辰光的感觉，海估计在一两百公里之外的地方。

走到床边，鹿辰光用手背擦了擦陆美丽的嘴唇。接着，弯下腰去，在陆美丽的嘴唇上亲了一下。陆美丽早醒了。她微微闭着眼睛，侧卧在床上。鹿辰光亲她的嘴唇，她的手顺着鹿辰光的腰爬了上来。陆美丽的样子懒懒的，像一个睡眠不充足的人。连续一个多月来，陆美丽一直是这个样子，懒懒的，很少说话，像一只吃饱了的猫。

鹿辰光在陆美丽的床边坐了一会儿，对陆美丽说，你乖乖地在家里，我要出去。陆美丽从床上爬起来，她什么都没有穿，光溜溜的。她从背后抱着鹿辰光，咬鹿辰光的脖子。鹿辰光抓住陆美丽的手，握住，在陆美丽的环绕中转过身，拍了拍陆美丽的脸。鹿辰光必须出去，他需要找一个工作。到广州的一个多月里，他们坐吃山空。出于对陆美丽的愧疚，鹿辰光租了市区里比较好的房子，而不像别的刚到广州的年轻人一样随便有个地方住下就行了。

小区平时静悄悄的，到下午，小区里的人才多起来。这样的环境，对陆美丽是有好处的。他不想陆美丽再有什么意外。然而工作，并不那么好找。南方不像有些人说的那样，弯下腰就能捡起钱来。刚到广州的那半个月，鹿辰光几乎天天在家里陪着陆美丽，哄陆美丽吃东西，给她讲笑话。晚上，抱着陆美丽睡觉。鹿辰光时常在半夜里惊醒，他看到陆美丽坐在床上目不转睛地望着他，披着头发。陆美丽说她又做噩梦了，看着鹿辰光觉得陌生。鹿辰光每次要费很大的劲才能让陆美丽安静下来，再次入睡。过了半个月，陆美丽的情绪稳定了一些，鹿辰光才想着，他必须找个工作了，他要养活两个人。

鹿辰光的工作找得很不顺利。

每天早上九点钟，鹿辰光准时出门。这个南方的城市跟走马镇完全不一样，鹿辰光觉得陌生，他还不习惯那么高的楼房，那么多的摩托车，像蝗虫一样在城市的街道呼啸着。广州是热气腾腾的，除开天气，还有路上的人，正在建的楼房，处处散发着这个城市的热力。走在街上，鹿辰光觉得自己特别的小，小得跟一滴水一样，随时随地都有可能蒸发掉。他不认识一个人，一个人也不认识。为了找工作，他买了一沓一沓的报纸，吃两块钱一盒的盒饭。坐在公园里看报纸上的招聘启事，觉得合适的，就画上一个杠杠，然后去车站研究坐哪一路车去好。鹿辰光觉得自己像一只苍蝇，在这个城市的大街小巷里飞来飞去，却到处碰壁。

回到家一般是傍晚，太阳还没有落下去。陆美丽做了饭，两个人吃完饭，拥抱着靠在窗子上，直到天慢慢地黑下来。陆美丽总是喜欢捏鹿辰光的耳垂，即使睡觉的时候，她也喜欢。鹿辰光的焦虑，陆美丽是知道的，她不说，她什么都不想说。她想着，即使两个人在这里饿死了也无所谓了。来广州的一个多月里，鹿辰光没有和陆美丽做过一次爱。陆美丽缩在鹿辰光的怀里，似乎这个世界只有鹿辰光的怀里才是安全的。

这样过了两个多月，鹿辰光终于找到了工作，在夜总会里给歌手伴舞。那是在报纸上，鹿辰光看到了招聘启事，夜总会招聘演员。鹿辰光想起他是会跳舞的。面试是在夜总会里进行的，负责招聘的是一个女主管。见到鹿辰光，主管的眉头皱了一下，她用不标准的普通话问鹿辰光："你有什么特长?"鹿辰光说："我会跳舞!"鹿辰光说完，女主管的眼睛亮了一下，她问："你会跳什么舞?"女主管是个漂亮的女人，穿着得体的套装，嘴唇上涂着淡紫色的唇膏。鹿辰光壮着胆子说："我会跳霹雳舞。"女主管眼里原有的亮色暗了下来，她叹了口气说："现在没有人看霹雳舞了。"女主管的年龄看上去比鹿辰光大不了多少。鹿辰光急切地说："你先看看，好不？我可以学别的。"女主管懒洋洋地说："好吧，看看也好。"

夜总会的舞台很大。白天，里面一个客人也没有。女主管跟 DJ 耳语了一下，在吧台上找了个椅子坐下，看了看鹿辰光，女主管说："你还是换身衣服吧，你这身衣服可不行。"鹿辰光穿的是长裤，衬衣。女主管招了招手，对服务生说，你带他去换身合适的衣服。换完衣服，鹿辰光有些不习惯，衣服很紧，上面缀满了闪闪发光的珠片。等鹿辰光站在舞台上，女主管"咯咯"地笑了起来。等笑完了，女主管对 DJ 说，放音乐。舞台宽阔，鹿辰光站在中间，显得孤独。他知道自己必须跳好，这是个机会。

音乐响了起来，鹿辰光感觉他全身的骨头也抖动起来。灯光闪烁，鹿辰光却什么都没有看见。一曲跳完，鹿辰光全身都是汗。他紧张地看着女主管，像是等着一个判决。他看见女主管的眼睛闪亮闪亮的，她问鹿辰光："你以前有没有正规地学过跳舞?"鹿辰光老实地摇了摇头。女主管说："嗯，看得出来，你跳得不错，节奏感稍微差了点儿。”说完，女主管递给鹿辰光一张名片说：“你明天来培训，培训好了，再上班。我叫杨洁，我以前也跳舞的，你以后叫我杨姐就行了。”接过名片，鹿辰光算是踏实下来了。

培训不复杂，给歌手伴舞，节奏很快的那种。培训了整一个月，杨洁对鹿辰光说，好了，你明天可以上台了。培训的过程，杨洁跟得很紧。跟鹿辰光一起进来的有好几个是舞蹈学校毕业的，毕业后，听说南方遍地黄金，糊里糊涂就来了。跟那些舞蹈学校毕业的相比，杨洁更喜欢鹿辰光一些，她对鹿辰光说，虽然鹿辰光节奏把握得不太好，但有种内在的冲动和激情，这才是最重要的。那些舞蹈学校毕业的，技术不错，却有些僵化，很难再有大的发展。跟鹿辰光说这些话时，杨洁不停地抽烟，她烟瘾很大。鹿辰光看见杨洁的指甲，涂着玫瑰色的指甲油，指甲盖上还画了一些小花。从杨洁的身材上看，是看不出杨洁的年龄的，她眼角淡淡的皱纹出卖了她。

鹿辰光每天跳三场，十点半一场，十二点一场，一点半一场，每次大概十五分钟左右。时间并不长，却很累。每场跳下来，鹿辰光都是满头大汗。跳完三场，打完卡，鹿辰光就可以回家了。回到家，一般都两点半了。往往是鹿辰光刚刚走到门口，门就开了，陆美丽穿着睡衣站在门口等着。鹿辰光跟陆美丽说了好几次，让陆美丽不要等他，困了就早点睡。陆美丽说，你不回来，我睡不着，我要抱着你睡。洗完澡，和陆美丽躺在床上，鹿辰光很快入睡。他迷迷糊糊感觉到陆美丽在吻他，吻他的耳垂，他的嘴唇。他的心里一阵阵地发酸，陆美丽的亲吻让他想起了走马镇上发生的一切。他想起在柳树林子里，陆美丽纯洁干净的裸体，向着他，向着太阳美丽的开放。

白天，鹿辰光在家陪着陆美丽。陆美丽的状态好了一些，两个人经常一起出去散步，顺着街道走，一直走很远。然后走回来，买菜回家，做饭。吃过饭，鹿辰光要去上班。陆美丽从不打听鹿辰光上班的事情，她对鹿辰光说，你每天要按时回家，你不回来，我睡不着。鹿辰光亲亲陆美丽说，放心好了。

夜总会里总是弥漫着烟草和干冰的香味，至于酒味并没有想象的那么浓烈。和鹿辰光一起跳舞的有几个姑娘，化着浓厚的妆。还有两个女歌手，一个唱民歌，一个唱港台流行歌曲。男歌手则唱爵士，偶尔唱唱流行摇滚。他们打耳洞，头发染得跟彩虹一样。唱歌时，到处抛媚眼，故意露出腹部块状的肌肉。表演完后，有的女歌手和伴舞的姑娘会接受客人的邀请，陪客人喝喝酒。鹿辰光则躲到休息室看电视。

除开唱歌跳舞，夜总会偶尔也会有杂技表演，比如烈火烧身、美女与蟒蛇等等。对这些，鹿辰光兴趣不大。他习惯躲在安静的角落里，打量周围的人。观察的结果让他失望，他发现不管是多么有钱的人，或者看起来多么文质彬彬的人，当他们面对他们想勾引的女人时，他们表现出来的样子，和街上的小混混没有任何区别。有一次，鹿辰光甚至看到一个秃顶的老男人把手伸进小姐的胸罩里，捏小姐的乳头，那个小姐跟没事一样，照样嘻嘻哈哈地笑着抽烟，好像伸进她的胸罩的并不是一个老男人的手，而是她身体原本就有的一部分。更让鹿辰光恶心的是，他看见这个小姐正来着月经。夜总会里不缺美女，看过这些美女的身体，他觉得其实她们没什么不一样，几乎激不起欲望。

干了半年，鹿辰光完全适应了夜总会的生活，颠倒黑白的日子其实也不是那么难过。这半年，除开跳舞，鹿辰光没什么别的想法。他只想好好地干这份工作，把他和陆美丽两个人养活，别的都不重要了。杨洁对鹿辰光的表现还算满意，看鹿辰光的眼光带着些特别的意思。那意思是什么，鹿辰光说不清楚，可以肯定的是那不是上司对下属的眼光。那里面有疼惜、爱护，还有一点焦渴。除开这些，杨洁还多次恶狠狠地对另外几个舞蹈学校毕业的演员说，你们朝鹿辰光学学，人家还不是学舞蹈的，跳得都比你们好。你们要是不想干了，趁早打包走人。杨洁的肯定让鹿辰光有压力，他感到他周围的眼光并不友善。

一天下班后，杨洁找到鹿辰光说，明天周末，去我家吃饭吧。鹿辰光没有觉得意外，他一直都知道这一天终究会到来。他找不到理由拒绝，当初如果不是杨洁收留他，他都不知道自己现在到底在干吗，再且杨洁也没有说什么别的。

鹿辰光出门之前，对陆美丽撒了一个谎，他说夜总会要排练一个新的舞蹈。话一说出口，鹿辰光有些后悔，他不知道他自己为什么要撒谎，是不是有这个必要。他完全可以理直气壮地告诉陆美丽，是他的上司约他吃饭，他不去不好。如果陆美丽再问他别的，他也完全可以告诉陆美丽这个上司是个女的。可陆美丽什么都没有问，她只是睁大眼睛看着鹿辰光，那眼光看得鹿辰光有些发虚。他望着脚尖，不自在地说，要是你不同意，我出去打个电话请一下假。陆美丽在鹿辰光脸上搜索了半天，她说，你去吧，工作的事情认真点。

出了门，去车站的路上，鹿辰光狠狠地掐了一下自己的脸说，你为什么要撒谎？

杨洁家在一个高档的小区。进了杨洁家，鹿辰光惊异地发现，杨洁家里只有她一个人的东西，找不到一点男人的气息，连男人的拖鞋都没有一双。杨洁大概是看穿了鹿辰光的疑惑，她笑着说："我一个人住，离婚了。"鹿辰光脸红了一下，有些不好意思。杨洁削了一个苹果，递给鹿辰光说："你是不是觉得有些意外，你想问我，我为什么要约你出来?"鹿辰光拿着水果的手悬在半空，别扭地笑了笑说："有一点。"鹿辰光说完，杨洁笑出声来说："鹿辰光，你真老实，我很少见到你这么老实的男人。"

两个人坐了一会儿，杨洁问了鹿辰光一些问题，比如有没有女朋友，老家在哪里等等，纯粹是一些同事之间可有可无的废话。聊了一会儿，鹿辰光知道杨洁大他十岁。广东开放不久，她就到这里来了，她以前在老家歌舞团跳舞。后来烦了，到广东来赚了些钱，老家的男人要她回去，她不肯，花了点钱把婚给离了，女儿给了前夫。杨洁说起前夫来一脸的瞧不起，她说，什么狗屁男人，开始死活不离，往他脸上砸了两万块钱，一下子爽利了。杨洁的脸被烟雾遮着，有些不清楚。听杨洁说话，鹿辰光安静地坐在沙发上吃苹果，他想杨洁可能是太久没有和人交流了，她需要一个听众，而他应该是一个不错的听众。一想到这里，鹿辰光心里平静了些。

到了吃饭的时间，杨洁说，就在家里做吧，有日子没在家里吃饭了，一个人懒得做。杨洁的厨房乱糟糟的，洗碗布不知道在水池里泡了多久。杨洁忙了半天，好不容易才把炊具、菜、碗洗干净了。准备炒菜了，给锅里倒上油，烧热，菜也倒进去了，杨洁才发现她找不到锅铲。杨洁连忙关掉煤气，对鹿辰光说："真是太乱了，太乱了。"说着，满厨房找锅铲。鹿辰光看了看，指着壁柜说："左边第三格。"杨洁把壁柜打开，找到锅铲，洗干净，接着炒菜。

炒到一半，杨洁突然一把关掉煤气，转过身，警惕地看着鹿辰光，她声音发抖地问："你怎么知道？你怎么会知道的?"鹿辰光被杨洁的神情弄得有些不知所措，他紧张地说："我看见了。"杨洁迅速地退出厨房，警觉地望着鹿辰光："你说，你怎么会知道?"鹿辰光摸了摸脑袋说："我也不知道为什么，我能够看到，我可以穿透它们。"杨洁声音发抖说："怎么可能？"鹿辰光在杨洁的房子里转了一圈说，你的衣柜里有个红色的帽子，沙发下面有一张碟，你还在抽屉里放了三包烟，你的胸罩是浅黄的，内裤是白色的蕾丝花边。说完，鹿辰光看着杨洁说："现在你相信了吧？"

鹿辰光说完，杨洁愣了半天。过了一会儿，她冲过来，抱着鹿辰光说："鹿辰光，你太神奇了，我们发财了！"说完，杨洁兴奋地指着她家里的柜子问，这里有什么？又指着抽屉问，这里还有什么？等鹿辰光一一说出后，杨洁兴奋得脸都红了，她猛地在鹿辰光脸上亲了一口说："鹿辰光，你跟我合作，我们发财了，绝对，发财了！"

杨洁的话让鹿辰光有些糊涂，他不知道杨洁说的发财到底是怎么回事。

28

问题没有鹿辰光想的那么严重，哪里有解不开的结呢？就算真有用手解不开的，拿一把刀，切开，所有的问题都解决了。陆美丽手里有一把锋利的刀子，她能把所有的结全部解开。想起鹿辰光，陆美丽身体上有股温暖的感觉泛上来，这个可爱的男人。她喜欢摸着鹿辰光的耳垂，鹿辰光的耳垂丰满，摸起来软乎乎的，像孩子的皮肤。

鹿辰光在夜总会上班，吃过晚饭，大约七点，鹿辰光亲了亲陆美丽，就出门了。等鹿辰光出门了，陆美丽迅速地收拾了碗筷，洗脸，换了身衣服。她出门的时间大约是八点，去酒吧。这件事，陆美丽一直没告诉鹿辰光。鹿辰光去夜总会上班不久，陆美丽去了一间酒吧唱歌。九点到十点，中间有休息，酒吧给陆美丽的报酬是八十。跟别的歌手不一样，陆美丽只在这一个酒吧唱歌。酒吧里还有一个歌手，在这边唱完，匆匆忙忙赶另一个场。一晚上下来，能赶四五个场，赚的钱比陆美丽多多了。他对陆美丽说，要不我俩一起吧，可以搞个组合的，多跑几个场，趁着年轻多赚点钱。像我们这种歌手，吃的就是青春饭，指望被星探发现做大明星，想都不要想。他说的是实话，陆美丽知道。他误解她来酒吧唱歌的意思了。对陆美丽来说钱并不重要，她来唱歌是因为她不喜欢一个人待在家里。鹿辰光上班后，等待的时间总是漫长。她闷得发疯，有些怀念走马镇的剧团。唱歌是陆美丽喜欢的，酒吧的舞台不大，小小的，像一个怀抱，包围着陆美丽。

酒吧的环境还好，是陆美丽喜欢的木质结构，桌子也是木质的，有着粗粗的条纹。没有人唱歌时，播的是舒缓的音乐。音乐像一条河流，掩盖了略微嘈杂的脚步声，人们像木头一样浮在酒吧昏暗的灯光里。酒吧可以算是清吧，主要供应红酒和各色的鸡尾酒，啤酒也是有的。酒吧的老板三十多岁，算不上年轻，说是中年人，又觉得不合适。三十多岁的男人，很尴尬，处于年轻和中年的过渡阶段。有熟悉的客人来了，老板会亲自上台弹一下钢琴，弹的是《致爱丽丝》等经典得成为流行的曲目。他也喝酒，比较节制的那种，两杯啤酒或者一杯鸡尾酒。他说话的声音从来都是平缓的，一点也不焦躁，酒吧里客人多还是不多，他似乎从不关心。后来，陆美丽才知道，老板是星海音乐学院毕业的，他的主要职业是教小朋友弹钢琴。

陆美丽每天八点五十左右到酒吧，九点上台。她唱的多半是民谣类型的，轻松而舒缓，即使有些忧伤，也是刻在骨子里面的，比如《小河蹚水》等等。陆美丽尽量不去看周围的人，她没有兴趣。对陆美丽来说，这些人不过是一本厚厚的大书里的一个标点符号，是不值得去注意的。和她一样，客人对陆美丽也没有表示出太强的兴趣，她和红酒一样，只是酒吧里的一个道具。十一点左右，陆美丽回家了，洗完澡安静地等着鹿辰光回来。让她自己也觉得奇怪的是只要鹿辰光一跨进门口，甚至还没有听到他的脚步声，她就能感觉到鹿辰光在离她不远的地方。她打开门，鹿辰光刚好走到门口。命运中有些东西是无法解释的，陆美丽相信，她和鹿辰光就是世界上最相似的那两片树叶。

陆美丽去酒吧唱了三个月的歌，一个男人走到了她面前。等陆美丽放下吉他，男人说，我想请你喝杯酒。陆美丽看了看这个男人，皮肤黝黑，有着亚麻布一样的光泽，穿着松松垮垮的衬衣。他的胡子刮得青灰色的一片，笑起来眼睛眯成一条缝。他大概有三十多岁。陆美丽站了起来，正准备说点什么。男人先说话了，他说："我没别的意思，我喜欢你的歌，你让我想起了我的孩童时期。"男人的话让陆美丽笑了笑，这不是第一个对陆美丽说这种话的男人了。对这种男人，陆美丽相信她是理解的，他们把她当成了一个随便的女人，那种请喝一杯酒，就可以带回酒店，第二天早上，穿上衣服，扔下三五百块钱，什么都结束了的女人。男人说完，陆美丽冷淡地说："我不喝酒！"男人笑得略微有些羞涩，他说："那我可以请你喝杯咖啡吗?"陆美丽望着男人那张有着亚麻布光泽的脸说："我想你可以请别的女人。"说完，陆美丽去酒吧老板那里签了个字，走了。她感觉男人的眼光抚摸着她的后背，她的腰挺得很直，努力走出标准的直线。

第二天，陆美丽特意留意了一下，没看见那个男人。她摇着头，微微地笑了笑，猎艳的男人是没有耐心的。下班后，陆美丽走出酒吧。她听到“嗨”的一声，旁边一辆车的车窗摇了下来，那个男人微笑着看着她，露出洁白整齐的牙齿。男人打开车门，用征询的口气对陆美丽说：“我送你吧?”陆美丽说：“谢谢，不用了，我自己能回去。”男人跟着陆美丽走了几步说：“陆小姐，真的，我没别的意思。”陆美丽站住，望着男人，冷静地说：“那你到底想干什么呢?”陆美丽的话显然让男人感到意外。很快，男人说：“我想和你做个朋友!”陆美丽笑了，这个男人大概还是个新手，他的措辞几乎没一点技术含量，显得还不擅长猎艳。她挑衅地说：“先做朋友，然后骗上床，是吗?”男人的脸红了一下，他说：“不，不是这样的。”陆美丽说：“那是什么样的呢?”男人急了说：“我说不清楚，我是真的想跟你做个朋友。”陆美丽没有说话，用一只脚尖轻轻地踢着另一只脚尖。男人说：“我请你喝咖啡吧!”陆美丽答应了，她想知道男人到底想要什么花招。

在咖啡馆，男人告诉陆美丽他的中文名字叫“孟马襄”，是马来西亚人，在广州经营一家家族企业。一听完这个名字，陆美丽就笑了，她想起了已经灭绝了的、那种长着长毛、有着长长的象牙的动物。孟马襄认真地告诉陆美丽他有一个漂亮的妻子，还有两个孩子。说完，还给陆美丽看他们的照片。孟马襄的妻子很漂亮，只是脸色显得不太健康，隐藏着身体的阴云，他的两个孩子有和他一样亚麻布般的肤色。这个男人诚实，把照片递换给孟马襄时，陆美丽想。孟马襄小心地把陆美丽递回来的照片放回钱包，装好。孟马襄说，他的两个孩子已经上小学了，每个礼拜都要打电话给他。他的妻子是个医生，每年暑假都会带着两个孩子来看他。孟马襄一个人说了很久。等他说完，陆美丽说，你约我来不是为了让我听你讲你的家庭吧，这个跟我有什么关系？孟马襄抬起头，眼神热烈地看着陆美丽说："我真的喜欢听你唱歌，你让我想起了童年。我喜欢中国文学，中国文学里有很多动人的故事。"孟马襄说起中国文学，陆美丽打断他的话说，对不起，我不了解这些东西，我只是喜欢唱唱歌。孟马襄喝了口咖啡说，对不起。

十二点，陆美丽看了看表，欠起身说，我该回家了。孟马襄招呼小姐买单。买完单，孟马襄说，我们可以做朋友吗？陆美丽大方地伸出手说，好的。她对这个男人的印象并不坏，她相信如果一个男人，愿意把自己的妻子孩子的照片给另一个女人看。那么，即使他再坏，也坏不到哪里去。出了咖啡馆，孟马襄要送陆美丽回家，陆美丽坚决地拒绝了孟马襄的要求，她不容商量地说，我自己回家。

重新洗了个澡，已经是一点多了，再过一会儿，鹿辰光该回家了。躺在床上，陆美丽的眼皮跳得厉害，按都按不住。她起来，吃了一个苹果，又喝了一杯水。苹果和水并不能使她的神经放松一些。她突然很想鹿辰光，非常想，她要马上见到他。陆美丽果断地穿好衣服，打开门。她急切地想要找鹿辰光，马上就要。

陆美丽急匆匆走到楼下，还没出小区。她听见鹿辰光在喊她"美丽"，接着一个女人把鹿辰光从车上扶下来。看到陆美丽，鹿辰光勉强地朝陆美丽笑了笑，他装作轻松地说："我腿受伤了。"看到陆美丽，女人大方地伸出手来说："你就是陆美丽吧，我经常听辰光说起你。"说完，女人递给陆美丽一张名片说："我叫杨洁，是鹿辰光的主管。"

扶鹿辰光躺下，陆美丽问，你怎么了？鹿辰光说没事，腿被砸了一下而已，没关系的。鹿辰光的腿包扎了起来，像一个裹腿。杨洁什么时候离开的，陆美丽没注意，她所有的注意力都集中到了鹿辰光的腿上。喝了点水，鹿辰光告诉陆美丽他跳舞的时候心口很疼，接着舞台上的镭射灯莫名其妙地掉了下来，正巧砸在了他的腿上。

鹿辰光在家里躺了一个多月，陆美丽寸步不离地陪着他。她给鹿辰光做他喜欢的鱼汤。鹿辰光看陆美丽的眼神里似乎有一种东西，这东西让陆美丽有些慌张，她不知道是不是因为她的原因，鹿辰光才会被砸了腿。对鹿辰光来说，她也许是一个不祥的女人。

过了一个多月，陆美丽一去酒吧，就看到了那张印象深刻的脸。她刚走进酒吧，孟马襄就急切地向她走过来，他问，你这一个多月到哪里去了，一直没看到你。我问了老板，他说你家里出事了，你还好吗？陆美丽表情漠然地说，我很好，只要你别理我就好。陆美丽的话让孟马襄意外，他像是急着表白一样说，我每天都在酒吧等你，我还以为你再也不会来了呢。陆美丽也不知道她为什么还会回这间酒吧，孟马襄的话让陆美丽心里颤了一下，嘴里还是说，说不好明天就不来了。孟马襄还准备说点什么，陆美丽打断他的话说："我要唱歌了，你别妨碍我的工作。"

那天晚上，陆美丽唱了几首老歌，《小城故事》以及《妹妹找哥泪花流》。唱《妹妹找哥泪花流》时，陆美丽唱着唱着就哭了，酒吧里一下子安静下来。陆美丽下班后，孟马襄跟着陆美丽说，陆小姐，你怎么了？陆美丽没回答，孟马襄一直跟着问，好像陆美丽要是不告诉他答案，他就会死一样。问了一会儿，陆美丽冲孟马襄吼道，你别跟着我！说着，陆美丽又哭了起来，她哭得肆无忌惮，漫无目的。她是在为鹿辰光哭吗，或者是在为她自己？似乎都说不过去，至于孟马襄就更说不上了。陆美丽一边哭一边往家里走，孟马襄跟在她的后面不知所措。

等陆美丽不哭了，安静下来了。孟马襄给陆美丽递了块手帕，手帕是中国传统的黑白色，有淡淡的香味。陆美丽没有接孟马襄的手帕，她说："我自己有。"她掏出放在包里的纸巾，擦了擦鼻子。两人在马路边上坐了一会儿，孟马襄试探着对陆美丽说："陆小姐，有件事我想对你说。"陆美丽抽了一下鼻子，孟马襄说："我太太从马来西亚过来了，她想约你一起吃顿饭。"孟马襄说完，陆美丽停止了抽泣，她不知道孟马襄到底想干什么。她愤怒地嚷道："你有病啊？"孟马襄摇了摇头，我没病，我很好，我说的是真的。我太太想约你吃顿饭。陆美丽站起来，她想回家了。孟马襄一把拉住她的手说："你方便吗？"陆美丽甩开孟马襄的手，朝孟马襄尖叫道："不方便！"

陆美丽回到家，正准备开门，门从里面开了，是鹿辰光。他站在门里望着陆美丽，陆美丽的神色有些慌乱。进了家，放下包，陆美丽说："我洗个澡。"说完，急忙冲进了洗手间。陆美丽用力地揉着自己的脸，滚烫的水从陆美丽的头上淋下来。她的头发从她的乳沟里滑过去，像一些水草。陆美丽用力地洗着自己的身体，她把身上都搓红了。

陆美丽拿了条干毛巾，揉搓着头发，她的身体赤裸着。陆美丽在家里没有穿衣服的习惯，她喜欢裸睡，紧紧地贴着鹿辰光。鹿辰光搬了张椅子，直愣愣地望着陆美丽。过了一会儿，鹿辰光悲伤地说："陆美丽，你是不是要离开我？"陆美丽放下正在搓头发的手，把鹿辰光抱在怀里说："傻瓜，我怎么会离开你，我喜欢你，我说过的。"鹿辰光的脸埋在陆美丽的胸前，抱着陆美丽的腰说："陆美丽，我感觉你要离开我！"

关灯后，陆美丽趴在鹿辰光的身上，咬着鹿辰光的嘴唇说，辰光，你要我吧？你还没要过我呢。鹿辰光握着陆美丽富有弹性的乳房，手从陆美丽光洁的背上滑到她翘起的结实的屁股上。陆美丽是一个多么美丽的女人啊，自从在柳树林子里看到陆美丽的裸体后，鹿辰光一直认为陆美丽是世界上最美丽的女人。他在夜总会上班，每天都见到无数的女人，没有一个女人能比陆美丽更美丽。此刻，鹿辰光抱着这个他认为最美丽的女人，却充满伤感。他那么强烈地感觉到这个女人不属于他了，他相信自己的感觉。一个多月前，他在台上跳舞，突然想到了陆美丽，胸口一阵阵地发闷。接着，灯从天而降，砸在了他的腿上。陆美丽在洗手间洗澡，鹿辰光一直在门口看着，陆美丽的侧影美丽动人，鹿辰光一阵阵地伤感。

陆美丽翻过身，躺在鹿辰光下面，闭上眼睛，张开双腿。她把鹿辰光的双手按在她的乳房上，双手紧紧地抱住鹿辰光的腰。鹿辰光压在她的身上，陆美丽全身发出闪电般的战栗。她耐心地等待着，她听到鹿辰光焦急地说："陆美丽，我为什么不行了，为什么？"黑暗中，陆美丽的眼泪缓缓从眼角流了出来，大颗大颗，咸的。

第二天去酒吧，陆美丽看见孟马襄身边坐着一个女人。陆美丽见过这个女人的照片，她比照片上看起来还要瘦。即使在酒吧昏暗的光线中，陆美丽也注意到，这个女人的脸色苍白。陆美丽进来后，孟马襄跟女人耳语了一句。女人微笑着朝陆美丽摆了摆手。

一个晚上，陆美丽的心情缭乱，这个世界到底是怎么了，到处都乱糟糟的，没一点理由可讲。下班，陆美丽急匆匆地收拾东西，准备逃走。女人走过来，伸出手说："陆小姐，有没有时间喝杯咖啡？"

去的是上次和孟马襄一起去过的那间咖啡馆。坐下后，女人对孟马襄说："你去帮我买点饼干，我想吃点饼干。"孟马襄点了点头，站起身说："你们先聊，我一会儿回来。"孟马襄走后，女人望着陆美丽，像是在欣赏一幅画。看了一会儿，女人笑着对陆美丽说："我想我不用介绍我自己了。"陆美丽说："我知道你是孟马襄的太太，我看过你的照片。"女人点了点头说："我听马襄提起过你，你是个不错的女孩。"说完，女人对陆美丽说："我也不跟你兜圈子了，我想你帮我照顾一下马襄的生活。"陆美丽愣了愣，女人接着说："陆小姐，我可以坦白地告诉你，我身体不行，不能过夫妻生活，我们的孩子都是领养的。马襄是一个正常的男人，他需要一个正常的女人。"陆美丽涨红了脸说："你把我当成什么了?"女人笑了笑说："陆小姐，我真的没有恶意，马襄是真的喜欢你。以前，我让他找一个女人，他一直不同意。"陆美丽说："那关我什么事，你这么说有没有想过要尊重我?"女人喝了口咖啡说："可能我是太急了，但我想，有些事情还是直接说的好。"末了，女人说："如果你愿意的话，我们可以一个月付给你两万的生活费。"陆美丽拿起包，对女人说："对不起，这个工作我可能不合适。"女人坐在椅子上，说："你想想再说，不要那么急着下结论，很多事情都是会有变化的。"

回家的路上，陆美丽觉得有点冷。

29

就在陆美丽对面的吧台，女人坐在那里喝咖啡。她从来不喝酒，也许是因为身体的原因，或者还有别的原因，谁知道呢。女人每天都来，孟马襄不在的话，就一个人来。吧台是固定的，正对着酒吧舞台的那张，可以清楚地看清陆美丽的脸。她比陆美丽到得更早，九点之前，酒吧只有寥寥几个人，空空荡荡。等陆美丽到了，女人习惯地朝陆美丽摆摆手，算是打个招呼。前半个月，女人坐在那里，喝咖啡，看着她。陆美丽下班后，女人可能还在酒吧坐一会儿，反正陆美丽没看到人跟着她。过了半个月，女人对陆美丽说，我想时间够了，你应该考虑得差不多了吧？女人说话的表情，像是在谈一桩生意。

女人习惯穿着一身宽大的没有性别和身体特征的衣服，她的脸算是漂亮的。她不抽烟，这半个月里，陆美丽没看女人抽过一根烟，她像一只躲在树丛深处的豹子，紧缩着身体，警惕地盯着还没有到手的猎物。陆美丽觉得她现在就是女人的猎物，一只可怜巴巴的羚羊。陆美丽在《动物世界》里看过，在非洲的大草原上，豹子捕食羚羊的神态和女人非常相似。这个女人可能是疯了，陆美丽想，她从来没有想过会有女人要给自己的丈夫找一个女人，找一个女人的目的是为了照顾她丈夫的生活，性生活。在走马镇，这是不可想象的，太荒谬了。

女人对陆美丽说完后，安静地等着陆美丽回答。陆美丽望着女人的脸说："对不起，我想我可能不合适。"女人笑了起来说："可是我觉得你合适，没有比你更合适的了。"陆美丽简直要疯了。出了酒吧，陆美丽对女人说："要不我请你喝杯酒？"女人犹豫了一下说："好的。"

陆美丽找了间酒吧，嘈杂的那种，有女孩子跳钢管舞，对面说话都听不清。走进酒吧，陆美丽满意地笑了笑，有点恶作剧的快感。她看了看女人，女人摸了摸胸口。找了张台坐下，陆美丽招手叫了服务生，大声说，拿一打嘉士伯。酒放在吧台边上，陆美丽拉过女人，大声说："你现在说服我，如果你能说服我，我就答应你。"说完，她得意地笑了。女人坐在陆美丽对面。酒吧里多是一群群的青年男女，陆美丽和女人坐在一起很醒目，没有男人，两个漂亮的女人，容易让人误解。把酒倒上，陆美丽跟女人碰了一下杯，她喝完了。女人看了看陆美丽的杯子，像是看着一杯毒药，她喝得很慢，喉管似乎流不下去一样。喝了几杯后，陆美丽把嘴巴靠近女人的耳朵说："你看，这里有很多女人，又年轻又漂亮。"陆美丽指着台上正在跳舞的小姐说："你看，那些女孩子身材多好，又有活力。如果你告诉她们，你不愁找不到合适的人选。"女人大概没听清楚陆美丽的话，她连连摇头说："不，不，不，我不会跳舞。"

一打酒，可以倒二十四杯，也就是说一人有十二杯。陆美丽从来没有喝过那么多酒，她不知道她是不是真的能喝下去。女人也是，她显然不擅长喝酒，甚至连酒吧的音乐都让女人皱着眉头。女人喝了几杯之后，对陆美丽说话。她说了点什么，陆美丽一点都没听到，她只看到那张嘴唇一张一合，像一条缺氧的鱼。

喝完酒，陆美丽差不多醉了。刚刚走出酒吧，陆美丽听到女人说："我好像不行了！"女人的脸上大颗大颗的汗珠，脸黄得可怕。陆美丽刚想问："你没事吧？"就看见女人软软地倒了下去。

早上醒来，陆美丽看见鹿辰光坐在床边看着她，她的额头上搭着一条热乎乎的毛巾。见陆美丽睁开眼睛，鹿辰光说："你昨天喝得太多了。"陆美丽摸了摸脑袋，晕晕的涨痛。昨天晚上到底发生了什么事情，陆美丽不记得了。她只记得她似乎是和孟马襄的太太一起去酒吧喝酒，喝完出来，孟马襄的太太倒在了门口。再接下来，她就不知道了。鹿辰光摸了一下陆美丽的额头，给她擦了一下脸说："你再睡一会儿，我去给你熬点粥。"陆美丽拉住鹿辰光，紧张地问："我昨天干什么了？"鹿辰光摇了摇头说："你很好。"

躺在床上，陆美丽看着房间。窗帘是她和鹿辰光一起去买的，窗帘是白色的底色，上面有红色的梅花和苍老的树干。窗帘有很多种，陆美丽一眼就看上了这个，她说要是有月光的时候，月光照在窗子上，那他们就可以看见月色梅花了。但实际上，窗帘买回来后，他们从来没有看见过月色梅花。广州的月色太暗，路灯太亮。还有床头的抱枕，是她从状元坊买回来的，抱枕很柔软，摸起来像是从黄泥地滑过。厨房里的锅碗瓢盆也是她和鹿辰光一起买回来的，她记得每个细节。望着房间，这种感觉让陆美丽觉得安全，她被自己熟悉的东西环绕着。尤其是鹿辰光，让她觉得舒适。

她不想去唱歌了，陆美丽不想再见到那女人。

接下来的日子，陆美丽发现自己总是睡不好。鹿辰光不在家，她整个人似乎都是空的，像烟雾一样，在房间里飘荡，飘着飘着就散了。只有等鹿辰光回家，抱着她，她才能闭上眼睛，一闭上眼睛，那个女人苍白而焦灼的脸又浮现在陆美丽面前。她坐起来，望着鹿辰光，鹿辰光胖了，手长脚长。

一天半夜，鹿辰光突然醒了，他摇醒陆美丽说：“美丽，我好像听到有人在喊你的名字。”陆美丽坐了起来，她仔细听了听，一个尖细的女人的声音隐隐约约传到耳朵边上。那声音若有若无，一声接一声地“陆美丽，陆美丽，我知道你在这里，我知道的。陆美丽，陆美丽”。夜里很安静，女人的声音像一个孤魂野鬼，凄厉绵长，让陆美丽骨髓里一阵阵地发凉。镇定了一下，陆美丽对鹿辰光说：“你可能听错了，没人喊我，睡吧！”两人躺了一会儿，鹿辰光又坐了起来，他肯定地说：“不，一定有人在喊你，我听得很清楚，是个女人，她在喊‘陆美丽，陆美丽——’”说完，鹿辰光下了床，准备开灯，去阳台看看。陆美丽拉住鹿辰光，用嘴唇堵住鹿辰光的嘴，抱住鹿辰光，将他按在床上。

接下来的几天，几乎每天半夜，陆美丽总是听到女人在喊“陆美丽，陆美丽”。陆美丽咬了咬牙，对鹿辰光说：“我下去看看!”鹿辰光说：“我跟你一起去吧!”陆美丽坚决地说：“你在家等我，我一会儿就回来。”

走到楼下，陆美丽看到了女人，还有孟马襄，旁边还有两个保安。女人力气很大，她使劲地扭动着，撕咬着孟马襄和保安。一看见陆美丽，女人哭了，像死了爹娘一样。孟马襄站在旁边，满脸歉意地对陆美丽说：“对不起，对不起，我不知道她会这样的。”陆美丽冷淡地对孟马襄说：“你还能说什么?”陆美丽站在女人面前说：“你说，你到底想怎么样?”女人突然抬起头，咬牙切齿地说：“陆美丽，我恨你，恨你!”她还朝地上吐了一口唾沫，用脚使劲地踩，好像那口唾沫就是陆美丽，她要把她踩得从地上消失了一样。保安看了看陆美丽还有孟马襄不耐烦地说：“你们把这个女人带回去，天天晚上在这里嚎，还让不让人睡觉？再这样搞，我们报警了。”孟马襄赶紧向保安道歉，他和陆美丽像是拖着一个棉花包一样把女人拖出了小区。

在孟马襄家里坐下，女人的情绪正常了些，她甚至友善地给陆美丽倒了一杯橙汁。陆美丽没接女人递过来的杯子，她对女人说：“算我求你了，你别再骚扰我了，你害得我工作都丢了，你还想怎么样?”女人说：“我可以给你更高的薪水。”说完，女人指着一个空房间说：“我给你腾出了一个房间。”这个女人是疯了，陆美丽想，她是真的疯了。陆美丽说：“不，我有男朋友，我们住在一起。”女人在陆美丽旁边坐下，伸出她干瘦的手，摸陆美丽的脸说：“陆美丽，如果我是个男人，我也会喜欢你。”女人说话的语调柔和，让陆美丽觉得毛骨悚然，女人的手摸到她的脖子的时候，她甚至觉得女人可能会掐死她，但是没有。女人喝了口水说：“陆美丽，你知道，其实我恨你！”陆美丽点了点头说：“我知道，可我没做什么，我什么都没做，我比你更无辜。”女人盯着陆美丽看了一会儿，缓慢地说：“不，你有罪，漂亮就是你的罪。”女人说：“你害得我什么都没有了，我是个女人，你知道，我也是个女人！”陆美丽觉得这场对话完全无法继续下去了。她站起来，对女人说：“我求你，不要再骚扰我了。”女人愉快地做了个鬼脸说：“还有呢？”陆美丽摇了摇头说：“没有了。”女人也摇了摇头说：“不，陆美丽，事情没那么容易结束。”陆美丽觉得她整个人都崩溃了。

是孟马襄送陆美丽回家的。在孟马襄的车上，孟马襄一个劲地向陆美丽道歉，陆美丽摇了摇头说：“你现在跟我说这个有什么用，重要的是你太太！”孟马襄说，他太太神经衰弱，有心脏病，喝不得酒，也去不得太吵的场合。孟马襄问，你还记得你们上次喝酒的事情吗？陆美丽摇了摇头。孟马襄说，她犯病了，而且越来越严重。想了想，孟马襄对陆美丽说：“那天你也醉了，是我送你回去的。”陆美丽心里一凉，孟马襄说我看到你男朋友了，他很好。

到了陆美丽楼下，孟马襄拿出一个信封说：“你们搬家吧，这个算我赔偿给你的损失，真的抱歉了。”临下车，陆美丽问了孟马襄两个问题，你爱你太太吗？孟马襄摇了摇头。那你为什么不离开你太太？孟马襄叹了口气说，不，那不行！

鹿辰光还没有睡，房间里的灯开着，鹿辰光在抽烟，满屋子的烟雾。见陆美丽回来，鹿辰光掐灭烟头，他的眼睛里满是血丝，看起来像一头饥饿的野兽。在鹿辰光边上坐下，陆美丽玩弄着鹿辰光的手指头问：“你什么都知道的，是不是？”鹿辰光点了点头。陆美丽把窗子打开，已经是凌晨了，窗外的空气凉爽，这凉爽的空气扑进屋子，感觉舒服了一些。陆美丽说："我们搬家吧?"鹿辰光问："为什么?"陆美丽说："我不想再住在这里了!"

如果算起来，陆美丽前前后后一共搬过五次家。问题并没有解决，每次搬家不到半个月，楼下总是传来"陆美丽，陆美丽——"的凄厉的尖叫。鹿辰光皱着眉头，脸色越来越阴沉。陆美丽觉得她无法跟鹿辰光解释，完全无法解释。陆美丽当着孟马襄的面扇过女人的耳光，陆美丽扇得很重，一点也不留情。血从女人的嘴里流了下来，她却笑了，笑得非常得意，那笑声在半夜像是狼嚎。

要是杀人不犯法的话，陆美丽想一刀把女人给杀了。

30

屋子收拾得干干净净，连枕头都摆得整齐，孤零零的一个。洗手间的毛巾少了一条，牙刷也不见了一只，陆美丽穿的拖鞋也消失了。鹿辰光知道这一天终究会到来，它终于来了。鹿辰光在椅子上坐了下来，想起离开走马镇的那个晚上，恍若一梦。

鹿辰光是什么时候离开走马镇的，连春红都不知道，她以为鹿辰光在派出所上班。陆美丽被强奸的消息传到鹿家大院时，春红正在洗菜，准备做饭。鹿辰光到派出所上班后，很少回家吃饭。春红一个人也懒得做饭，干脆就搬过去和辰明一起住，辰明的孩子上小学了，两口子都忙，春红闲着，就过去一起吃了。大中午，辰明急急忙忙赶回来，他满头大汗，连水都顾不上喝，他对春红说："婶，陆美丽被刘军强那个狗日的强奸了。"春红手里正在洗的菜落到地上。她问："什么时候?""昨天晚上，走马镇上都传遍了，说陆美丽在家里绝食。"春红骂道："刘军强那个挨千刀的，害死人了。"

对春红来说，一个女人被强奸并不是她关心的问题。她关心的是这个女人，陆美丽，镇上都说陆美丽是辰光的女人。平时春红听了，也就笑一笑。跟走马镇上的人不一样，春红一点不觉得陆美丽风骚，相反她喜欢陆美丽。逢年过节，走马镇剧团搞演出，春红站在台下，听陆美丽唱歌。陆美丽是有个狐媚的身子，可人正经不正经，跟身子没关心，得看那手，那眼神，说白了，看神态。从陆美丽的神态里，她看不出风骚的地方。陆美丽被强奸了，春红最担心的是鹿辰光。她对辰明说："辰光呢，辰光怎么样？"辰明说："我到派出所问过了，说辰光在审案。"春红说："你去派出所，叫辰光晚上回来吃饭。"说完，春红不放心地说："你跟他一起回来，等到半夜也要等。"

一看到鹿辰光，春红哭了。春红一哭，辰光也哭了。他抱着春红，哽咽着说："妈，你别哭，你一哭，我心里更难受。"春红擦干眼泪，看了看辰光，辰光一夜之间成熟了。春红第一次注意到辰光肩膀厚厚实实，长成个大人了。吃饭的时候，她小心翼翼地问鹿辰光："陆美丽怎么样？"鹿辰光放下碗说："她不吃饭。"春红又问："派出所呢？"鹿辰光说："刘军强被抓起来了，肯定要判刑。"吃完饭，鹿辰光对春红说："妈，你把爸那套房子的钥匙给我一下，我想一个人待会儿。"春红想了想，找出钥匙，交给辰光。

鹿辰光点亮灯，坐在房子里，四周一点声音也没有，院子里的美人蕉隐隐约约，分得清叶子和花，颜色看不清了。鹿辰光在房子里坐了很久，房子古老，弥散着腐朽的味道，这味道是从桌子上、房梁上渗下来的，就跟雨一样，到处都是。鹿辰光看着挂在墙上他父亲的遗像，这是个让他陌生的男人。他一生很少对鹿辰光露出笑脸，在鹿辰光的记忆中，他只给他买过一个自动铅笔盒。自动铅笔盒是塑料做的，盖子上有绘着米老鼠图案的塑料皮，塑料皮里是海绵，摸起来软软的。盖子前面的中间边上有一块铁皮，笔盒的下面有一块磁铁。盖子一放下来，就吸住了。鹿辰光还在读小学，班上有小朋友有这样的笔盒了。他想要一个，春红不给买，说贵。被鹿辰光缠得不耐烦了，春红说，你去找你爸，你爸要是同意，就给你买。鹿辰光一直怕他父亲，跟走马镇上的人一样，他觉得那是一个怪人，一个不可理解的怪人。春红的话，让鹿辰光犹豫了半天。最终，自动铅笔盒的诱惑战胜了恐惧。给父亲送饭时，他敲了敲门。里面传来一个声音："谁呀?"鹿辰光小声叫了声："爸!"门开了，鹿庭衣站在门口问："你有什么事吗?"说完，转过身说："进来吧!"鹿庭衣的态度让鹿辰光意外。他壮着胆子说："爸，我们好多同学都有自动铅笔盒，我也想要一个。"鹿庭衣问："自动铅笔盒?"鹿辰光跟鹿庭衣比划了一下，他看见鹿庭衣半天没说话。接着，长长地叹了口气说："你让你妈给你买。"鹿辰光说："妈说要你同意，她才给买。"鹿庭衣想了一会儿说："那我带你去买吧!"

在鹿辰光的记忆里，那是鹿庭衣唯一一次带他上街。买完自动铅笔盒，父子两人一路没有说话。直到走到家中，鹿辰光一直处于兴奋之中，他的目光完全被自动铅笔盒给吸引住了。他打开，又关上；关上，又打开。一次又一次的，他一点没注意到他的父亲一路泪流。

现在，看着鹿庭衣的遗像，鹿辰光理解了他的父亲为什么要流下泪水。他从镇上的人口中了解到，他的父亲读过大学，做过研究，在北京待了多年。因为运动，回到了镇上，再也没有出去。鹿庭衣死后，镇上反常的表现，也让鹿辰光意识到，他的父亲和别人的父亲不一样。坐在父亲的房间里，鹿辰光渐渐体会到了父亲活着时的巨人的孤独。现在，鹿辰光心里也有一个巨大的空洞，陆美丽被撕裂的身体让他疼，他觉得孤独。虽然，他也许不理解他的父亲，但他想，如果父亲还活着，他或许不至于如此孤独。

坐到半夜，鹿辰光从父亲的房间里走出来，月亮已经升起来了。不管这人世间风云如何变化，它们从来都是正常升起，一副事不关己的样子。推开家里的门，鹿辰光看到春红坐在客厅的椅子上。他小声地叫了一声："妈!"春红应了一声，她一把抱住鹿辰光，捶打着鹿辰光的背哭着说："你把我吓坏了，你把我吓坏了，我怕你跟你爸一样躲进去，又不出来了。"鹿辰光握住春红的手说："妈，我没事。"说完，把钥匙放到了春红的手里。

鹿辰光去陆美丽家找陆美丽，陆美丽的妈妈像一头发疯的母兽一样撕打着鹿辰光。她一边打，一边骂："要不是你把刘军强逼急了，我们美丽会出这种事？都是你，都是你，你这个强奸犯，你这个狗娘养的。"陆美丽出事前，鹿辰光见过陆美丽她妈，这个女人是个长嘴妇人。好多消息都是她公布出去的，她涎着脸对鹿辰光说："辰光，你不是喜欢我们家美丽么，你先说点好听的给我听。"鹿辰光就说："刘军强他妈奶头上有一圈毛。"陆美丽她妈笑得浑身的肉都在抖，抖完了。她说："这个我知道了，还有什么新鲜的。"一直逼到鹿辰光实在不愿意说了，她才舍不得一样放开鹿辰光说，以后你有新的消息，要先告诉我。关于刘军强一家的消息，其中有不少是陆美丽她妈妈添油加醋说出去的。如果说是陆辰光提供的原料，那么陆美丽她妈就是一个厨师，是她把那些材料做出了一盘色香味俱全的好菜。现在，陆美丽出事了，她把所有的责任都推到了鹿辰光身上。鹿辰光懒得理她，他径直走进陆美丽的房间。

相比较鹿辰光的房间，陆美丽的房间显得小，房间里放的是架子床，两个弟弟跟她一个房间。陆美丽靠在枕头上，不说话，也不吃饭，眼里是一堆一堆的泪水，跟自来水管一样，怎么也流不完。一颗一颗，无声地流下来。鹿辰光给陆美丽买了罐头，还有奶油瓜子。他给陆美丽喂水，陆美丽不喝。他剥好瓜子，对陆美丽说："美丽，你喜欢吃瓜子的，你吃一点。"他把瓜子塞到陆美丽的嘴里，过了一会儿，剥好的瓜子仁粘在陆美丽的下巴上。鹿辰光咬了咬牙说："陆美丽，我带你离开走马镇，再也不要回来了。"陆美丽还是一点表情都没有。

鹿辰光拿他和陆美丽的照片，找到派出所所长，让帮忙办两张边防证。所长说："辰光，你干吗？"鹿辰光说："我和陆美丽没办法在走马镇上待了，我想带她去广州。"所长想了想说，好吧，这个忙我帮。

边防证办下来，鹿辰光买好火车票，从家里拿了两千块钱。去陆美丽家是晚上，陆美丽弟弟开的门，鹿辰光对她弟弟说："我要带你姐去卫生所看一下，你姐不吃饭，会饿死的。"鹿辰光给陆美丽两个弟弟一人五块钱说："别惊动你妈，惊动你妈就麻烦了。"背着陆美丽出门，一直背到派出所。派出所所长说："我也做一回违法的事，我把你送到火车站，别的你自己来。"走马镇离市里的火车站有五十公里。坐在所长的车上，鹿辰光抱着陆美丽，陆美丽像一头受伤的小鹿。

火车开动时，一直没说话的陆美丽忽然开口说："鹿辰光，你要带我去哪里？"鹿辰光说"去广州"。到了广州，安顿下来，鹿辰光给家里写了封信，信很短，只有几行。

"妈：

我和美丽在广州，你们不用担心。麻烦你去跟美丽的妈妈说一声，让她也不要担心，我会好好照顾美丽的。

您多保重身体！

不孝儿：辰光”

鹿辰光没在信上留地址。

现在，他把陆美丽弄丢了。陆美丽走得很干净，她带走了她的衣服，鞋子，甚至连拖鞋都没有留下。临走之前，陆美丽把房间好好地打扫过一遍。鹿辰光找遍整个房间，连一张字条也没有留下。鹿辰光知道陆美丽是不会再回来了。

下班时，鹿辰光对杨洁说陆美丽走了。杨洁惊讶地问：“你们怎么了?”鹿辰光说完，杨洁安慰鹿辰光说：“也许她只是出去散散心，过几天就回来了。”鹿辰光摇了摇头说：“不，她不会再回来了，我知道。”

晚上，鹿辰光没有回家，他在杨洁家里睡的。喝了点酒，鹿辰光把头埋在杨洁的胸前，抱着杨洁的腰，好像杨洁是他最后的依靠一样。杨洁亲着他的额头，一下，一下，潮湿而绵长。趴在杨洁的身上，鹿辰光是笨拙的。杨洁的乳房丰满，软绵绵的，里面像是灌满了水，她的小腹如同一个微型的光滑的气垫。这跟陆美丽的完全不一样，陆美丽的乳房和小腹是富有弹性的，结实而饱满的。他一次次撕咬着进入杨洁的身体，杨洁抱着他，紧紧地。做完，鹿辰光觉得无比空虚。杨洁摸着鹿辰光的脸问：“你是第一次?”鹿辰光点了点头。杨洁有些惊奇：“你和陆美丽从来没有做过?”鹿辰光说：“没有，一次都没有。”杨洁把头放在鹿辰光的胸前说：“我相信，你刚才表现得一点经验都没有。”鹿辰光望着杨洁，三十多岁的女人，此时如同一个情窦初开的少女，只是她的身体告诉鹿辰光，她经历的东西是鹿辰光想象不到的。

31

靠着鹿辰光，杨洁和鹿辰光发财了。在鹿辰光获得的收入中，夜总会的表演只是其中一部分，虽然他现在已经是夜总会的明星。鹿辰光有五种名片，根据杨洁的需要使用在不同的场合。他干过房屋检测、锅炉测伤、路面探测等等，只要有人请，他可以从事一切有关观察的工作。这份工作对鹿辰光来说，轻松，但不快乐，他看到的所有的东西都是受伤的。比如隐藏着裂缝的锅炉，墙体已经发裂的房屋，地下断层的路面，甚至有一次，鹿辰光还在一个五十多岁的老女人肚子里看到了一个巨大的球，这个球毛茸茸的，长着牙齿，球是红色的，血肉模糊，跟胎儿一样。鹿辰光给恶心坏了，他一整天都没吃下东西，吃什么吐什么。

和陆美丽一起租的房子早就退了，他自己买了个房子，不大，九十多个平方，一个人住是足够了。杨洁曾经提议他们住在一起，鹿辰光没答应，他只在周末的时候去杨洁那里过夜。谈一下下周的工作，鹿辰光的业务多半是杨洁联系的，他必须付给杨洁四成的报酬。谈完下周的安排，鹿辰光在杨洁家里吃饭，吃完饭，看一会儿电视。然后一起洗澡，做爱。第二天早上，安静地离开。鹿辰光没有任何心理负担，杨洁需要一个男人，他需要一个女人。他们互相需要，谁都不欠谁的。

跟杨洁一起，鹿辰光不太自在，即使睡在杨洁的床上，看着旁边赤裸裸的杨洁，他也很不自在。杨洁做爱技巧纯熟，几乎每次都让鹿辰光号叫着达到高潮。两个人在一起，仅仅有高潮是不够的，这个道理，鹿辰光明白，杨洁却不明白。对鹿辰光，她是不太理解的，鹿辰光住在自己的房子里，让杨洁有挫败感。很多次，杨洁做好了饭，准备了红酒，约鹿辰光聊天。临睡觉前，杨洁开着浴室的门洗澡，她的意思再明显不过了，鹿辰光应该是她的人，应该留在她的床上睡觉。客厅里的鹿辰光偶尔会搬个小凳子，坐在浴室的外面，看杨洁洗澡。他的眼光抚摸着杨洁的身体。开始几次，杨洁还有不自觉的害羞，她以为鹿辰光会进来，像周末一样和她一起洗澡，帮她擦干，抱着她上床，有力地进入她。让她失望的是，没有，从来没有。除开周末，鹿辰光几乎从来不碰她的身体，更不要说进入。杨洁几次想冲鹿辰光喊："你想干就干，不要搞得像方程式一样！"最终她压抑住了自己，她已经三十多岁了，不再年轻，对她来说理智更为重要，不能因为这些小事破坏了和鹿辰光的合作。理智并不说明杨洁就妥协了。她没有，她持之以恒地诱惑鹿辰光，她相信只要鹿辰光还是个男人，总有一天他会妥协的。

杨洁的意思，鹿辰光是明白的。他不想，他没有告诉杨洁，每次跟她做爱，他的心脏压力都特别大，像是要爆炸一样。他想，如果他告诉杨洁了，杨洁可能会以为他在开玩笑，会误会他的意思。除开这些，有件事情，也是鹿辰光想对杨洁说的。

又是周末，看完电影，吃了晚饭，回到杨洁的家中。杨洁开了音响，把客厅和卧室的大灯都关了，打开几盏壁灯。光线昏暗，适合调情，也适合掩盖杨洁身体的一些缺陷。杨洁穿的是白色的丝绸睡衣，在灯光下呈现出柔和的黄。他们坐在客厅里喝红酒，加了点冰和一片柠檬。杨洁斜斜地靠着鹿辰光，她的眼光柔和，像是看着年轻时候的小情人。对杨洁，鹿辰光有种说不出的感觉，他想他必须早点离开她。

喝了点酒，鹿辰光对杨洁说："我不想干了，我不想整天看到那些东西。”杨洁愣了一下说：“你不想干什么？”鹿辰光说：“我什么都不想干了！”杨洁摸了摸鹿辰光的脸，问他：“怎么了，今天不开心，还是怎么了？”鹿辰光说：“没有，什么都没有，我就是不想干了，什么都不想干了。”杨洁喝了口酒说：“那你有什么打算？”鹿辰光摇头。杨洁说：“如果你没有什么打算，我觉得你还是应该继续干下去。要知道，你的市场好不容易才培养起来，你现在退出，损失太大了。”鹿辰光说：“没关系，我不在乎。”杨洁叹了口气说：“鹿辰光，你别这么幼稚，你趁着年轻，好好多赚点钱。”犹豫了一下，杨洁说：“再说了，这个东西，它既然能莫名其妙地产生，也就能莫名其妙地消失，你现在不好好利用，就浪费了。”说到这儿，鹿辰光激动地说：“你以为我愿意有这种鸟功能吗？我恨不得现在就没有了。你想想，你看到的一切都是赤裸裸的，所有的都是赤裸裸的！我工作就是看各种各样的伤，人的伤，锅炉的伤，房子的伤。你觉得这样开心吗？”杨洁愣了愣，她说：“对不起，我可能不能理解，可是……”鹿辰光几乎跳了起来说：“别可是了，我不想干了。”鹿辰光挥舞着双手，像一头狮子，他冲着杨洁大叫起来。等鹿辰光发泄完，杨洁冷静地说：“鹿辰光，赚钱肯定是辛苦的，天下没有免费的午餐。这个你比我更清楚，你想想，如果没有钱，你只能住旧房子，你要去挤公共汽车。拿我来说，如果没有钱，我甚至都离不了婚。”杨洁说完，看着鹿辰光。鹿辰光用头抱着脑袋，抓着头发。过了一会儿，鹿辰光抬起头，他咬着牙说：“杨洁，不管如何，我不干了。”一分钟像一年那样漫长。杨洁说：“那你今天晚上还留在这里吗？”鹿辰光点了点头说：“没有下次！”

做爱的时候，杨洁是安静的，没有往日的疯狂。鹿辰光趴在杨洁的身上，像是趴在一床被子上面。进入之前，鹿辰光伸手准备去拿安全套，杨洁制止了她。她说："今天安全期。"天一亮，鹿辰光就起身了，穿好衣服。他看了看杨洁的房间，还好，他从来没有在这里留下什么。带上门的那一瞬间，鹿辰光的四肢有种放松的快感。门背后的一切，鹿辰光是看不到的，杨洁在鹿辰光带上门的那刻，转过身去，咬着枕头，她压抑着她不情愿的哭泣。

那几年，鹿辰光赚了足够的钱。他觉得如果他节省一点，他这辈子都不用去赚钱了。在夜总会表演时，鹿辰光认识了一个大篷车剧团的团长，团长看过鹿辰光的表演后对鹿辰光说如果哪天他有兴趣，他可以去找他。说完后，他自己都笑了，他说你在这么大的夜总会里表演，哪里会愿意跟我们四处跑。团长还给鹿辰光点了根烟，正色说，不过，我觉得我活得比你舒服。他给鹿辰光留了一张名片说，有空找我玩。

回到家，鹿辰光找到名片，拨了电话。团长显然没听出他的声音，他问："你是谁?"鹿辰光告诉团长，他就是那个隔空视物的人。团长明白过来后，高兴地说："你是鹿辰光？我一直都记着你，我现在在长沙，有空过来玩。"鹿辰光对着话筒说："不，我要过来就不是过来玩，我准备跟着你混了。"团长有些吃惊地说："你不干了?"鹿辰光说："是的!"团长兴奋地说："你来吧，来吧，你稍微训练一下会是最好的魔术师，我们团里还没有魔术师呢。"鹿辰光说："不，我不要做魔术师，我想做小丑，快乐的小丑。"团长说，你来吧，你先来了再说。我在长沙，你到长沙再打我的电话，我等你。

这是一趟没有开始、也不知所终的旅行，至少对鹿辰光来说如此。别人不明白，鹿辰光知道，他内心隐藏着一个目的，他想陆美丽也许不在广州了，那么他在广州也就没有了意义。或许陆美丽在另一个城市，他会在一条巷子里或者街上碰到她。到了剧团，团长尊重了鹿辰光的意思，他对鹿辰光说，鹿辰光，也许本质上你是一个艺术家。鹿辰光笑了，他说我可能是一个成功的小丑。

鹿辰光跟着剧团混了一年多，直到剧团解散。剧团解散后，团长还特意找到鹿辰光说，鹿辰光，我知道你是在找人，你要是愿意的话，我可以帮你再介绍一个剧团。鹿辰光笑了笑说，不用了，我该回广州了。

做小丑的一年多，鹿辰光觉得充实，睡眠也好。一闭上眼睛，就像一片树叶从树上飘了下来，静静地落在地面。这一年多，鹿辰光跟着剧团去了湖北、内蒙、甘肃、宁夏、黑龙江、福建、河南等等地方。剧团的团友大多印象模糊，他只记得其中一张脸，真正漂亮的脸，属于一个十五六岁的女孩。剧团里男女关系混乱，漂亮是一种灾难。不过，这个女孩没人动过心思。团长说，她白虎，还是石女，到剧团是为了赚钱治病。团长的话，大家自然信。只有鹿辰光知道，团长说了假话，她很正常，和任何一个少女没有区别。这个秘密，鹿辰光一直保守着。剧团的男演员问鹿辰光，鹿辰光说，嗯，白虎，石女。鹿辰光的眼光偶尔和女孩子碰到一起，能从中看到一些感激，那眼光让鹿辰光想起刘军强的妹妹。

再回到广州，鹿辰光有些陌生，这个城市变得太快，总是在建新房子，摩托车也比以前更多。他打开房间的门，看到地上有两封信，一封是陆美丽的，另一封是杨洁的。鹿辰光把信放在桌子上，他环顾四周，房子一年多没住，显得旧了，清冷而没有人气。坐了一会儿，鹿辰光先拆开陆美丽的信，陆美丽在信上写了几个字“也许回来，也许永远”。杨洁的信更短，只有四个字和一个电话号码，那四个字是“我怀孕了”。落款的日期显示，信是在鹿辰光去剧团两个月之后写的。

鹿辰光找到杨洁是在一间服装店，杨洁自己开的。见到鹿辰光，杨洁先是一愣，接着哭了。

坐下来后，杨洁望着鹿辰光的脸说："我怀孕了，你觉得奇怪？"鹿辰光说："不是。"杨洁说："你觉得不是你的？"鹿辰光想了想说："我没那么想。"他想见见孩子。杨洁望着鹿辰光，悲伤地说："他死了。"鹿辰光拿在手里的杯子差点掉到了地上。杨洁说："他一出生就没有手，没有脚，五官长得也是错的。"鹿辰光不敢问杨洁什么叫五官长得是错的，巨大的愧疚包围着鹿辰光。说完，杨洁笑了笑说："不过，现在好了，什么都没了。"鹿辰光想了想说："我搬到你那里住吧？"杨洁的声音哽咽，她说："如果你早两年说这话，那该多好。"过了一会儿，杨洁说："我们没必要再开始。"

从杨洁那里回来，鹿辰光一个人在房间里待了两天。他看了看存折上剩下的钱，决定开一间咖啡馆。这一年，他已经接近三十岁了，回头看看过去的日子，他似乎一无所有，没结婚，一辈子唯一拥有过的女人是杨洁。他想，他的内心还有一个希望，有个奇迹会出现，陆美丽会回到他的身边来。

32

咖啡馆并不大，所有的位子全部坐满大概可以坐三十多个人，具体多少个，鹿辰光没数。他喜欢闻着咖啡的香味，略带着轮胎散发出来的气味。这气味让鹿辰光觉得安慰。记得还在孩童时期，鹿辰光特别喜欢汽油的味道。他总是跟在汽车后面，大口大口地呼吸着燃烧后的汽油的味道，那味道对鹿辰光具有特别的诱惑力。镇子上的妇女，大多都晕车，一闻到汽油的味道就拿手拍捂着鼻子。鹿辰光想，每个人都有自己喜欢和习惯的味道，这个强求不得。就比如说女人，有的女人身上有一股酸味，像一颗青涩的葡萄。有的女人身上散发着苹果的味道，圆润而结实。这些味道都会有男人喜欢，或者干脆说迷恋吧。鹿辰光喜欢的女人味道是陆美丽那种，陆美丽身上有带着甜的香味，从她的脖子、乳房和腋下散发出来。鹿辰光很久没有闻到那种味道了。他不知道，在别的女人身上，是不是也有和陆美丽相似的味道。

鹿辰光给咖啡馆起了一个名字，叫“陆鹿咖啡馆”。这个名字看起来，不像一个咖啡馆的名字。一般来说，咖啡馆的名字应该带点浪漫主义色彩的，比如“浓情咖啡馆”什么的。为什么叫这个名字，鹿辰光刚开始自己都没意识到。

一天晚上，下着大雨，咖啡馆的客人很少，靠墙的角落里坐着一个女人。这是个年轻的女人，几乎每个礼拜都会来咖啡馆，她好像是一个人，至少鹿辰光没有在她的身边看到什么人出现，她总是喝炭烧，带点酸味的苦。她不喜欢加糖和牛奶。由于下雨，咖啡馆里的气氛显得有些特别，客人们都没有走的意思，相反他们看着彼此的眼神更柔和了。可能是因为大雨，还有雷声，让他们多少有了点患难与共的感觉。鹿辰光看过不少电影，里面都有这样的镜头，两个人在苦难中相爱。最近的报纸上，也在报道着这样的消息，关于生存大挑战的。十二对男女被挑选上，参加了一档叫作《生存大挑战》的电视真人秀。地点在一个孤岛，这个岛叫什么名字，鹿辰光忘了。他是去过的，荒凉，到处都是毒蛇，岛上连淡水都少。去之前，这十二对中，只有三对是情侣，其他的多半是好朋友或者同事关系。上岛四天后，据报道情侣的数量增加到了七对。其中一个女孩子坦白地说，我一个人活不下去，更重要的是在这三大的接触中，我发现他原来一直是爱我的。等节目进行到十天之后，这十二对男女都成了或明或暗的情侣关系。岛上经常下暴雨，到处是蛇，一个结实的怀抱显得格外重要。想想，在一个暴雨的夜晚，你们无处可躲，除开紧紧的拥抱，你们还能如何？暴雨过后，你们可能觉得这个世界上，跟你最亲密、对你最好的人就是在暴雨中抱住你的那个了。节目结束后，有一对情侣分手了，因为女孩发现，最后两天，岛上的食物枯竭了，自己的男人偷偷吃掉了最后一只青蛙。她几乎是哭着对镜头说，其实我并不是在乎那只青蛙，我不能接受的是在那么艰苦的场合，他怎么可以忘记我？是的，是这样，困苦容易产生更强烈的感情。

雨还没有停的意思，坐在墙角的女孩站了起来，她并没有往外走，而是径直走向鹿辰光。在鹿辰光旁边坐下后，她伸出手来说：“我叫张晓梅，我认识你。”鹿辰光看了看女孩，他感觉似乎在哪里见过一样，却想不起来。张晓梅调皮地笑着说：“你可能不记得我了，但我记得你，你是个小丑。”鹿辰光愣了愣，他努力地搜索自己的记忆。张晓梅说：“你不用想了，你想不起来的，我在好几个城市见过你，你那时还在‘闪电歌舞团’呢！”说起闪电歌舞团，鹿辰光笑了。张晓梅说：“我觉得奇怪，怎么我到了哪个城市，你的歌舞团就到了哪个城市。”张晓梅扳着指头数了数说：“没错，我一共见过你五次。”鹿辰光说：“那我们是老朋友了。”鹿辰光让服务员拿了杯炭烧说：“其实，我也注意你很久了，你每次都是一个人，像你这么漂亮的女孩，老一个人很不正常。”张晓梅撇了撇嘴说：“没人喜欢我，我也不稀罕。”

喝了口咖啡，张晓梅说：“其实，你在等一个人。”鹿辰光一愣问："等谁?"张晓梅说："一个姓陆的女孩子。"鹿辰光想了想说："你说得可能是对的。"张晓梅看了看四周说："我还是喜欢小丑，他比我们都开心些。"

张晓梅二十三岁，大学毕业，广告公司文员。她每天要挤公交车上班，她厌恶公交车，在公交车上，她的屁股和乳房经常遭到袭击。她对鹿辰光说，她最羡慕的职业就是做咖啡馆的老板，所以鹿辰光就是她最羡慕的人。和鹿辰光的恋爱，就跟开花必然会结果一样自然。现在，张晓梅确切地知道，鹿辰光曾经爱过一个叫陆美丽的女人。后来，这个女人消失了。

他们恋爱的过程简单朴素，对鹿辰光这种已经不算年轻的男人来说，很难再有什么激情。他们偶尔会一起看看电影。喝咖啡都在鹿辰光的店里。周末不太忙的话，张晓梅会去鹿辰光那里，帮他收拾一下房间，洗一下衣服。顺便买点菜，做饭。鹿辰光说，他吃了几年的快餐，吃得都快吐了。张晓梅的手艺并不好，鹿辰光吃得却很香。无论如何，在家里吃饭比在外面吃感觉会好一些。鹿辰光的家里，炊具齐全，买这些东西回来，费了不少劲。当初，他雄心勃勃，才做了两天，就不耐烦了。一个人做饭，麻烦。张晓梅对鹿辰光说，你要找个人照顾你的生活。鹿辰光还没说好，张晓梅就说，最合适的人选就是我了。鹿辰光笑，张晓梅也笑。

张晓梅和鹿辰光第一次接吻是在看完电影后，放的是一曲爱情悲剧，张晓梅不停地擦眼泪。鹿辰光眼睛也有点酸涩，不过没有像张晓梅一样流出来。张晓梅还年轻，更容易被感动，对鹿辰光来说，这样的故事，还不能从心底打动他。他搂了一下张晓梅，张晓梅的身体顺着靠到了鹿辰光的身上。

散场出来，张晓梅眼睛红红的，鹿辰光取笑张晓梅说："看你没出息的，电影都是假的，都是编出来的。还哭呢！”张晓梅不好意思地笑了笑说：“我又不是不知道，人家感动嘛，谁像你，铁石心肠。”鹿辰光没理会张晓梅的小脾气，说实话，他也挺有感觉的，但要哭，他哭不出来，就是他爸死的时候，他都没哭过。

一路上，张晓梅拉着鹿辰光问鹿辰光到底爱不爱她，鹿辰光说了一大串的爱，爱，爱死了。张晓梅心满意足地笑了。送张晓梅到楼下，张晓梅拉住鹿辰光说，如果我跟陆美丽一样消失了，你会不会像找她一样找我？鹿辰光说，会，当然会了。张晓梅又问，那你会不会比找陆美丽更认真些？鹿辰光说，会，当然会了。鹿辰光的回答让张晓梅非常满意。她用手玩弄着鹿辰光胸前的扣子说，今天，我可以让你亲一下。说完，闭上了眼睛。

和张晓梅认识好几个月，鹿辰光从来没有亲过张晓梅的嘴，顶多是拖拖手。并不是没有机会，张晓梅去鹿辰光家里，只要鹿辰光稍微动点心思。比如，喝点酒，把时间故意拖得晚一点，然后深情款款地对张晓梅说，我不放心你回家。接着，信誓旦旦地说，我睡沙发，你睡床上，我保证不碰你之类的鬼话。张晓梅完全会留下来，留下来后，慢慢蹭上床，机会总会有的。鹿辰光没这么做，他不是不想，他是一个正常的、快三十岁的男人。由于长期的压抑，他的额头上总是油光闪亮。张晓梅好几次在鹿辰光家，也有点不想走的意思，撒娇的那种。张晓梅年轻，她的动作自然，不加修饰。跟张晓梅一起，鹿辰光经常有种父亲的感觉。实际上，他比张晓梅大不了多少，不够十岁。对男人和女人来说，这种差距是正常的，可以接受的差距，或者也可以说这是理想的差距。男人多少有点基础，女人年轻漂亮，这种组合让人羡慕。鹿辰光搂抱着张晓梅，像搂抱着一只小猫，好动的小猫。张晓梅总是喜欢弄他，弄得他痒。

鹿辰光用手指摸了摸张晓梅的嘴唇，张晓梅的嘴唇有着自然的红艳，水灵，像一块玛瑙。鹿辰光的手指在张晓梅的嘴唇上移动，张晓梅搂住了鹿辰光的腰，突然张嘴，咬住鹿辰光的手指，她的牙齿轻轻地咬着鹿辰光的手指，舌尖舔着他手指上的皮肤。张晓梅闭着眼睛，脸上有羞涩的红色。鹿辰光觉得他身上膨胀起来，嘴唇发热。他抽出占据着张晓梅嘴唇的手指，将他的嘴唇热热地贴了上去。刚贴上去，他的身体像触电一样弹了起来。张晓梅也发出“啊”的一声尖叫，她撒娇地叫道：“鹿辰光，你电我。”鹿辰光穿的是棉质的衬衣，张晓梅的裙子也是棉的，空气并不干燥。就算带电，也不至于有如此强烈的电流。张晓梅红着脸说：“鹿辰光，你电我，你是坏人，我上去了。”说完，跑上楼了。张晓梅上楼后，鹿辰光看着他的手，摸了摸他的衣服，摇了摇头，他不明白。

让鹿辰光觉得奇怪的事情发生了，几乎每次他试图和张晓梅亲吻，都会产生触电的感觉。这种触电不是形容激动的那种触电，而是实实在在的电流穿过身体的感觉，能把他电得弹起来。头几次，张晓梅还隐隐觉得激动。是啊，谁见过一个男人对女人产生如此强烈的感觉呢？她以前也听说过如果男女真的相爱会产生触电的感觉，她没想到她和鹿辰光触电的感觉如此强烈。多了几次后，张晓梅心里有些没底了，她不知道到底出了什么问题，但有一点她也知道了，这电流是真正的电流，而不是作为情感修饰的电流。如果真的是因为相爱，她希望这爱情的强度来得微弱一下，至少要能允许他们接吻。

张晓梅和鹿辰光一起去看过医生。医生是个秃顶的中年人，他把张晓梅从上到下看了一遍，又摸了一遍，接着又用 X 光照了一遍。检查完，他对张晓梅说，你的身体一切正常。检查完鹿辰光，医生说，你也正常，一切正常，没什么事情。医生说，没事了，你们回吧。鹿辰光对医生说，对不起，医生，我们不是来检查身体。我们是想知道别的事情。医生吃惊地说，到医院不检查身体，那你还来干吗？鹿辰光说，医生，是这样，我每次和她接吻，都会产生强烈的电流。医生疑惑地看了看张晓梅，张晓梅点了点头。医生惊讶地说："你们说的是真的？"鹿辰光和张晓梅一起点了点头。医生神色大异，他对鹿辰光说，你们先等等。医生匆忙走出了诊断室，鹿辰光和张晓梅无奈地对视了一眼。

过了一会儿，医生领着另外三个医生来了。他们把鹿辰光和张晓梅请进了实验室，再次做了一次全身检查。检查结果同样显示，他们的身体没有任何问题，一切正常。医生们拿着各种测量仪器，准备好后，医生说："你们接吻试试看。"鹿辰光望了望张晓梅，张晓梅点了点头。鹿辰光的嘴唇刚碰到张晓梅的嘴唇，他感觉到眼前电光一闪。测量完，医生脸色严肃地对他们说，太可怕了，真是太可怕了，你们接触时产生的电压居然达到了220伏。你知道220伏是什么概念？就是我们日常生活中一般用电器的电压，会电死人的。张晓梅紧张地问医生，那有没有什么办法？医生摇了摇头说，我们想不到什么办法，一般来说人体电流是不可能达到这个强度的。再说了，我们检查过你们的身体，跟正常人没有任何区别。鹿辰光接过医生的话，小心翼翼地说："我的眼睛有透视功能。"医生更加吃惊地看着鹿辰光，他今天经历了他冗长的一生中最奇特的事情。

后来去过几次医院，被医生们当猴子一样研究，最终却没有任何结果，状况也没有好转。张晓梅不耐烦了，鹿辰光说，要不，我们分手吧，这样不是个办法。张晓梅咬着牙说，不，我就不相信我们不能在一起。

两个人相爱，却不能亲密接触，这很痛苦，对任何人来说都是如此。鹿辰光和张晓梅最大的接触程度仅仅限于拥抱。奇怪的是，碰一般的部位，不会有什么问题，比如牵手，拥抱等等。只要一碰敏感部位，或者说两个人心里带着热切的欲望，问题就来了。他们做过很多次努力，每次不是遭遇电流，就是碰到一些莫名其妙的事情。比如，他们在公园里的椅子上拥抱，正想热烈一点，旁边树上的树枝就断了，砸在他们的头上。这样的事情让他们越来越烦躁。

张晓梅生日那天，鹿辰光去了张晓梅的房间。在张晓梅的房间里，两人喝了点红酒。喝完酒，两人都有点醉意。张晓梅拉着鹿辰光说："鹿辰光，今天就算死了，我也要给你，我受不了了。"张晓梅说的受不了，到底是被欲望折磨得受不了，还是受不了现在的状态，他不清楚。鹿辰光知道的是，他也无法忍受了，这他妈算什么事！有了以前的经验，鹿辰光脱张晓梅的衣服很小心，像是在做手术一样。张晓梅的身体一流，乳房挺拔，胀鼓鼓的，有着粉红的乳晕。腰身细细，屁股翘翘的。张晓梅的身体让鹿辰光的身体也膨胀起来，他脱光衣服，站在张晓梅的面前。他们离得很近，像两只刺猬，急切地想靠近，又怕被对方刺伤。鹿辰光的手一碰到张晓梅的乳房，一股强烈的电流穿过他的手指，直达他的心脏。窗子外面突然下起了大雨。张晓梅愣了一下说，我收一下衣服。张晓梅光着身子，把衣服收了进来。她的脸上淋了一点雨，湿漉漉的。张晓梅突然穿上衣服说，辰光，我不想了，你回去吧。

又过了两天，张晓梅约了鹿辰光，这次是在酒店里。他们省略了任何不必要的过程，张晓梅脱光了衣服躺在床上，鹿辰光也脱了衣服。他几乎是闭着眼睛猛地趴到了张晓梅身上，鹿辰光迅速地充血，正要进入，一道闪电劈了过来。闪电很近，伸手就可以抓住一样。酒店的房间像做梦一样亮起来，张晓梅的头发金光闪闪。闪电一过去，张晓梅看见鹿辰光的头发一根根地直立起来。张晓梅刚想说点什么，鹿辰光突然摆了摆手说：“别吵，你别吵，我很好。”他望了张晓梅一眼说：“我好像想起一些事情来了。”

回到家里已是深夜，鹿辰光的脑子了冒出一个个的人。这些人都是他的祖先，很多人他都不认识，但他知道，这些人和他血脉相连。这些人的形象和他们所经历的事，像电影画面一样在他的脑子里迅速地闪动，他把祖上一百多年的事情都想起来了。他隐隐约约感觉到，他和张晓梅有一种关系，这种关系是他以前没有意识到的。他感到恐惧，他看到两个小女孩子在走马镇上哭泣，她们被她们的母亲带着，要离开走马镇。大的大概五六岁，长着一张和张晓梅相似的脸。小的才两岁，她的鼻子和眼睛跟杨洁的一模一样。不，这不可能，鹿辰光摇了摇头。

第二天，鹿辰光给张晓梅打了个电话，他对张晓梅说，张晓梅，我想跟你回家，去看看你妈妈。张晓梅在电话里犹豫了一下，说好吧。

张晓梅家在郊区，他们坐了一个多小时的汽车。坐在车上，鹿辰光的心跳得厉害，他看着张晓梅，张晓梅看着窗外。他还没有告诉张晓梅，他感觉到的一切。他想应该先看看。到张晓梅家，一看到张晓梅的母亲，鹿辰光的心一下子沉到水底。张晓梅的母亲大概四十多岁，从她的脸上，鹿辰光看到了那张在走马镇上哭泣的小女孩的脸。张晓梅的母亲忙着给鹿辰光倒茶，坐下后，张晓梅靠着她母亲，一副从小被惯坏了的神态。张晓梅的母亲看鹿辰光的眼神是慈爱的，虽然她比鹿辰光只大了十几岁，但她是张晓梅的妈妈，这种眼神应该说是正确的，得体的。鹿辰光不知该如何开口。还是张晓梅的母亲先说话的，她说：“晓梅从小被我惯坏了，你以后要让着她一点。”鹿辰光心乱如麻。张晓梅的母亲拉着张晓梅的手说：“晓梅今天下午才告诉我，说要带你回来，你看，家里一点准备都没有。”鹿辰光说：“伯母太客气了，随便点好。”张晓梅的母亲像是想起什么一样问：“你看，说了这半天，我还没问你叫什么名字呢?”张晓梅抢着说：“他叫鹿辰光。”张晓梅的母亲眼睛亮了一下说：“你也姓鹿？鹿姓是个小姓，我也姓鹿的。”说完，她笑眯眯地说：“这可真是有缘。”鹿辰光手抖了一下问：“伯母，你是哪里人?”鹿辰光看见张晓梅背着她母亲向他摆手，那意思是让他不要问了。鹿辰光装作没看见，她母亲也没看见。张晓梅母亲说：“说起来就复杂了，我也不是本地人。不过很小就到这里来了，听我妈说我们老家是在一个叫走马镇的镇上。家里有一个很大的院子，我爸死后，我妈就带着我到了这边。都几十年了。”张晓梅母亲的话，像一个炸雷把鹿辰光炸晕了，他终于明白为什么他和张晓梅在一起会有那么多的怪事发生。他的两眼发直，身体也软了，倒在了椅子上。张晓梅拉着鹿辰光喊：“辰光，你怎么了，你到底怎么了，你不要吓我!”她的声音里带着哭腔。

回到家中，鹿辰光给家里打了电话，让他妈把祖上的照片给他寄过来，他的语气急切。收到照片，他有种崩溃的感觉，他看到了一系列熟悉的面孔。一个熟悉的老头，穿着马褂，坐在椅子上，这个老头的表情，怎么猜都猜不透，似乎有一种忧郁在里面。鹿辰光认出了这个老头，他叫鹿维延，他梦到的第一个人。他讨了六个姨太。还有患软骨病的人，长着一个硕大的脑袋的人，他的棺材停在走马镇的街道上。

结幽梦影： 归尘

鹿辰光想起他前半生所经历的一切，像是想起一个漫长的梦。在这个漫长的梦中，他是唯一活动着的人，他的一生仿佛已被注定。他后来见过杨洁，望着杨洁，他仿佛看到失散多年的兄弟姐妹。他没有把这一切说出来，他不想说。

把自己关在家里的那几天，他发现他是那么想念陆美丽。若干年前，一个晚上，一个叫孟马襄的马来西亚人背着陆美丽走进了他的房间。这个马来西亚人有着亚麻布一样的皮肤，他对鹿辰光说陆美丽和他的太太喝醉了，他送她回家。马来西亚人走后，鹿辰光帮陆美丽脱了衣服帮她擦身，陆美丽完全醉了，她躺在床上像一条死蛇，动都不动一下。鹿辰光的毛巾从陆美丽的脸上滑到脖子，乳房，小腹。陆美丽的身体是多么美丽啊，无数次地让鹿辰光赞叹。脱下陆美丽的内裤时，鹿辰光手上沾上了一些黏糊糊的东西。他仔细地检查了陆美丽的内裤，潮湿，黏稠，带着腥味。他分开陆美丽的大腿，她的阴部潮湿，沾着一片小小的纸屑。

在洗手间里，鹿辰光用毛巾捂住他的嘴巴，眼泪肆无忌惮地流了下来。由于压抑，他的身体剧烈地抽搐，他哽咽的声音像一头被困的狮子。从洗手间出来，鹿辰光擦干了眼泪。他看着陆美丽，陆美丽睡得那么香甜，像一个天使。天亮后，陆美丽问鹿辰光："我昨天干什么了?"鹿辰光摇了摇头说："没什么，你很好。真的，你很好。"鹿辰光还亲吻了陆美丽的额头，像亲吻一个孩子。后来的若干个晚上，陆美丽趴在他的身上，拉过他的手罩住她的乳房，然而他发现，他彻底地不行了，他的脑子里总浮现着陆美丽阴部的那张小小的、几乎可以忽略不计的纸屑。

现在，陆美丽离开他已经好几年了，他发现，其实在他的心里，他一直是那么怀念陆美丽。他拿着陆美丽留下的字条"也许回来，也许永远"，他明白后一句的意思是"也许永远不回来"。他把陆美丽给弄丢了。

他想起了他的祖先们，他们穿着不同颜色、不同款式的衣服，站在他面前，对他说话。他们的命运像一条河流，尽管暗流汹涌，依然向下流动。就跟季节一样，永不疲倦的春夏秋冬。他想起了他的父亲，一个终年不见阳光的苍白的男人。这一刻，鹿辰光发现他原来是那么想念他。

张晓梅给鹿辰光打过很多次电话，他一次都没有接，咖啡馆也没有去过。张晓梅好几次在门外，敲打着鹿辰光的门哭着说："鹿辰光，鹿辰光我知道你在里面，你开门，开门!"她像一头失去幼子的母兽一样踢着，撞着鹿辰光的门。她哭得声音都嘶哑了，坐在地上，靠着门口。鹿辰光在房间的沙发上，闭着眼睛流泪。他看见瘦小的张晓梅脸上巨大的失落和惊慌，她上衣的扣子都掉了。

走在街上，大中午的街上阳光灿烂，鹿辰光却没有觉得温暖。他的内心有一个巨大的空洞，带着他，不断地下沉，下沉。他的肩上像是背着一座大山，步子缓慢，腰也是弯着的。他的手机响了起来，是一个陌生的号码，鹿辰光看了一眼，挂掉电话，将手机卡取出，掰成两半。他想去一个地方，一个没有人可以找到的地方。

也许在路上，他可以碰到一个和陆美丽一样美丽的女孩，谁知道呢！